歸懋儀集

下

歸懋儀 著
趙厚均 點校

人民文學出版社

繡餘再續草

三續草　四續草

稿本

繡餘再續草

題辭

祝德麟 等

（前闕）乾坤聽張弛。論古具特識，下筆裁僞體。手攓泰岱雲，目翦瀟湘水。周序列球圖，臨淮新壁壘。倘令袍而弁，亦是偉男子。何況閨媛流，幾曾見有此？嫦娥月中僊，□□□爲姊。牡丹花中王，羣芳甘作婢。所見勝所聞，前□□□矣。題詩寄左芬，兼以謝繡豸。

嘉慶戊午小暑前三日，妙果山人祝德麟稿。

庚寅八月，余以事來滬城，又從復軒上舍得見《繡餘再續三續四續草》（後有殘闕）。

中秋前十日，錢塘潘恭□。

庚寅十月，雲間舟次讀一過。重禧。

繡餘再續草

題叢桂讀書圖〔一〕

萬卷縑緗足大觀，溪山勝境任盤桓。秋光較勝春光好，不羨桃源羨廣寒。

【校記】

〔一〕此詩共兩首，其一已見《續草》卷一，兹不複録。

題畫梅荷

水邊亭子赤欄干，幾度憑闌冒曉寒。誰向羅浮臨倩影，分明不是夢中看。

憶從池上趁新涼，小立微聞風露香。眉月一彎星數點，碧波如鏡照紅粧。

遊紅柿山莊〔一〕

帶郭開三徑，憑欄野興長。軒臨紅柿古，座繞綠筠涼。鶴警深林外，人行淺沼旁。沿籬多莳菊，風味繼柴桑。

【校記】

〔一〕詩題，《春雪集》卷一作『過吾園看菊』，共兩首，另一首本書輯入補遺。

花事十二詠

暖風幾陣透疎寮，一夕春聲入鳳簫。侵曉園林探消息，畫欄憑徧轉無聊。盼花

斟暖量寒用意深，扶持全賴是知音。劉郎但解營金屋，未體溫柔一片心。護花

一時姊妹競新妝，繞座弄薰百和香。顧影各矜顏色好，阿誰聲價冠羣芳。品花

玉人纖手替扶持，消受人間絕妙詞。雨細風柔春日嫩，年年常放並頭枝。祝花

仙根一夕謫瑤臺，偏向華堂獨早開。莫倚春風炫顏色，防他持較阿環來。嘲花

纏綿情緒引蠶絲，寂寞憑誰話一卮。月底鐙前常作伴，畢生心事只卿知。訴花

伴我芸牕綠玉編，商量何事與周旋。尋常菊蘗難持贈，覓得人間第一泉。酬花

經年離別費相思，把酒相看能幾時。識得憐香心事苦，開時宜早落宜遲。屬花
偶把丹青借化工，時人競賞倚東風。與君參透維摩諦，只在空明水月中。覺花
春意闌珊最可憐，枝頭小住倍纏綿。日斜高閣行蹤少，把酒相看一黯然。餞花
幾日離愁似酒濃，賦愁惟恐句難工。一庭月魄春如夢，玉笛聲聲怨晚風。誄花
青琴重與理哀絃，流水空山意惘然。一自采鸞歸閬苑，霓裳夜夜夢鈞天。溯花

平遠山房聽吳仕伯山人彈琴

昌黎聽琴詩，鉤深抉隱摹寫真。東坡聽琴詩，短歌微吟別有神。兩公聽琴會琴理，自謂未省宮與徵。伊誰識曲聽其真，我更箏琶不入耳。節樓清暇絲桐張，先生學琴得師襄。嵇康無人穎師去，高騫復見孤鳳凰。海水何浩浩，海山何蒼蒼。山水杳冥間，忽聆環珮聲琅璫。風雷走東國，英皇怨瀟湘。梅花月裏幽情遠，長松空中孤韻涼。口不能言心知妙，溫廉攫醳絃絃到。鄭衛淫哇世所趨，肯將雅樂翻新調。歸去能無十日思，瑣牕清漏獨吟時。韓蘇自是知音者，愧我難成幼婦詞。

風雨無寐枕上作（存目，見《續草》卷一）

口占

兒女憂多累此生，病來寒燠倍關情。半牕月上猶無寐，愁聽奚奴搗藥聲。

茸城旅夜感懷（存目，見《續草》鈔本）

長至前二日（存目，見《續草》卷一）

謝唐采江孝廉

藝林三絕久名馳，豈但神光徹上池。除卻刀圭還有請，詩中有病待公醫。

題仕女圖（存目，見《續草》鈔本）

遊華亭沈氏嘯園（存目，見《續草》卷一）

遊沈氏古倪園（存目，見《續草》卷一）

懷雲間顧氏妹

自別仙源夢想存，滄江回首水雲昏。何緣旬日聆清誨，敢謂三生種宿根。再拜臨岐還忍淚，相看無語各消魂。歸來寂寞寒牕下，香燼薰爐酒不溫。

憶古倪園用前韻

癖愛烟霞性尚存，名園繫纜日將昏。徘徊脩竹風廊下，徙倚蒼苔石壁根。高士鶴歸留勝跡，寒林人到覓芳魂。春江重泛遊江棹，舊卷何妨一再溫。

寒夜書懷再用前韻（存目，見《續草》鈔本）

題畫（存目，見《續草》卷一）

祝止堂侍御賜示悅親樓詩集題後（存目，見《續草》卷一）

五色蝴蝶和韻（存目，見《續草》卷五）

題孫子瀟孝廉把酒祝東風種出雙紅豆圖（存目，見《續草》卷一）

後花事十二詠

小樓聽雨觸離情，雨歇空庭月又明。安得佩聲天外降，彩雲扶下董雙成。盼花

懶將花事課花奴，辛苦拚教手自扶。惆悵廿番風信緊，一春妨卻繡工夫。護花

敢對名姝較短長，略分差等亦何妨。千紅萬紫春如海，一片冰心愛古香。品花

步障金鈴百寶欄，清尊圍坐慶團欒。人無離別花常好，錦樣韶華歲歲看。祝花

花前竟日任徘徊，交到忘形語帶詼。底事芬芳藏不得，有人空谷采香來。嘲花

勸我開尊解我憂，花情一片厚難酬。半生辛苦知多少，說與花聽也要愁。訴花

滿酌瓊卮月下陳，替花爲壽祝長春。月娥無語花含笑，賓客翻教醉主人。酬花

消受書齋風日溫，勝他繁豔植朱門。非時莫漫傷搖落，只要能培錦繡根。囑花

惜花每自體花情，一樣纏綿賦性成。偶向鏡中雙照影，頓教彈指悟三生。覺花

百計留春恨未能，將飛還住意難勝。香魂好逐東風去，吹上情天第一層。餞花

芳菲轉眼已成塵，悄立閒階黯愴神。仿佛月明深樹裏，有人釃酒喚真真。誄花

當時紅紫競芬芳，玉鏡臺前伴曉妝。今日相思忘不得，夢回紙帳月如霜。溯花

雨夜感悼（存目，見《續草》卷一）

即事述懷（存目，見《續草》卷一）

和梅卿夫人寄懷韻

仙雲隨夢至，歡喜卷流蘇。轉把書抛卻，先詢人到無。魂消新錦字，淚漬舊羅襦。欲附名山業，深慚筆硯無。時索予近稿，刻入《名媛集》中。

題小立滿身花影圖〔一〕

寫生妙筆本天然，貌出風神別樣妍。最是玲瓏花裏月，枝枝移上美人肩。
秋情秋思正無邊，風透綃衣骨欲僊。人影花魂渾莫辨，海棠庭院月娟娟。
庭陰悄悄漏遲遲，薄霧濛濛著鬢絲。莫笑對花添眷戀，兒家心事只花知。

披圖仿佛散氤氲，麝氣花香兩不分。已是不勝羅綺重，更教曳月與拖雲。

【校記】

〔一〕本組底本共六首，其第三首（惜花心性與凡殊）、第四首（珊珊索佩踏芳菲），已見《續草》卷一，兹不再録。

題陳寶月夫人詩畫便面（存目，見《續草》卷一）

題畫扇（存目，見《續草》鈔本）

吴竹橋太史賜題拙稿次韻誌謝（存目，見《續草》卷一。《續草》删吴氏原作）

附 原作 吴蔚光

雄章雋句出豪尖，掃盡閨房弱與纖。名父子兼名母女，工詩如素不同縑。
琴水虞山女秀才，比年名姓噪妝臺。最清超席韻芬圓靈屈宛仙，鼎足終輸老手來。
斷如猿復慘如鵑，第一傷心夜雨篇。識字人生憂患始，是言誠不獨坡仙。

藏海廬中作酒人，常逢君舅笑言親。一寒至此高門户，婦健能持更絶倫。

題張蘊山女史晚香樓詞〔一〕

敲金戛玉韻泠泠，一點靈機涉想冥〔二〕。漫向人間覓牙曠，焚香吟與素娥聽。

【校記】

〔一〕本題底本共二首，其一已見《續草》卷一。

〔二〕「一點」句，《晚香居詩鈔》作「一卷新詞照眼青」。

題畫（存目，見《續草》卷一）

題席韻芬夫人拈花小影

原是如來座下人，珊珊風骨迥超塵。無邊妙旨經拈出，一笑中涵萬古春。

一枝湘草寄遙思，澹到忘言色相離。半晌春山微展處，水流花放句成時。

題孫子瀟孝廉天真閣詩集即次惠題拙稿韻（存目，見《續草》卷一）

題海虞吳定生女史飲冰集（存目，見《續草》卷一）

逸園即事（存目，見《續草》卷一）

留别竹橋丈

五年乍返還鄉棹，寄跡荒園俗塵掃。堂上俄驚白髮添，階前新長繁枝好。纔到園林便送春，獨對東風吟苦調。忽傳空谷足音來，四壁雲山開朗照。蓬萊早歲領羣仙，夙有文章薦清廟。乍喜摳衣仰斗山，還從揮麈窺堂奥。詞鋒滚滚逼人來，一破幽昏萬象耀。玉溪杳渺寄托深，浣花結構經營妙。屢拜瑤華冰雪吟，臨風洛誦感難禁。許將鼎足參名媛，細把文心度繡針。爲念遭逢多險阻，更憐夜雨吟聲楚。幽花弱草不禁摧，吹到慈雲障風雨。浮生大抵海中萍，樹底殘紅休細數。三復斯言淚欲傾，感公造語心良苦。雲泥廿載溯交遊，高誼真令薄俗羞。爲誦新詩思舊事，淒涼贏得半宵愁。子規旦暮催人去，相逢相别何匆遽。轉眼慈幃隔暮雲，回頭講座迷烟樹。感遇懷知可奈何，銷魂一展江淹賦。

虞山歸棹奉懷兩大人（存目，見《續草》卷一）

晚泊（存目，見《續草》卷一）

渡口守潮遇雨（存目，見一卷本《續草》）

寄閨友（存目，見《續草》鈔本）

高陽夫人招賞牡丹賦贈（存目，見《續草》鈔本）

送春四首（存目，見《續草》鈔本）

悼雀次何春渚丈韻（存目，見《續草》鈔本）

題戴蘭英夫人秋鐙課子圖（存目，見《續草》鈔本）

平遠山房消夏八詠（存目，見《續草》卷一）

懷蘋江弟卻寄

一封魚素少寒暄，字字關情藥石言。笑我未能除結習，敲詩依舊到黃昏。

書牕晝靜日遲遲，記捧烏闌索寫詩。春到南軒芳樹綠，攀條最憶夕陽時。

賴君幾度起膏肓，伴我西牕聽漏長。病裏懷人愁轉甚，手秤藥餌自商量。
鵲橋纔見度雙星，又聽金釵列錦屏。忙殺畫眉雙管筆，香閨嗔喜費調停。
繡閣雙雙浴鳳雛，俄傳掌墮一明珠。知君早悟彭殤理，悲喜交加笑我迂。
眼底榮枯事至微，如君曠抱定忘機。只愁荀令腰肢瘦，辛苦風塵減帶圍。
承歡好自慰庭幃，客裏晨昏賴護持。道我瞻依情更切，寬懷莫放鬢添絲。
勤課兒經向夜闌，學書已解報平安。多君念我階庭寂，蘭玉還分膝下歡。
三千客路悵迢迢，誰共西牕話寂寥。浪説江鄉花事好，一春聽徹雨瀟瀟。
春來愁病倍難支，懶作魚書綴小詩。轉爲語多難下筆，頻年莫訝報章遲。

贈何春渚徵君（存目，見《續草》卷一。《續草》未收和作）

附　和作

何　淇

殘書幾卷整還斜，爭及閨中富五車。不乏簪纓誇處處，可能風雅得家家。也知讀史心同感，自信看詩眼未花。獨善一身成底事，展施畢竟藉烏紗。

感懷（存目，見《續草》卷一）

題美人舞劍圖（存目，見《續草》卷一）

題美人折柳圖（存目，見《續草》卷一）

紅線圖（存目，見《續草》卷一）

初秋述懷（存目，見《續草》卷一）

題馮實庵給諫種竹圖（存目，見《續草》卷一）

贈錢香卿夫人兼謝香茗蘭烟之惠（存目，見《續草》卷一）

張筠如夫人爲其郎君喬香岑茂才畫鴛鴦（存目，見《續草》卷一）

團扇屬題（存目，見《續草》卷一）

題李松潭農部觀姬人繡詩圖（存目，見《續草》卷一）

次劉芙初孝廉見贈韻〔一〕

芙蕖初日豔傳名，夢裏花開滿管城。詩有真香契空谷，語多慧業自前生。秋鐙半壁摹神淡，涼雨三更寫韻成。一自小樓人臥病，聽殘絡緯又砧聲。

聲價應同碧海珊，驪珠投到客先還。傳書雁又來邊塞，倚劍人猶隔遠山。吟苦半生慚我拙，蠹殘一卷待君删。新詩鄭重待高論，字字清真妙轉環。

【校記】

〔一〕 本題底本共四首，一、四兩首見《續草》卷一。

題李松潭農部探梅圖照〔一〕（存目，見《續草》鈔本）

【校記】

〔一〕『照』字，朱筆删。

爲方式亭大令題月波夫人小影（存目，見《續草》卷一）

畫蘭（存目，見《續草》卷一）

閒居（存目，見《續草》卷一）

蜂（存目，見《續草》稿本）

小樓（存目，見《續草》稿本）

春晝（存目，見《續草》卷一）

霞莊十兄見示柳影舊什疊韻奉答（存目，見《續草》卷一）

晚眺（存目，見《續草》卷一）

題玉橋五兄宛陵遊草

青蓮才絕世，鴻軒渺九州。獨愛青山色，言上謝公樓。後來誰繼踵，白雲長悠悠。余兄負奇氣，雅嗜林泉幽。清秋發逸興，蘭枻沙棠舟。千里恣洄溯，旬日供淹留。先酌惠泉水，繼泛淳湖流。南橋與東垻，到處窮探搜。有桂生岸側，有月臨船頭。天景佐地勝，人情與夷猶。未造所訪境，而已豁胷眸。迢遞至宛陵，宛陵勝無儔。溪水清且澈，百尺浮輕鯈。濯纓人不見，惟見雙白鷗。溪上敬亭山，山亭迥復脩。落日樵響絕，飛鳥鳴相求。名賢觴詠地，雙垂南北樓。南樓快已登，黄花當酒籌。將毋仙人魂，雲霄相勸酬。是何登高期，適與九日謀。北樓雖未至，勝概眼中收。高吟江練句，如共玄暉遊。雲霞與水石，一一成清謳。至今蕭齋夢，猶繞宛陵洲。我來泛琴水，虞山蒼靄稠。示我詩一帙，細字明銀鉤。猶疑敬亭雲，飄然落翠裯。漁歌如可接，猿嘯無時休。梧桐橘柚句，邈焉媲前脩。

戲贈二妹（存目，見《續草》卷一）

贈三妹（存目，見《續草》卷一）

爲次女作（存目，見《續草》卷一）

再寄素卿三姑

每因薄病滯蘭橈，孤負天邊尺素招。雙鬢蕭疎容黯淡，故人相見定魂消。

舟行雜詠（存目，見《續草》卷一）

寄董九妹

渺渺相思隔暮烟，雙眉還認月娟娟。寶奩照影憑肩笑，繡幕談詩並枕眠。莫盼征鴻勞別思，好調雛鳳破愁煎。歸期愛趁梅花信，琴水春融又放船。

病況〔一〕

寒牕風颯颯，徙倚夜鐙前。病態驚秋柳，吟聲咽暮蟬。拋殘新藥裹，打疊舊詩篇。一事縈懷抱，兒衣尚薄綿。

【校記】

〔一〕 底本共三首，其一、三見《續草》稿本。

新葺小齋作（存目，見《續草》卷一）

聽雨（存目，見《續草》卷一）

病起（存目，見《續草》卷一）

又（存目，見《續草》卷一）

題李湘帆母舅金川瑣記後（存目，見《續草》卷一）

詩塚歌（存目，見《續草》卷一）

讀唐宋六家詩（存目，見《續草》卷一）

繡餘三續草

題李是庵女史水墨花鳥卷（存目，見《續草》卷二）

趙甌北先生賜詩次韻卻寄（存目，見《續草》卷二）

對雪和韻（存目，見《續草》鈔本）

夜坐用前韻（存目，見《續草》鈔本）

屠子垣茂才見示和韻對雪詩即次其韻〔一〕(存目,見《續草》卷二)

【校記】

〔一〕詩題,初作『屠子垣茂才見示和韻詩三用前韻』,復改同此。

胥燕亭大令亦以和韻詩見示用前韻答之〔一〕(存目,見《續草》卷二)

【校記】

〔一〕詩題,初作『花朝五用前韻』,復改同此。

花朝三用前韻〔一〕(存目,見《續草》卷二)

【校記】

〔一〕詩題,初作『花朝五用前韻』,復改同此。

祝簡田太史見和六用尖字韻奉酬

置身直到浮圖尖，倒窺星斗挂畫簷。詞鋒淩厲正且嚴，白描不藉采翠添。如來金粟妙諦拈，春風拂處桃李忺。平生嗜古常不厭，烹經調史百味燖。諸生如味醇醪甜，深閨詩病還期砭。金針細度不我淹，新詩捧到忙鉤簾。江河浩瀚巨細兼，文章我愧雙飛鶼。

簡田太史小飲草堂疊韻惠贈七用尖字韻

鴛鴦繡出金針尖，五花文采輝茅簷。宵來渾忘更漏嚴，春風入座淑景添。蓬瀛話舊髯笑拈，微窺長者意頗忺。濁醪粗糲還飽厭，底須龍鳳羅炮燖。清言如味諫果甜，耽吟正賴公箴砭。迢迢良夜景不淹，一鐙如豆低垂簾。啁啾繞膝啼笑兼，哺雛辛苦營巢鶼。

題廖織雲夫人芙蓉秋水圖〔一〕（存目，見《續草》卷二）

【校記】

〔一〕『圖』，初作『照』，朱筆改。

題錢師竹廣文深林月照圖（存目，見《續草》卷二）

同織雲夫人賞荷索詩口占（存目，見《續草》卷二）

追挽莊磐山夫人（存目，見《續草》卷二）

題沈海門茂才孑立圖

先生負雋才，亭亭能自立。神遊萬卷中，目與古人集。眼底湛虛明，胷中無一物。仰視秋天高，孤月本無匹。一掃衆葉空，梅花推第一。風雲入壯懷，化身千萬億。

恭和家嚴大人自壽原韻（存目，見《續草》卷二）

吾園遲織雲夫人（存目，見《續草》卷二、《近草》）

新秋（存目，見《續草》卷二、《近草》）

懷吳竹橋丈卽次前唱和原韻（存目，見《續草》卷二）

詠庭中瓔珞柏呈家大人（存目，見《續草》卷二、《近草》）

老少年（存目，見《續草》卷二、《近草》）

逸園中秋呈家大人（存目，見《續草》卷二、《近草》）

帆影（存目，見《續草》卷二）

題畫紫藤（存目，見《續草》卷二）

有懷香卿夫人（存目，見《續草》卷二、《近草》）

賀孫子瀟太史兼贈道華夫人（存目，見《續草》卷二）

道華夫人用前韻送别答之（存目，見《續草》卷二、《近草》）

附　原作（存目，見《續草》卷二）

歸舟誌感仍用前韻（存目，見《續草》卷二、《近草》）

和碧崖丈（存目，見《續草》卷二）

碧崖丈見示近作和韻（存目，見《續草》卷二）

再用前韻答碧崖丈（存目，見《續草》卷二）

寒夜三用前韻（存目，見《續草》卷二、《近草》）

四用前韻答碧崖丈（存目，見《續草》卷二）

馮實庵給諫惠題拙稿次韻（存目，見《續草》卷二）

雪後用亭字韻簡諸閨友（存目，見《續草》卷二）

六用前韻答金翠舟茂才（存目，見《續草》卷二）

七用前韻答碧崖丈（存目，見《續草》卷二）

罤舟茂才贈詩有僮僕貧來喚不靈句愛其雅切事情因廣其意八用亭字韻（存目，見《續草》卷二、《近草》）

題美人詩意圖（存目，見《續草》卷二、《近草》）

周聽雲觀察歲除賜金誌謝（存目，見《續草》卷二）

聽雲觀察歲除賜物賦謝（存目，見《續草》卷二）

感懷（存目，見《續草》卷二、《近草》）

僕嫗輩辭去誌感〔一〕（存目，見《續草》卷二、《近草》）

【批語】

〔一〕眉評：仁人之言。此詩同杜『堂前撲棗』一律。

寄贈茗川徐秉五女史（存目，見《續草》卷二、《近草》）

題周雨蒼公子小樓春杏圖（存目，見《續草》卷二、《近草》）

題顧春洲茂才詩稿（存目，見《續草》卷二、《近草》）

憶荷（存目，見《續草》卷二、《近草》）

題虢國夫人早朝圖（存目，見《續草》卷二）

喻少蘭畫史見儀題虢國圖詩卽作圖見贈云於海棠花下爲之口占誌謝〔一〕（存目，見《續草》卷二、《近草》）

【校記】

〔一〕『畫史』，初作『供奉』，朱筆改。

立秋後二日雨和韻（存目，見《續草》卷二）

七夕和韻（存目，見《續草》卷二、《近草》）

爲常州臧孝子禮堂作（存目，見《續草》卷二、《近草》）

臧西成上舍見余詩泣下口占以贈

慈烏聲斷最辛酸，欲闡幽光句未安。看到吟詩雙淚落，人間友愛似君難。

秋牕（存目，見《續草》卷二）

聞姜明府貽經没於川沙感賦二律（存目，見《續草》卷二、《近草》）

法華八景

和烟和雨太空濛，慣向西風送斷鴻。界破吳淞秋一片，夕陽影裏月明中。吳淞帆影

何處疎鐘隔暮雲，勞人暫息思紛紜。數聲斷續斜陽外，較勝寒山夜半聞。靜安晚鐘

飛鳥徘徊欲度遲，山僧歸去夕陽時。半天金碧霞成綺，誰插淩霄筆一枝。斜陽塔穎

古刹無梁亂石撐，塵埋荒甃少人行。佈施全賴天公力，一夕琳宮玉琢成。古殿雪封

玲瓏石子襯蒼苔，恰稱名花高下栽。占斷春風真富貴，花光一片似潮來。殿春花墅

滿月光明照誦經，隔牕時有老龍聽。芳郊晴翠濃於染，分得如來髻上青。滿月春晴

老桂何年著意栽，八公曾此小徘徊。月輪未滿秋還淺，早有天香雲際來。叢桂初秋

古跡應偕滬壘傳，崇岡極目興悠然。西風亂卷千行雪，領取商聲入五絃。崇岡風荻

題沈瘦生山人攜幼圖〔一〕

想見芸牕課讀完，絕無人境共盤桓。阿爺含笑渾無語，萬里雲霄指與看。

【校記】

〔一〕本組詩底本共二首，其一見《續草》卷二。

送别李十四世兄味莊先生幼子（存目，見《續草》卷二、《近草》）

題徐香沙學博秋江觀濤圖

亂卷千山勢欲奔，銀濤滚滚撼乾坤。飛騰六代才人筆〔一〕，震盪千秋壯士魂。日月盡從波面走，魚龍爭逐浪花吞。怪來腕底文瀾闊，一線詞源接海門。

【校記】

〔一〕『筆』，《近草》作『氣』。

題錢師竹廣文望雲思親圖（存目，見《續草》卷二、《近草》）

復軒述香巖茂才近事戲成五絶簡香卿夫人

手緘錦字寄蕭娘，悵望藍橋路渺茫。惱殺三生狂杜牧，緑陰青子送春忙。

合歡枝上月團圓，轉眼還歸離恨天。莫笑桃花太輕薄，只緣楊柳忒纏綿。
定情何物致妝樓，玉佩明珠作蹇脩。可念少君珍重意，手除金釧替纏頭。
水晶簾外月如波，夢醒遊仙唤奈何。追憶纏綿無限意，怨卿那抵憶卿多。
人世歡蹤水面漚，好憑詩酒散羈愁。相思樹種情天地，別有名花放並頭。

香卿夫人述香巖茂才近事戲詠五絕句仍用前韻

欲將心事訴歡娘，舊恨新愁兩渺茫。草草一番花事過，憐香贏得蝶空忙。
擎出明珠比月圓，鴛鴦先占有情天。輕烟細雨章臺路，怕見東風柳換綿。
花滿妝臺月滿樓，人誇豔福幾生脩。如何一曲求凰調，翻使相如怨白頭。
愛河一夕起驚波，雨暗風狂奈若何。未必有心拋舊侶，料卿一樣感懷多。
悲歡千古總浮漚，自是情多易惹愁。卻笑髯仙太癡絕，春光濃處屢回頭。

題姚行軒山人遊山晚歸圖

清遊不厭晚，回首蒼烟霏。層巒與疊巘，競秀呈光輝。所至攬其要，翩然可以歸。尚有未歸者，宵夢繞翠微。先生倜儻人，胷中滿化機。壯遊極吳越，高詠追柳韋。詞將泉共瀉，思與雲俱飛。披圖發遐想，嗤彼世網羈。

上聽雲周觀察（存目，見《續草》卷二）

丁卯元日春洲枉顧見示新詩次韻

荒廚慚說薦椒辛，剪燭論詩遣令辰。悵我情懷隨日減，羡君吟思逐年新。晴添病骨三分煖，冷透梅花一夜春。蘇晉持齋甘淡泊，半杯濁酒勸頻頻。

康夫人招飲歸沈女史贈紅梅一枝戲占〔一〕

冰肌玉骨縞衣裳，忽换東風時世妝。扶醉鐙前頻索笑，一生拘束對卿狂。

【校記】

〔一〕『康夫人』，《近草》作『鄰姬』。

宵來展玩春洲見示詩詞語淡意深愁多歡少占此奉慰（存目，見《續草》卷二）

紅梅用前韻

濃薰沈水换霞裳，夢醒羅浮和醉妝。豔在丰姿清在骨，賺他和靖一生狂。

有懷王襟玉夫人卻寄（存目，見《續草》卷二、《近草》）

春日（存目，見《續草》卷二）

春洲過訪草堂

落梅風急日遲遲，踏屐人來鶴早知。辭卻鶯花歌舞窟，草堂剪燭坐論詩。

和香浦弟（存目，見《續草》卷二）

花朝感事和韻時以幼女紺珠出寄（存目，見《續草》卷二、《近草》）

殘菊和韻（存目，見《續草》卷二）

曉枕和韻（存目，見《續草》卷二、《近草》）

用前韻答墨仙女史〔一〕

清於白雪軟於綿，詞出佳人別樣妍。楊柳綠拖樓外線，杏花紅掩鏡中天。笑持罇酒邀仙侶，爲祝羣芳啓壽筵。最喜碧蘿牕畔月，清光盼到漸團圓。

【校記】

〔一〕 本詩又見《近草》。

題梅花帳額

槎枒滿幅瘦枝橫，誰把霜毫替寫生。紙帳夜寒春寂寂，半牀香影不分明。墨痕濃淡態橫斜，清景描將處士家。枕畔亂翻蝴蝶影，夢回身裏萬梅花。

汪籍庵廣文贈詩次韻〔一〕

屈宋襟懷總帶秋，詩情一縷比蘭幽。三春風雨縈鄉夢，一院鶯花助客愁。愛讀新篇頻盥露，每扶薄病強登樓。草廬欲屈神仙駕，早有文光貫斗牛。

【校記】

〔一〕本詩底本二首，其二見《續草》卷一。

題松陰觀瀑圖照

百尺飛泉洗俗塵，誰知此地臥幽人。蒼松不許東皇管，獨占空山萬古春。

風景清幽不受埃，披圖忽地道心開。怪他偏帶英雄氣，一片濤聲萬馬來。

送織雲夫人歸葺城

相別何匆匆，相見苦草草。周旋匝月間，把袂恨不早。君才壓鮑左，奪得天孫巧。搖筆香風生，花枝似人好。瑤華偶一惠〔一〕，開讀屢傾倒〔二〕。嗟予賦命慳，病與愁縈繞。伶俜弱息癡，繞膝爭梨棗。營營旦暮間，坐使夢魂擾。人生百歲稀，此累何時了。今君辭我行，令我心如搗。天涯相背飛，不及成行鳥。索我髻上花，相思見懷抱。秋風勉加餐，玉容善自保。

【校記】

〔一〕『偶』，《近草》作『時』。

〔二〕『讀』，《近草》作『緘』。

答吉雲沈女史〔一〕

昨宵清夢繞蓬萊，曉起明珠墮滿懷。倘許掃花遊上界，願隨仙子住瑤臺。冰雪聰明水月身，憐才一念十分真。知卿不愛凡桃李，思折梅花贈玉人。

【校記】

〔一〕詩題，《近草》作『答沈女史』。

畫梅〔一〕

小閣簾初卷，中庭月正明。一聲孤鶴警，滿地瘦枝横。韻極何妨淡，香多轉覺清。相思隔烟水，無限隴頭情。

【校記】

〔一〕本詩又見《近草》。

香卿夫人來海上匆匆遽别口占此詩

逢君真意外，喜極轉忘言。舊夢還重認，新愁欲斷魂。寒潮催去棹，急雨暗前村。後會何年續，相思霜鬢繁。

【校記】

〔一〕　本詩又見《近草》。

郡伯鄭玉峯世丈見示塞上吟題十絕句（存目，見《續草》卷二）

宛山弟以哭兒詩見示賦此奉慰

忽聽瑤珠碎，傳來我尚疑。聰明應識母，嬌小欲依誰。燕去空餘壘，花殘莫損枝。丁寧善調護，尚有再來期。

風雨清明近，魂消悼玉詞。君方悲死別，我又悵生離。時方寄女吳門。易忍千行淚，難抛一局棋。人生兒女累，大半爲情癡。

上聽雲先生（存目，見《續草》卷二）

和沈女史

清言忘卻夜將闌，千古迢迢此會難。咫尺相思勞悵望，看花一樣不禁寒。燭影搖紅酒半闌，香閨同調似君難。月中添個嬋娟影，今夜清輝不覺寒。

用前韻寄沈女史〔一〕

善愁人怕到更闌，會是尋常別卻難。不信相思能透骨，春風偏爲兩人寒。

【校記】

〔一〕 本詩又見《近草》。

殘春（存目，見《續草》卷二、《近草》）

謝沈女史贈蘭（存目，見《續草》卷二、《近草》）

柳絮

輕於白雪淡於烟，去住無拘卽是仙。春色三分歸短夢，愁絲百尺化輕綿。因風渾似離人淚，點水空尋再世緣。觸目恐傷遊子意，天涯飄泊又經年。

爲徐醉吟居士題拾香草（存目，見《續草》卷二）

周聽雲先生有玉關之行卻寄（存目，見《續草》卷二）

次金罘舟茂才韻

欣聞嘉客叩柴關，爲訊平安喚小鬟。好句如花容我讀，殘詩似草待君刪。心機巧奪雲中錦，眉黛新描鏡裏山。彈指秋風攀月桂，嫦娥相待碧霄間。

題洗硯圖（存目，見《續草》卷二、《近草》）

落花和韻（存目，見《續草》卷二）

題姚行軒文學詩集〔一〕

慧業前生種，蛟龍不敢吞。君幼曾厄於水〔二〕。壯遊原素志〔三〕，至性戀慈恩。山水歸吟卷，鶯花愴客魂。何時營五畝〔四〕，色養奉晨昏〔五〕。

【校記】

〔一〕此詩又見姚天健《遠遊詩鈔》卷首，題作『奉題行軒先生遠遊詩鈔』。

〔二〕小注，《遠遊詩鈔》作『君幼曾漂海而更生』。

〔三〕『壯遊』句，《遠遊詩鈔》作『遠遊非素願』。

〔四〕『何』，《遠遊詩鈔》作『他』。

〔五〕《遠遊詩鈔》後有識語：『閨秀題贈時，劉氏母尚在堂。今披卷重讀，覺五畝之營未遂，晨昏之奉徒虛，不禁愴然。行軒附識。』

遊東湖登弄珠樓次壁間韻（存目，見《續草》卷二）

奉寄聽雲先生塞上（存目，見《續草》卷二）

繡餘四續草

香奩四詠和韻〔一〕

浣妝

洞房啓響小銅環，人在簾波鏡影間。掠鬢偷將雲樣巧，畫眉分得繡工閒。生成窈窕無雙質，洗盡鉛華没點斑。妝罷含情斂長黛，丹青難貌捧心顔。

臨池

一帶銀垣翠竹環，吟聲隱隱出林間。浣妝理繡偏嫌懶，滴露研朱不放閒。拂袖便聞香冉冉，沾衣微漬墨斑斑。揮毫寫到鴛鴦字，添朶桃花上玉顔。

玩月

天涯人未唱刀環，望斷盈盈一水間。仙子貌分花綽約，美人心共月清閒。瑣牕緩緩移梅影，虚幌明明照淚斑。耐得宵寒貪久坐，嫦娥捧出鏡中顔。

【校記】

〔一〕本詩又見《近草》。

折花

珊珊玉骨萬花環，鬢影釵光掩映間。蝶戀芬芳貪小住，婢窺意思暫偷閒。湘裙風過微微皺，翠袖紅粘點點斑。折得幽蘭憐並蒂，一枝斜插助嬌顔。

月英夫人舟過申江諸女伴凝妝以待雲軿之降久之芳信杳然知歸心甚切獨不念微茫烟樹中有人倚樓凝望耶猶幸明珠雛鳳雙降草堂舉止周詳風神秀逸雖未把臂而瑤英風度想見一斑矣率成斷句三章以誌景仰（存目，見《續草》卷三）

書信尾寄外吴門（存目，見《續草》卷三、《五續草》、《近草》）

夜雨和餘瀾壻韻（存目，見《續草》卷三）

附　原作

□餘瀾

陰雲常蔽日，入晦沛甘霖。濕氣濛青瑣，寒颸動翠衾。催宵雞夢穩，到耳漏聲沈。曉看橫斜致，紅埋曲徑深。

潤物千竿玉，隨風入夜喧。敲簷遊屈蜧，泫徑壯啼猿。黑陣昏漁火，淒聲斷客魂。杏花一夕雨，紅過幾家村。

爲奕山題海棠幀

豔極嬌多不自持，杜陵老去怕裁詩。雨絲無力東風軟，獨倚欄杆中酒時。

殘春聽雨和韻〔一〕

青燈黯淡夜牕幽，金鴨香消靜掩樓。滿月蕭騷聽不得，半宵和夢替花愁。

小牕深掩一鐙幽，長夜懨懨獨倚樓。滴碎花魂驚破夢，問誰擔得此宵愁。

詩情黯淡夢情幽，金谷香殘夜墮樓。攲枕有人吟苦調，與花分占十分愁。

【校記】

〔一〕本組詩底本共四首，其四見《續草》卷三。

徐香沙學博以遷居詩見示次韻

兩行圖史列西東，恰稱幽人住此中。草長勻鋪三徑翠，花深常裹一樓紅。琉璃牕薄籠新月〔一〕，翡翠簾疎透好風。夜半高吟震幽谷〔二〕，滿山松柏盡青葱〔三〕。

九畹芳蘭仙露滋，膽瓶親供兩三枝。墨池蛟起書成候，竹塢禽喧客到時。七尺牙琴無俗調，四圍粉壁有新詩。何當招個羊求侶，同向江頭理釣絲。

【校記】

〔一〕「籠新」，《五續草》初作「涵秋」，墨筆改同此。

〔二〕「震幽谷」，《五續草》初作「都震屋」，墨筆改同此。

〔三〕「滿山」句，《五續草》初作「□□劍氣□青葱」，墨筆改同此。

復軒將攜家往吳門古愚雲賡奕山餞别李氏吾園有賦〔一〕

詩成客去掩空園，誤卻傳箋僕叩門。踠地垂楊牽别思，漫天飛絮黯吟魂。新愁不斷眉長結，殘淚難消目漸昏〔二〕。翹首孤雲頻嘆息，碧天如水又留痕。

【校記】

〔一〕本組詩底本共二首，其一見《續草》卷三。

〔二〕『漸』，《五續草》初作『易』，墨筆改同此。

簡田先生示苦雨詩次韻

講庭烟暝亂鳩呼，問字何人踏綠蕪。筆底怒潮翻作浪，胷中廣廈繪成圖〔一〕。怪他平地生波矣，笑問青天可補乎。我但牽蘿思自芘，憂民心事似公無。

【校記】

〔一〕『繪』，《五續草》初作『構』，墨筆改同此。

贈吳江夫人

見佛心誠悵少緣，青鸞信杳采雲邊。身如病柳風還妒，命比孤雲月總憐〔一〕。寄雁鴻書愁少便，繡鴛鴦法可容傳。微吟冷答寒蛩語，自入秋來更少眠。

【校記】

〔一〕『命比』句，《五續草》初作『命似秋雲月尚憐』，墨筆改同此。

寄卷勺園主人劉瑞圃居士〔一〕（存目，見《續草》卷三）

【校記】

〔一〕『主人』，朱筆删。

寄碧城主人〔一〕（存目，見《續草》卷三）

【校記】

〔一〕『碧城主人』，圈改作『陳雲伯明府』。

題洛神圖

一片朝霞渡水來，采珠拾翠暫徘徊。神光離合原難繪，費盡陳王八斗才〔一〕。

【校記】

〔一〕『王』，朱筆改作『思』。

贈壯烈伯浙江提督李忠毅公輓詩（存目，見《續草》卷三）

贈陳古愚姻丈（存目，見《續草》卷三）

題陳小雲小碧城新草〔一〕

擁書萬卷及芳春，宿學應教拜後塵。湘水浣懷清境地，垂楊寫照好風神。敲來寒玉聲何脆，譜入旂亭調最新。更喜碧城仙館啓，有人肯構又傳薪。

【校記】

〔一〕詩題，底本初作『題小碧城新草陳小雲公子裴之著』，朱筆改爲此。

小寓吳門連朝陰雨占此自嘲（存目，見《續草》卷三）

晚眺（存目，見《續草》卷三）

菊影和韻

數枝搖曳上銀牆，簾卷西風瘦夕陽。烏帽客來簪不起，白衣人到襲無香。冷篩老圃玲瓏月，細繪疎籬淺淡妝。釀酒餐英原是幻，色空中有妙文章。

贈宋浣香世嫂〔一〕

交同金石味同蘭，妝閣論心坐夜闌。仙貌不嫌裝束素，瓊花一朵月中看。

【校記】

〔一〕 本詩底本三首，前兩首已見《續草》卷三。

曉枕（存目，見《續草》卷三）

次張掖垣太史見贈韻張名星煥湖南人，庚辰庶吉士（存目，見《續草》卷三）

題徐節母周夫人傳後雪廬孝廉尊慈也（存目，見《續草》卷三）

旅牕（存目，見《續草》卷三）

答道華夫人（存目，見《續草》卷三）

碧城夫人招飲走筆誌謝

筍輿引入娜嬛府，凌風衣袂飄飄舉。仙館平臨十二層，王母容顔三十許。香秔仙飯勝胡麻，翠幕銀屏多玉女。雲開高閣現髻鬟，風送隔花聞笑語。觴飛花底酒亦香，瑤姬捧尊勸我嘗。櫻桃微綻鶯語滑，瓊枝照眼生輝光。蘭階喜見小鳳皇，翩翩時嚮玉案旁〔一〕。聰明早已會人意，時來挽袂牽衣裳。高鳴一鳳先耀采，羽衣璀璨成文章。詩書之澤循吏報，行看健翮三霄翔。琳宮窈窕窺祕笈，天風海水聲湯湯。百靈訝從天際降，萬象真向胷中藏。仙音聽來塵想絕，一洗牢愁詩界闊。青囊更有肘後方，授我金丹換凡骨。歸來手剔青鐙青，猶聞環佩聲泠泠。參橫斗轉譙鼓急，一枕遊仙夢乍醒。

【校記】

〔一〕『時嚮』，旁改作『翾翾』。

題桐陰展卷圖（存目，見《續草》卷三）

讀聽雲山館詩集題後（存目，見《續草》卷三）

潘榕皋先生惠並蒂蘭賦謝（存目，見《續草》卷三）

葑山舟次有作（存目，見《續草》卷三）

葑山道中呈簡田先生（存目，見《續草》卷三）

葑山觀荷絶句十首（存目，見《續草》卷三）

客中遣興（存目，見《續草》卷三）

涉園雜詠（存目，見《續草》卷三）

新涼（存目，見《續草》卷三）

數帆閣晚眺（存目，見《續草》卷三）

涉園早起聞桂香喜而有作（存目，見《續草》卷三）

和尤春帆舍人遊涉園韻（存目，見《續草》卷三）

己巳中秋客居吳下次月滿樓丁卯中秋家宴韻（存目，見《續草》卷三）

雪中用尤文簡公集中入春半月未見梅花詩韻（存目，見《續草》卷三）

題查查客先生把酒問青天圖卽次其韻（存目，見《續草》卷三）

夜坐（存目，見《續草》卷三）

周聽雲先生塞上書回知儀前寄詩劄晉將軍見之歎賞命付裝池自維下里巴音得流傳萬里之外且邀鉅公識拔自幸抑自愧矣口占二絕（存目，見《續草》卷三）

題梵福樓所藏柳如是畫像（存目，見《續草》卷三）

奉題慶蕉園方伯泛月理琴圖（存目，見《續草》卷三）

秋夜感懷寄外（存目，見《續草》卷三）

憶外（存目，見《續草》卷三）

題羣芳呈瑞圖爲張丈作卷中羣卉係女公子合作（存目，見《續草》卷三）

月夜貽汪小韞夫人（存目，見《續草》卷三）

奉題韓桂舲中丞種梅圖卽次元韻（存目，見《續草》卷三）

余生書田工彈詞索詩贈之

山人彈詞擅天巧，雙目雖盲心了了。手撥鵾絃初發聲，四座點頭都道好。有時詼諧出天趣，座客哄堂稱絶倒。有時慷慨變激昂，能使羈愁生悄悄。風月纏綿兒女情，江湖漂泊英雄老。酒邊未免亂鄉愁，旅館夢回憶年少。讀書原不爲功名，識字安能免煩惱。東南藝苑半知名，箏笛繁音都一掃。賞音幸遇香山翁，識曲俄驚徧海島。觸手能生席上春，餘音尚向梁間繞。有才如此成廢棄，一片雄心終草草。天心最忌太分明，人事何須判昏曉。世態紛紛不可看，靜中庶免紅塵擾。

殘臘見雪（存目，見《續草》卷三）

西風（存目，見《續草》卷三）

九日憶吉雲（存目，見《續草》卷三）

送秋和韻（存目，見《續草》卷三）

題楚中熊兩溟進士鵠山小隱詩集（存目，見《續草》卷三）

題顧劍峯廣文寸心樓詩集（存目，見《續草》卷三）

小韞夫人贈詩次韻（存目，見《續草》卷三）

幽棲次韻（存目，見《續草》卷三）

端陽

推盤陳角黍，故事自年年。我誦《招魂》賦，人登競渡船。有情擷芳草〔一〕，無緒醉瓊筵。萬古精靈在，行吟楚澤邊。

【校記】

〔一〕『芳』，《五續草》初作『香』，復改同此。

湘水吟紀夢（存目，見《續草》卷三）

立秋日作（存目，見《續草》卷三）

岳州孝烈靈妃廟碑書後（存目，見《續草》卷三）

初秋用壁間韻（存目，見《續草》卷三）

呈潘榕皋先生（存目，見《續草》卷三）

題李紉蘭夫人茶烟煮夢圖（存目，見《續草》卷三）

歸舟寄小韞（存目，見《續草》卷三）

王渡阻風（存目，見《續草》卷三）

贈宜園張夢蘭夫人〔一〕

尊前邂逅鎮相憐，氣是幽蘭貌是仙。我本如雲嗟易散，卿須如月祝長圓。三生共證菩提果，一笑欣聯萍水緣。海燕巢荒歸未得，匆匆催放五湖船。

【校記】

〔一〕本組詩底共二首，其一見《續草》卷三。

水仙宮賞菊定脩上人索詩爲題一律

世外孤芳迥不同，黄金鑄相極玲瓏。霜清老圃秋何澹，花到禪房色是空。見佛可能除傲骨，避塵無語立西風。虎溪送客歸來晚，香影扶疎月正中。

舟泊泖湖望月（存目，見《續草》卷三）

吳江舟阻（存目，見《續草》卷三）

蒲髯出塞圖爲快亭郡博題（存目，見《續草》卷三）

題趙承旨畫馬（存目，見《續草》卷三）

老僕熊秀樸實謹愼相隨五年能效奔走之勞雖遠途亦無倦容今秋忽有懈意疑其有去志未幾疾作奄然長逝爲之泣然僕無親屬爲薄斂而瘞於葑門外酹之以酒且繫以詩（存目，見《續草》卷三）

雪中有懷王玉芬夫人（存目，見《續草》卷三）

題王女士靜好樓詩集（存目，見《續草》卷三）

殘臘偶吟（存目，見《續草》卷三）

吳印芳夫人見招出示翠筠軒詩鈔賦贈（存目，見《續草》卷三）

聞蟬次駱丞韻（存目，見《續草》卷三）

詠馬次工部韻（存目，見《續草》卷三）

秋山（存目，見《續草》卷三）

秋水（存目，見《續草》卷三）

秋蟲（存目，見《續草》卷三）

秋花（存目，見《續草》卷三）

秋牕（存目，見《續草》卷三）

秋圃（存目，見《續草》卷三）

秋野（存目，見《續草》卷三）

秋濤（存目，見《續草》卷三）

秋鐘（存目，見《續草》卷三）

秋鈴（存目，見《續草》卷三）

示袁琴南壻（存目，見《續草》卷三）

泛舟秦淮（存目，見《續草》卷三）

題淵如先生六十四歲小像（存目，見《續草》卷三）

題馬守真畫蘭（存目，見《續草》卷三）

題薛素素畫蘭（存目，見《續草》卷三）

遊棲霞六首（存目，見《續草》卷三）

過莫愁湖題莫愁小影次前人韻（存目，見《續草》卷三）

劍峯先生贈詩次韻〔一〕

合教低首拜青紗，偏荷詞壇月旦誇。公比仲宣羣倒屣，我慙德耀也浮家。淩寒標格干霄竹，倦旅心情點水花。最羨蔗根滋味美，聰明驥子解娛爺。

【校記】

〔一〕本組詩底本共二首，其二見《續草》卷三。

題清河夫人遺挂爲虛谷司馬作（存目，見《續草》卷三）

石琢堂先生賜示晚香樓詩集賦呈（存目，見《續草》卷三）

次季湘娟同學見懷韻卻寄湘娟琴川人同邑屈子謙室子謙工書畫早卒無子（存目，見《續草》卷三）

有以紅樓夢傳奇畫扇者索詩

紅樓好景正無涯，開到東皇富貴花。處處亭臺題欲徧，錦袍公子炫才華。

輕搖玉佩出昭陽，快睹天家八寶妝。暢敘名園多樂事，羣芳低首拜花王。

蕭蕭斑竹晚生涼，每到芳時惜景光。落盡桃花飛□□，春風愁殺病瀟湘。

寓居葑溪鄰家李花盛開感賦（存目，見《續草》卷三）

題北郭夜吟圖（存目，見《續草》卷三）

繡餘五續草

稿本

繡餘五續草稿本

香奩四詠和韻（存目，見《繡餘四續草》）

和姪倩劉鴻甫副車新婚

折桂先經月窟登，迢遙宮殿采雲蒸。朝來欲識嫦娥面，再把雲梯上幾層。
雀屏啓處萬花明，跨鳳人來帶笑迎〔一〕。聽到《陽春》憐絕調，知音纔不愧冰清。
宮花低壓帽檐斜，看壻人爭聚絳紗。兩部笙歌催進酒，詩成醉裏倍風華。
花影横牕月似銀，玉簫吹滿洞房春。分明人在瑤臺裏，香靄如雲看不真。
玉梅香裏詠河洲，湘管閒將博議脩〔二〕。生就春山濃翠好，合教京兆讓風流。
亭亭雙鳳倚妝臺，絕代丰姿絕代才。曉起鴛幃成一笑，夜來同夢荼花開。

【校記】

〔一〕『带笑迎』，初作『跨鳳行』，復改同此。

〔二〕『議』，初作『藝』，復改同此。

松潭世兄來海上出示近作和韻

一門孝友傳家學，公返蓉城心也安。殘燭誦詩追夙昔，清尊話舊雜悲歡。講筵人在花空發，華表魂歸月亦寒。知否昭華憔悴甚，青琴只宜再生彈。

松潭世兄見示將抵申江感懷二律和韻

騎鯨人往去思匆，閭巷猶傳郭細侯。禦寇衝鋒宵泛海，籌邊挾策曉登樓。官清似水書寧廢，筆大如椽史自脩。贏得蒼生齊慟哭，萬行清淚逐江流〔一〕。

沖和懷抱幾人如，入座春風想滿裾。綠野無金營舊圃，玉堂有子守遺書。詩篇一任留滄海，松竹空思返故廬。地下朝雲應一笑，芙蓉城闕共安居。

生祠俎豆至今留，竹馬爭迎小鄴侯。感舊題詩傳海國，思親揮淚滿江樓。金原足色還思煉，玉本無瑕尚自脩。快讀新篇見懷抱，聲華如水鎮長流。

黃泉碧落感何如，讀罷新詩淚滿裾。癡想幾回縈夜夢，傷心那忍檢遺書。琴尊坐月開鈴閣〔二〕，風雪傳箋到草廬。此夜一鐙呵凍筆，蕭蕭落木閉門居。

【校記】

〔一〕『逐』，初作『帶』，復改同此。

〔二〕『癡想』三句，初作『筆陣如山列，詞源比海寬。論詩公有法，受譽□』，復改同此。

和吳青士姻長題稿

才調翩翩似六如，紅絲隔幔手褰初。玉臺奏出房中樂，湘管脩成博議書。醉月評花文戰後，頌椒詠絮繡工餘。絲蘿喜附神仙眷，正想風前接翠裾。

門第崔盧守硯田，干霄劍氣正青年。心機巧織鮫宮錦，眉樣新傳月殿仙。寫韻樓頭揮采筆，圍棋牕底賭花鈿。晶簾冷挂玲瓏月，蘭氣吹來盡化烟。

籍庵世兄枉顧草堂率賦一律贈之

灰飛初應律，有光款柴門。急出殘詩改，重將好句溫。婢慵簾未卷，徑僻晝長昏。何日消塵障，清尊細共論。

月英夫人舟過申江諸女伴凝妝以待雲軿之降久之芳信杳然知歸心甚切獨不念微茫烟樹中有人倚樓凝望耶猶幸明珠雛鳳雙降草堂舉止周詳風神秀逸雖未把臂而瑤英風度想見一斑矣率成斷句三章以誌景仰（存目，見《續草》卷三、《四續草》）

徐雪廬孝廉惠題拙稿次韻〔一〕

山帶遙青水蔚藍，鬢絲憔悴我何堪。茫茫學海憑誰渡，願乞先生一指南。

談史研經尚黑頭〔二〕，名山一席占千秋。微才敢説關天忌，好句如仙替解愁。

管花時湧墨池蓮，甲乙丹黄次第編。多感量才寬至尺，許將姓字附羣賢〔三〕。

【校記】

〔一〕『孝廉』，初作『明經』，復改同此。

〔二〕『黑』，初作『墨』，復改同此。

〔三〕『姓字』，初作『名氏』，復改同此。

次簡田先生韻〔一〕

月旦風騷筆不停，荷公雙眼十分青。浣薇三復新詩句，畫角吹殘月滿庭。
郵壁詩留夢裏雲，憐才題品廣傳聞。美人才思真清絕，流水三分月二分。
三生舊夢溯瀛洲，鴻爪天涯記芳遊。不管花開與花落，一枝健筆占千秋。
弱水三千未易杭，誰裁花葉覆鴛鴦。賞音賴有河汾叟，連袂深閨捧瓣香。

【校記】

〔一〕『先生』，初作『師』，復改同此。

次韻贈海鹽徐德媛女史〔一〕

想見妝成筆不停，雙蛾秀奪遠山青。綠牕淡映梅花月，時有吟聲度廣庭。
墨浪翻成朶朶雲，深閨如許幾曾聞。莫言蕭史多情甚，我倘逢君不肯分。〔一〕
仙居合占百花洲，笑我癡情想共遊。最憶書帷鐙影裏，青蛾白髮話千秋。謂祝簡田太史〔二〕。
秀州烟景勝餘杭，風月都歸鴛與鴦。料得管花開竝蒂，一甌清茗一爐香。

【批語】

〔一〕眉評：清麗。

【校記】

〔一〕本組詩又見《近草》。詩題「次」作「用」。

〔二〕「太史」，《近草》作「先生」。

書信尾寄外吴門（存目，見《續草》卷三、《四續草》、《近草》）

壽恆勖沈丈

八旬瀟灑地行仙，慣把精神壓少年。怪底朱顏常不老，祕方親遇紫芝仙〔一〕。

眼底風光足可娱，玉階瓊樹秀雙株。添香更有朝雲伴，又報新擎掌上珠。

微吟薄醉總天真，揮麈能生滿座春。鶴瘦松蒼忘歲月，如翁信是葛天民。

【校記】

〔一〕「仙」，初作「翁」，復改同此。

次韓奕山茂才韻

薄命如花瓣，春風著意抬〔一〕。擁衾扶病讀，冒雨送詩來。君是昌黎後，我慚道韞才。天香雲外墮，住近雨花臺。

苦吟托毫素，生小愛詞章。似水愁難竭，如雲夢易忘。梅寒遲放萼，柳病不成行。敢謂聰明誤，詩成黯自傷〔二〕。

明年開蕊榜，一戰定秋元。鳳紙書金字，鴻文垂白門。溫柔新句好，慷慨古風存。揮灑生花管，摹蘭又繪萱。

【校記】

〔一〕『風』，初作『花』，復改同此。

〔二〕『詩成』，初作『吟詩』，復改同此。

奕山茂才畫萱蘭見貽口占二絕誌謝

靈均高致杳難攀〔一〕，憔悴秋風損玉顏。繪出風神真絕代，憐他寂寞老空山。

北堂人往迴生愁，背立東風淚欲流。哀樂中年偏易感，多君珍重寫忘憂。

【校記】

〔一〕『杳』，初作『迥』，復改同此。

疊韻答籍庵世兄

片紙纔吹去，新詩又到門。江花紛古豔，郢曲帶春溫。坐久寒威逼，吟殘鐙影昏。行空讓天馬，誰可與同論〔一〕。

庭空繁響起，呼婢掩重門。室繞茶烟暗，爐添芋火溫。高吟寄清怨，擊賞到黃昏。喚起騎鯨客，千秋相對論。

【校記】

〔一〕『可與同』，初作『敢與君』，復改同此。

再疊前韻答籍庵〔一〕

苦吟徒面壁，弄斧到班門。病怪詩無氣，寒嫌火不溫。柝聲催夢淺，鐙影帶愁昏。學把鴛鴦繡，金針乞細論。

長城排五字，直造長卿門。切玉刀何銳，團香手自溫。驪珠偏炯炯，魚目總昏昏。笑指桃花水，深情好共論。

【校記】

〔一〕詩題後，初有『世兄』，墨筆刪。

六用前韻答籍庵〔一〕

憐君不得志，暫寄信陵門。笑把之乎改，重將句讀溫。珠光終煥采，劍氣豈長昏。載酒人無數，還家共討論。

暫息摶風翮，行將返鹿門。花從南嶺放，顏向北堂溫。客子衣裳薄，征途雲水昏。還期藏我拙，莫對少君論。來詩有『歸裝載珠玉，好與細君論』之句。

【校記】

〔一〕詩題後，初有『世兄』，墨筆刪。

再用前韻酬喬年都尉〔一〕

家聲褒鄂後，衝斗劍光寒。筆陣如山列，詞瀾比海寬。論詩公有法，受譽我何安。縱轡風雲際，才兼文武難。

【校記】

〔一〕『都尉』，初作『先生』，復改同此。

和蓉裳寒夜元韻

寒宵呵凍筆，驚見墨鮫伸。剪燭裁新句，開門款故人。交深情自淡，客久夢偏新。冷透風簾月，移來花滿身。

中懷常鬱鬱，柔翰苦難伸。秋盡蟲無語，鐙殘鼠近人。帶圍愁日減，詩樣愛翻新。聽到陽春調，驚回入夢身。

冬至夜口占

清尊紅燭夜沈沈，遣悶牕前倚醉吟。可奈病魔如有約，每逢節序便來尋。

松潭世兄將至吳門占此贈行

西風雁影斷關河，聽到驪歌喚奈何。前路不教愁寂寞，江南舊雨感恩多。

闗河搖落易興哀，驅使雲烟又費才。吩咐江梅迎畫舫，試鐙風裏望君來。

和吉雲妹元韻

將傾大廈費枝持，況復同心悵久離。情重自然裁句好，才疎無那報章遲。君方悟徹鐘鳴候，我正愁縈漏盡時。願向廣寒陪月姊，銀河總阻不關思。

寒生紙帳費禁持，可憶劉剛久別離。繡口誦殘經卷卷，冰心也怯漏遲遲。要知身世原如寄，莫負韶華最好時。知否有人尋舊夢，臨風對月苦相思。

次春洲閨友韻

風風雨雨負芳辰，半世勞勞誤此身。夢挾深愁偏覺險，境逢多病是真貧。魚箋快讀新裁句，鴻爪猶留隔歲春。手撚花枝羞對鏡，鬢絲憔悴笑陳人。

壽韓母陳太孺人八十

壼範傳江左，能將兩姓支。品應高鮑謝，才直抵鬚眉。式穀原兼父，傳經更作師。鳳雛毛羽異，五色燦葳蕤。

板輿行樂地，花徑繞清溪。生值中和節〔一〕，人瞻福慧齊。添籌來碧海，介壽滿紅閨。欲進長生頌，慙無彩筆題。

【校記】

〔一〕『生』，初作『今』，復改同此。

次韻奕山

連朝苦雨奈若何，閉戶敲詩喜客過。顧我無術進魏國，羨君有句似東坡。酒催綺思花同放，天限詞人命太苛。曉起自思還愧悔，樽前薄醉帶愁哦。

雪裏花容比酒酣，膽瓶清供佐深談。詩書氣重人皆誚，中饋才疎我更慙。舊夢重尋猶有感，人情細味總難堪。重簾聽盡懨懨雨，捧到新篇誦再三。

次韻

十年館閣仙毫染，六代江山采節移。帝重忠貞遷任速，民沾愷澤悟來遲。南邦早徧甘棠蔭，北闕常懸葵藿私。詞翰風流經濟大，書生能答聖明期。

木天高步信雄哉，曾記璠璵親捧來。書局漢唐驚未睹，史長學識見兼該〔一〕。鉤龍寫鳳昌黎筆，杞梓楩楠楚澤材。誰和霓裳天上曲，郢中白雪許追陪。

殊恩珍重紀詩歌，筆底驚看萬象羅。誠可格天原在我，虛能鑒物總由他。重來添得雙旌矣，憶得當年五馬麼？士庶同時皆額手，春風一夜徧陽和。

君實生平傳友愛，連牀話雨聽更籌。瞻園水竹依然好，白下鶯花勝昔不？觀稼西郊歸緩緩，延賓東閣夜悠悠。名山席與旬宣化，一樣聲華汗簡留。

【校記】

〔一〕『長』，初作『才』，旁改同此。

陳雲伯大令惠題拙稿次韻奉酬

碧城霞氣合，舊是謫仙家。樹結同心子，池開並蒂花。吹笙踏涼月，譜曲坐明紗。燭底成雙笑，蘭芽與蕙芽。

一縷幽蘭氣，千秋未肯銷。詩開三島畫，人受萬花朝。清戛神仙佩，和鳴鸞鳳簫。吟殘忘漏永，牕外月如潮。

早折蟾宮桂，名登大雅壇。夢花全絕筆，吹氣總成蘭。牙慧從人襲，詞風誰敢干。多情坐明月，清夜替花寒。

身世原如寄，乾坤何處家。孤吟學春蚓，薄命比秋花。名許刊瑤集，詩還錫絳紗。焚香清夜誦，仙露灌雲芽。

感時還濺淚，對景輒魂銷。讀史懷千載，裁詩弔六朝。寒依霜裏竹，愁聽月中簫。鄭重知音意，題箋寄暮潮。

深閨弄柔翰，喜得附詞壇。入爨憐焦尾，當門悔種蘭。牛衣悲茂養，蝸舍閒江干。慷慨分清俸，遙憐白屋寒。

次韻

舊時臺與樹，到處觸愁新。隔牖調霜鶴〔一〕，傳書附錦鱗。清歌翻白雪，涼意起青蘋〔二〕。道是梅花瘦，偏涵天地春。

【校記】

〔一〕『調』，初作『招』，復改同此。

〔二〕『青』，初作『白』，復改同此。

次韻答閨友〔一〕

驚看天地又回春，與病爲緣共藥親。繡線拋殘偏覺懶，好詩投贈不嫌頻。牕前嬌鳥晴調舌〔二〕，竹外梅花冷笑人。正困愁城無計出，藉君語妙一舒顰。

【校記】

〔一〕『次』，初作『次韓奕山』，復刪改同此。

〔二〕『嬌鳥晴』，初作『晴日鶯』，復改同此。

題薔薇畫

紅鬚嬌膩粉生光，含笑風前倚醉妝。蝴蝶愛尋香夢好，滿身清露出花房。

夜雨和餘瀾堉韻〔一〕（存目，見《續草》卷三、《四續草》）

【校記】

〔一〕『夜』，初作『春』，復改同此。

附元作（存目，見《四續草》）　□餘瀾

爲奕山題海棠幀〔一〕

春陰漠漠漾簾櫳，春睡矇矇怯曉風。七分胭脂三分雪，讓他韓偓剪裁工。

【校記】

〔一〕本組詩底本共兩首，其一已見《四續草》。

沈少田茂才見和香奩詩雪詩報以二絕

月樣光明花樣新，淺顰嬌笑鏡中春。描摹全賴才人筆，周昉丹青未得神。

一曲陽春踏雪傳，裁冰剪水句如仙。風流玉局前因在，合與先生作比肩。

次祝簡田先生韻〔一〕

何幸萍蹤合，蒙公青眼憐。論交有嚴杜，高誼指雲天。道古顔愈潤，神清骨自堅。申江花事好，畫

鵑幾時旋。

薄命如飛絮，春風著意吹。耽吟原自誤，病骨已難支。懷德徒爲爾，酬恩未有期。韶華無限好，鎮日蹙雙眉。

【校記】

〔一〕詩題，初作『偶成』，復改同此。

海棠

淡淡胭脂和雪勻，夕陽紅襯臉霞明。若非帶著三分酒，壓倒唐宫第一人。

題折柳圖用保之韻

離愁如酒醉難醒，宛轉新聲和夢聽。纖手折來聊贈別，臨風低唱柳青青。

題杜真君遺像

再拜瞻遺像，風神自肅清。誠能通帝座，智可洞軍情。早定真靈業，常垂奕葉名。九峯雲氣合，鸞鶴半空迎。

才藻原天授，簪毫侍玉皇。孤忠抱秋月，遺愛徧甘棠。禦敵偏多策，安民自有方。至今靈爽在，珠字粲輝煌。

送玉峯太守入覲二絶

此去知膺寵命新，頻年戀闕抱丹誠。輕帆穩趁桃花浪，一路看山到玉京。

江梅初卸杏初開，好句如仙任意裁。料想看花人得意，紅綾宴罷待公來。

春宵雜詠

勞生萬念結中腸〔一〕，孽種三生未易償。風吼紙牕涼欲裂，鐙窺羅幌黯無光。夢魂誰爲分明指，世味天教仔細嘗。簾外落梅風正急，一宵吹滿鬢邊霜。

耽吟自笑真成癖，憔悴往時句懶裁。萬點飛花和淚墮，五更殘夢帶愁來〔二〕。韶華似水留難住，往事如雲掃不開。疎雨一簾寒食近，蕭蕭風木倍興哀。

【校記】

〔一〕『生』，初作『身』，復改同此。

〔二〕『五更』，初作『一絲』，復改同此。

次奕山韻

濃雲如絮雨如絲，海樣深愁詎有涯。老去門楣思倚壻，病來空省並無兒。也嫌搖落風無賴，要識摧殘春未知。一種峭寒禁不得，三生夢斷五更時。

暮春感懷

廿番花信太匆匆，曉起關心數落紅。摧折早含生意在，底須苦憾五更風。搖落何堪感萬端，中庭雨過獨憑欄。愁來舉足疑無路，一笑始知天地寬。

寄明霞女史

美人遙隔彩雲端，空抱相思識面難。畫裏丰神真絕代，臨風翠袖不禁寒。春申潮汛促秦嘉，歸棹中流趁落花。惆悵芳時頻賦別，才遇寒食又辭家。

寄雨蒼公子

感遇懷知淚濺衣，未經識面早依依。他生願化銜環雀，得傍君家門戶飛。

曉峯手繪衛夫人臨池圖見贈口占誌謝

一枝采筆太通神，著手能生頃刻春。世上憐才君樣少，拈毫偏寫衛夫人。

和奕山寄保之元韻

如花弱質費扶持，緘就魚箋寄遠思。織錦才人還善繡，畫眉夫壻最工詩。紅鐙拈線縫兒服，素手調羹爲母炊。六曲欄干人悶倚，春風吹不解雙眉。

殘春聽雨和韻〔一〕

詩太酸辛境太幽，傷心無夢到紅樓。癡情欲挽銀河水，一洗胷中萬斛愁。

深鎖重門一院幽，黄昏鐙火掩妝樓。怪他幾陣春宵雨，只送飛花不送愁。

【校記】

〔一〕本組詩底本共六首，前四首見《四續草》，其四又見《續草》卷三。

和香圃殘春即事元韻

笑拈枯管愛塗鴉，解小郎圍愧謝家。剪燭夜牕同聽雨，敲吟喜見唾生花。

次陳雲伯先生韻

攻破愁城只仗詩，茫茫身世欲何之。吟來好句香生頰，吹到仙雲喜上眉。問字倘容添弱妹，拈針情願伴諸姨。祗憂石上三生淺，引起春蠶一縷絲〔一〕。

誼同金石味同蘭〔二〕，苦念風前袖影單〔三〕。花雨散來能度劫〔四〕，陽春奏處可消寒〔五〕。拋磚竟荷投珠玉，譜曲何堪叶鳳鸞〔六〕。多恐難酬知己意，挑鐙讀罷背鐙嘆。

神仙府第本名花，紅袖添香侍絳紗。才子吟聲和似鳳，美人鬟影幻如鴉。瑤英窺鏡成雙笑，弄玉吹簫住一家。醉向芳叢步微月，垂楊低拂帽檐斜。

數椽老屋幾經秋〔七〕，陳跡淒涼易惹愁〔八〕。不是梁鴻思寄廡，慚非仙子好居樓。閒尋徐淑看花去〔九〕，閟逐清娱踏月游〔一〇〕。但得才人爲地主〔一一〕，烟霞契好復何求。

【校記】

〔一〕『引起』句，初作『幾日春風换鬢絲』，復改同此。

〔二〕『誼同』句，初作『敢將氣韻侣幽蘭』，復改同此。

〔三〕『苦念風前袖』，初作『同調無多都』，復改同此。

〔四〕『花雨』句，初作『自種愁根增感慨』，復改同此。

〔五〕『陽春』句，初作『人嫌詩骨太清寒』，復改同此。

〔六〕『堪』，初作『能』，復改同此。

〔七〕『數椽』句，初作『感時懷抱易成秋』，復改同此。

〔八〕『陳跡』句，初作『似水香□未浣愁』，復改同此。

〔九〕『閒尋』句，初作『雪花愛結瓊臺侣』，復改同此。

〔十〕『閟逐』句，初作『醉月同□貝闕游』，復改同此。

〔十一〕『但得才人』，初作『喜得劉剛』，復改同此。

殘春聽雨聯吟

簾外催春雨瀾，黄昏作勢狂珊。淒兼花語恨瀾，慘到客回腸。敲碎中宵夢，添將兩鬢霜珊。曉來堤上望，新綠漲陂塘珠。

化蝶祝英台故事

相思相守願偏違，分首書牕獨自歸。滿地白楊人不見，落紅萬點蝶雙飛。

伴讀書牕願已違，同聲同調不同歸。多情誤人莊周夢，歲歲花前作對飛。

丹誠一點肯相違，化作雙魂夢裏歸〔一〕。從此安棲香國老，春來春去不分飛。

【校記】

〔一〕『夢裏』，初作『作對』，復改同此。

十五夜望月口占

雲破月徘徊，中天首重回。平生無限事，一霎上心來。

萬感不由衷，相思溯碧空。嫦娥定相憶，遲我廣寒宮。

徐香沙學博以遷居詩見示次韻（存目，見《四續草》）

題李松潭農部遊草

細引春蠶一縷絲，挑鐙讀到漏殘時。愁紅怨緑銷魂調，戛玉敲金至性詩。獨客登山悲岵屺，孤舟聞笛憶塤篪。手栽松竹江南徧，此日攀條淚暗垂。

記徧山程與水程，新詩如畫畫難成。家風好客傾襟慣，舊雨銜恩倒屣迎。對酒那能消客思，看花應是觸離情。知君壯志還如昨，語帶天風海水聲。

送雨蒼世兄北試

翩然一騎度長河，篋裹干將不用磨。料得思親添涕淚[一]，玉關西望白雲多。

人如秋水句如仙，策馬金屋有月圓。聽說嫦娥翻巧樣，宫袍新製鬭詩妍。

吹氣如蘭竟體芳，謝家風範最端詳。膝前嬌女承歡笑，黄雀飛來變鳳皇。

賢聲吴下久傳聞，悵望瑶池隔彩雲。不道三生仙福好，絳帷還許拜宣文。

【校記】

〔一〕『添』，初作『增』，復改同此。

題木蘭畫

寶劍光搖翠黛明，美人孝勇本天成。鐵衣冷浸邊城月，猶認閨中喚女聲。

聽雨用前韻

夕陽疎柳帶棲鴉，書劍飄零更憶家。淒絕草堂風雨夜，一鐙如豆不勝花。
詩境淒清夢境幽〔一〕，幾年辛苦誦瓊樓。此情早被天孫覺〔二〕，許挽銀河替洗愁〔三〕。

【校記】

〔一〕『詩境』，初作『詩太』，復改同此。
〔二〕『覺』，初作『識』，復改同此。
〔三〕『洗』，初作『澆』，復改同此。

失題

兩行別淚灑清波，萍跡匆匆又渡河。曾望春風親聽講，一家恩禮感情多。

皆因微利玷清名，只有青天鑒此情。身似浮萍飄不定，心如皓月本空明。
卅載安貧志尚存，紛紛浮世不須論。公恩更比黄金重，縱有黄金不買恩。

復軒將攜家往吴門古愚雲賡奕山餞别吾園有賦（存目，見《四續草》）

題聶雲耕茂才江村獨釣圖

江鄉風物最清幽，柳陌菱塘繫釣舟。想見詩人心跡淡，水雲深處獨垂鈎。
楊柳絲絲傍釣臺，春江花月儘徘徊。知君小展經綸手，定有長鯨破浪來。
漁笛悠揚訴曉風，繁花半卸水流紅。濛濛細雨船頭坐，莫把詩翁認釣翁。

上周夫人

鄭公經濟魏公文，雄鎮東南首策勳。六代江山增氣色，一時士女仰慈雲。
旬宣幾載繡幄開，召伯甘棠到處栽。聞道吴儂頻額手，有緣生佛得重來。

防海籌邊用意深，風清鈴閣漏沈沈。簪毫儤直樞廷久，體得楓宸宵旰心。

籍隸瑤池第一流，人寰壺福幾生脩。六橋山水環高第，繼得家聲女狀頭。

一簾花氣晚風微〔一〕，閒坐桐陰羽扇揮。玉案眉齊康且壽，鳳雛爭傍五雲飛〔二〕。

【校記】

〔一〕『一簾』，初作『酸吟』，復改同此。

〔二〕『鳳雛』句，初作『喜看小鳳作羣飛』，復改同此。

送春塘弟北上

承歡隨宦轍，應愜遠遊情〔一〕。貧病難爲別，風雲壯此行。相逢定何日，哽咽不成聲。迢遞關山道〔二〕，須教馬足平。

三年徒聚首，一夕又離羣〔三〕。差長慙爲嫂〔四〕，敲吟每讓君。憐才原素志，俠氣薄青雲。挾病還相送，詩成萬緒紛。

【校記】

〔一〕『遠』，初作『壯』，復改同此。

〔二〕『迢遞』句，初作『尺素須頻寄』，復改同此。

〔三〕『離』，初作『分』，復改同此。

〔四〕『差』，初作『齒』，復改同此。

送奕山歸里

薄遊不得意，歸慰倚閭人。賴有詩篇富，誰言客況貧。莫灰雲路志，善保膝前身。病裏情懷惡，可堪送遠頻。

古愚兄贈高麗參賦謝

憐君同遘疾，客裏度晨昏。鄭重分靈藥，艱難愧報恩。愁多生夜夢，病久瘦詩魂。憑眺舒懷抱，敲吟莫閉門。

簡田先生示苦雨詩次韻（存目，見《四續草》）

積雨經旬秀峯觀察禱晴輒霽喜而有作〔一〕

名香一炷達丹誠，卻喜朝來果放晴。笑指遥天雲霧散，如公心事日光明。

雲開衡嶽溯當時，誠可通神信有之〔二〕。從騎減來騶唱靜，愛民心事怕民知。

【校記】

〔一〕『積』，初作『苦』，復改同此。

〔二〕『信』，初作『果』，復改同此。

觀察賜和前詩疊韻二首

扶病拈毫達赤誠，簷前鵲喜報初晴。朝來又捧瓊瑤什，花樣鮮妍月樣明。

承歡東閣憶當時，病裏分明夢見之。自念蓼荼身世苦，他年還想報公知。

古愚和韻答之

荒垣頹積雨，白晝掩柴門。忽報新詞到，頻揩病目昏。交存君子節，詩返古人魂。自嘆徒爲爾，乾坤空受恩。

又

天心也爲感公誠，暫撥雲頭一放晴。料得宵來勞念切，頻看微月射牕明。
采雲一朶降庭時，天性工吟誰及之。詩是靈丹能卻病，羨公事事總先知。

又

呼吸能通一點誠，農歌四野喜初晴。知公此夕掀髯笑，十里荷香月正明。
關心晴雨熟梅時，民樂民憂總共之。心事冰壺清澈底，如公合受聖明知。

附　和作　　陳學淦

只因苦雨竭愚誠，棹返晉江默禱晴。敢道微忱能感召，會逢開霽賴神明。
憐君抱病已經時，總爲多愁累及之。書意纏綿詩委婉，愧無好句答相知。

又

愁霖默禱意雖誠，亦會天公恰放晴。不道三朝才喜霽，風雨重來夜微明。

齋壇虔叩甫旋時，疊韻兩章又及之。果是慣家容易就，卻病因由須自知。

和澹霞韻

多感相逢便繫思，殷勤一語報卿知。虚名誤盡半生事，但學枯禪莫學詩。

雲伯大令枉詩問疾次答

不曾暫放兩眉開，聽盡淋浪雨浸苔。簷外忽聞靈鵲噪，江頭果見錦鱗來。書生素志能酬國，賢吏高風總愛才。只是三生仙福淺，蓬山欲發又遲徊。

一番風雨感摧殘，理鬢牕前對鏡嘆。繡被欲添還怯重，桃笙未御爲憎寒〔一〕。偶拈韻就驚詩瘦，小倚鐙邊覺影單。多感詞人珍重意，遠貽珠字問平安。

【校記】

〔一〕『爲憎』，初作『怯春』，復改同此。

用前韻

幕府爭傳愛士誠〔一〕，照人朗朗玉山晴。平原自是佳公子，天性沖和見事明。
逢君重午已多時，雛鳳聰明每念之。自顧蒹葭慚倚玉，頻年香閣忝心知。

【校記】

〔一〕『幕府』句，初作『子孝臣忠總一誠』，復改同此。

又

子孝臣忠總一誠，博親歡盼曉牕晴。翩翩裘馬知多少，難得如君見性明。
簾卷薰風晝永時，六書五射藝兼之。他年縱轡天衢路，奪錦光彥報我知。

吳門之行因事不果口占寄諸詞媛

夢魂昨夜渡楓橋，吹返天風悵路遥。孤負羣仙雲際望，玉函金簡遠相招。

謝人貽花露

硯匣塵封久不開，遠書欲報復遲回〔一〕。夢殘厭聽黄粱熟〔二〕，日飲花房露一杯〔三〕。

【校記】

〔一〕『硯匣』二句，初作『百和香濃病胃開，感君珍重遠貽來』，復改同此。

〔二〕『殘厭』，初作『回欲』，復改同此。

〔三〕『房』，初作『間』，復改同此。

吴中書來聞延陵夫人見予詩獎許已甚賦謝

瑤華一紙遠傳來，病裏愁眉略放開。自嘆眼□同調少，深閨難得解憐才。

半樵山人悼亡以來經十五載偶與外子談及纏綿悽愴若不勝情賦贈一律

金石丹青動一時〔一〕，蕭蕭潘鬢漸成絲。佳人絕世原難再，名士鍾情信有之。獨鶴行蹤秋樹識，鰥魚心事夜鐙知。蔗頭滋味知無限，玉樹蘭階列四枝。

【校記】

〔一〕『金石』句，初作『揮灑生花筆一枝』，復改同此。

題王九峯山人培蘭種竹圖山人耳聾以醫名世

竹受晨風爽，蘭含曉露清。阿翁謝塵籟，偏聽讀書聲。

栽花栽幽蘭，種樹種脩竹。只有活人心，無分雅與俗。

淅淅雲苗長，森森玉筍排。龍鸞看繼起，不待拈三槐。

逸韻毫端集，清芬腕底傳。深閨慙腕弱，珠玉況當前。

又題藝蘭圖

利濟爭傳肘後方，盡收靈草入青囊。春來九畹從仙露，贏得佳人夢亦香。

徜徉香國度年華，愛種靈均賦裏花。怪底玉階珠樹滿，家聲原是舊琅琊。

口占

老樹著花分外妍，一時韻事易流傳。高情不受科名縛，瀟灑人寰一地仙。

題梅柳村稿

病中吟好句，秋思霎然生。遠水一泓碧，寒蟬□樹鳴。花香隨處好，天籟自然清。十載滄江上，偏□識姓名。

枕上

隔牖涼風生，當戶月如練。呼婢掩重門，生怕回頭見。勞生悔已遲，嘗盡諸般苦。孽海正揚波，只盼慈航渡。

題劉春農詩草

平原才調信翩翩，吳下爭傳公子賢。鐵馬金戈鐙影裏，劍光虹氣酒尊前。人如騏驥行空慣，詩比芙蓉出水鮮。記得春前瞻壽母，萍蹤小聚亦前緣。

夫壻清才出輩流，吹簫雙鳳下秦樓〔一〕。素堂若療膏肓疾，參朮勞君爲代謀。

新妝間仿十眉圖〔二〕，小院荷香透綺疎。私說□□人似玉〔三〕，憐才更有女相如。

嗟我貧無卻疾方，刀圭珍重替商量。珠圍翠繞人多少，那得如君具俠腸。

【校記】

〔一〕『夫壻』二句，初作『交誼應推鮑叔流，青年才調況無儔』，復改同此。

〔二〕『新妝』，初作『綺牕』，復改同此。

〔三〕『私說』，初作『聞道』，復改同此。

贈吳江夫人（存目，見《四續草》）

和也園先生韻

奏賦爭傳奪錦名，蒼茫雲海壯詩情。而今歸作騷壇主〔一〕，不斷春風四座生。新詩捧到互傳看，定有明珠轉筆端。好句知公成脱口，推敲偏我十分難。

【校記】

〔一〕『騷壇』，初作『湖山』，復改同此。

寄卷勺園主人劉瑞圃居士（存目，見《續草》卷三、《四續草》）

七夕謝吉雲饋巧果

病起雙蛾鎖不開，半牕鐙影獨徘徊。草堂冷落忘佳節〔一〕，多感天孫送巧來。

【校記】

〔一〕『冷落』，初作『寂寞』，復改同此。

次湯秋漁孝廉韻燮堂子

羨君纔弱冠，月窟拜蟾仙。福澤原先世，聰明本夙緣。聲清追老鳳，筆妙似青蓮。奏賦長楊日，看傳第一篇。

次湯燮堂茂才韻

太傅門庭玉樹枝，瓣香久已奉名師。鳳雛早展淩霄翅，又許深閨拜董帷。

花裏傳箋憶往年，珠光幾度照塵顏。十年陳跡知多少，重讀新詩一惘然。

近日心情托老莊，傳經猶憶舊宮牆。只許數點銜恩淚，灑向西風悴海棠。來詩言及味莊先生，故云。

小西湖次韻

底須放棹武林遊，一幅西湖小影留。兩岸綠楊風起處，半天紅雨漾中流。

新詩如畫記清遊，酬唱騷壇韻事留。合付倪黃圖縮本，好偕蘇白競風流。

題周夫人觀蓮圖照

緬懷蓬萊山，可望不可卽。夢中恍見之，朦朧采雲隔。天風泠然來，披圖見顏色。冰雪留心胸，蘭蕙秉姿格。慈祥賢母懷，淑慎中閨德。清門起長沙，家聲傳藉藉。夫子蘭臺英，經綸兼翰墨。持節來海疆，春風被廣陌。愛民如愛子，得士如得璧。翳惟內照賢，黽勉共朝夕。瑤階瓊樹枝，亭亭誇獨立。課讀剔青鐙，丸熊夜不息。嗟余命似雲，每借春風力。銜恩不能報，感慨常相憶。何時謁蓮臺，花裏侍瑤席。一花一金身，稽首寧辭百。莫生望遠愁，神仙有遷謫。藕緒本纏綿，蓬心自通直。彈指賦歸來，萬花迎彩鷁。共引碧筒盃，同坐琉璃國。

題小西湖〔一〕

好是蘇堤選勝遊，一丘一壑耐句留。分明西子髫年貌，新畫春山翠欲流。
西泠曾記踏青遊，好景何妨兩地留。仿佛六橋遺跡在，雙堤無恙枕清流。

【校記】

〔一〕　詩題後初有『二絕』兩字，復刪之。

題洛神圖

豔比芙蕖氣比蘭，天人風骨自珊珊。饒他八斗才華好，無定神光貌出難。
水天獨立感無窮，仙佩依然御曉風。作賦黃初人去久，重來洛浦見驚鴻。

寄碧城主人（存目，見《續草》卷三、《四續草》）

題洛神圖（存目，見《四續草》）

贈壯烈伯浙江提督李忠毅公挽詩（存目，見《續草》卷三、《四續草》）

題徐節母周夫人傳後雪廬孝廉尊慈也（存目，見《續草》卷三、《四續草》）

寒夜偶成

竹屋風多向晚吹，頻年病骨費支持。詩因呵凍吟還少，梅爲經寒放也遲。哀雁數聲人定後，愁心百結夢回時。春蠶易老絲難盡，絮果萍因尚自期。

花燭詞爲鄭伊圃五公子作

璧月團圞照鏡臺，香凝燕寢雀屏開。兩行紅燭春如錦，爭看仙郎入座來。

笙歌環擁繡成圍，膝下萊衣煥錦衣。華髮黄堂開笑口，又看小鳳一雙飛。

門高泰岱占清華，詠絮才名數謝家。想見妝成初卻扇，玉人姿格比梅花。

早梅香裏詠閒關，博識脩成肯放閒。小試生花一枝筆，九峯晴翠撲眉山。

送宛山弟赴楚覲省兼懷六母舅

征途雨雪正紛紛，客子辭家逐斷雲。愁重那禁重賦別〔二〕，病深癡想再逢君。魂驚頃刻人千里，夢斷遙天雁失羣。莫向高堂頻語及，邇來情況不堪聞。

結念中宵入夢來，夢中得句亦奇哉。依然愁共春潮滿，安得花從異地開。前歲夢從舅氏聯詠，有『幾年愁共春潮滿，一夕花從異地開』句。斷影孤鴻何日聚，寄生小鳳幾時回。拈毫萬感縈胷臆，欲賦繁憂恨少才。

【校記】

〔一〕『重賦』，初作『還痛』，復改同此。

偶成

酒泛金尊燭影紅，頻開東閣坐春風。自憐骨肉情緣淡，痛癢相關最感公。

黃鶯綠柳句如仙，寫入丹青勝輞川。自愧微材同襪線，緣深文字受公憐。

頻年寒苦被春暉，屢向花前拜賜歸。昨夜西風涼到夢，又分清俸念無衣。

預想他年離別難，銜恩有淚背花彈。祇將耀目椿萱色，幾度鐙前仔細看。

胭脂河分詠

一點癡情誤一生，至今流水帶離聲。分明不是胭脂色，多半相思淚化成。

緣淺情深枉斷腸，悲歡終古事茫茫。人間一種癡兒女，莫汲胭脂水浣妝。

和瘦人自笑韻

最難風雅出天真，醉倚書叢整角巾。客至不妨裘换酒，詩成忘卻甑生塵。踏殘夜月尋孤鶴，笑比梅花號瘦人。菽水承歡饒至樂，漫愁堂北鬢絲新。

贈習堂

風雅如君少，憐才弔屈原。耽吟頻結社，好客屢開尊。年比終軍小，交同鮑叔論。牽絲留半面，早下鏡臺溫。

戲答吉雲

破衾顛倒繡天吳，忍使卿卿受凍乎。願借孤山梅萬樹，雙棲香國意如何。
菊殘賦別又梅開，薄倖如儂怨亦該。卿倘不嫌蓬壁陋，香薰絮被待君來。

壽吉雲

瓊林一夜萬花開，爲替雙成介壽來。忙殺吹笙諸女伴，青鸞白鳳下瑶臺。
經霜翠竹愈青青，竹外風吹香滿庭。一點紅塵飛不到，半牕明月誦金經。
衛姬書法仲姬詞，鏤玉雕瓊筆一枝。鸚鵡前生饒福慧，朝朝畫閣聽吟詩。
廿年形影閉深閨，出水青蓮不染泥。自笑倏來仙福好，梅花帳底許雙棲。

贈陳古愚姻丈（存目，見《續草》卷三、《四續草》）

附　和作　　陳學淦

尺素殷勤至，新詩妙手裁。人間真福慧，天上謫仙才。多感拈花意，何時破笑來。殘鐙吟望苦，寒雁送聲哀。

懷人耿不寐，此意更何如。世事貧無計，情根懺未除。常揮知己淚，怕作寄家書。眼底梅花放，能無憶故廬。

再贈古愚

清詩傳逸調，字字出新裁。語妙原根慧，情深始是才。開簾聞鵲喜，啓戶捧書來。倚枕吟三復，餘音豔且哀。

詩人冰作骨，風雅有誰如。眼界原空闊，牢愁要掃除。低回無限意，珍重數行書。小摘山蔬薦，還期過草廬。

詠懷三用前韻

耽吟成結習，幾度對花裁。身世曾何補，乾坤浪費才。種愁原自誤，入夢爲誰來。獨立斜陽裏，茫茫詠《八哀》。

人生不稱意，搖落感何如。徑僻花常瘦，牆陰草易除。永懷知己德，默契古人書。歲暮滄江曲，微吟靜掩廬。

四用前韻贈古愚

浮生多感慨，幽恨孰能裁。寒氣能銷豔，窮愁易掩才〔一〕。雪催詩思發，頻遞錦箋來。他日萍蓬感，回頭事易哀〔二〕。

歲闌纔見雪，春冷更何如。易破中宵夢，難將結習除。抱愁聊索句，懷遠起裁書。安得佳山水，相依共結廬。

【校記】

〔一〕『窮愁』，初作『乾坤』，復改同此。

〔二〕『易』，初作『多』，復改同此。

呈玉峯丈

繡衣猶帶御罏香，天子傾心奏對詳。拄笏黄金臺畔過，錦囊添得妙文章。

玉梅香裹泛流霞，笑捋吟髭興倍賒。一室斑衣環玉案，春歸多半在公家。

翹首雙旌著靄封，傳箋猶認雪泥蹤。何時一放中江棹，拜罷先生拜九峯。

罡舟孝廉北上索詩

梅柳烟江放棹遲，湖光嶽色壯吟詩。杏林今歲春偏早，試手先攀第一枝。
垂柳陰中駐玉驄，簪花人醉倚春風。紅綾餅好供甘旨，慰得承歡一寸衷。
佳讖先教報玉臺，芙蓉鏡裏一花開。名成早乞金鑾假，免得回文遠寄來。

題羣芳呈瑞圖爲張丈作卷中羣卉係女公子之作（存目，見《續草》卷三、《四續草》）

次曹澧香女史題畫詩元韻三十六首

荷花

葉底雙鴛穩睡時，萬重霞采漾清池。夜深香氣吹成雨，涼透輕衫繫夢思。

蠶豆

蠶娘巧手善耘田，四月登盤味最鮮。不種江南紅豆子，種成顆顆綠珠圓。

棠梨

溶溶月浸可憐宵，不照尋常粉黛嬌。夢淺香濃幽豔足，此花只合美人描。

月梢梅

淨掃瑤階絕點塵，雲來月往不嫌貧。嫦娥青眼分明甚，要照人間第一人。

秋海棠

絕代紅妝冷帶秋，天教豔極卻含愁。臨風灑盡懷人淚，獨背牆陰憶遠遊。

又

誰把卿卿菊婢稱，玉肌紅暈露華凝。斷腸姊妹留新詠，一掬靈芸淚化冰。

木芙蓉

朝霞豔豔日升東，秋夢纔回綺帳中。留得拒霜標格在，不須惆悵怨春風。

菊

簾卷西風點筆斜，肯將韻事讓陶家。憐卿扶病調朱粉，玉骨應知瘦過花。

木香

一枕惺松香夢撩，柔情素質最難描。憑君莫認梅梢月，壓架玲瓏雪未消。

白薔薇

曲院微風送淡香，長條引夢過銀牆。憐他姊妹新妝儉，六幅新裁白練裳。

石榴

此花合傍綠雲開，十五吳娘新嫁來。一片赤霞圍繡幄，千枝寶炬照妝臺。

菱

臨流半晌聽清歌，小妹心間采得多。花樣鮮明弓樣窄，朝朝湖上踏風波。

萱

黄金寶相豔朝陽，只恐憂多費抵當。吟到此花雙淚落，春暉一去剩空堂。

又

蜜房香暖露珠含，掩映斜陽色半酣。底用北堂勤采佩，一篇葛藟早多男。

紫沿籬豆

葉肥子綻挂西風，紫莢瓊英弄色工。最是玉人心手巧，微匀淡緑襯輕紅。

又

阿誰棚底話更闌，涼沁蕉衫風露寒。不向南山怨摇落，花紅萁紫卷中看。

當歸花

一隔人天音問稀，月中環佩是耶非。花開易動懷鄉念，便到瑶池也合歸。

梅花

啾啾翠羽隔林喧，雲護溪山鶴守門。開到南枝倍惆悵，暗香疎影替招魂。

百合

幾回誤當蝶蜂看，淡白輕黄色幾端。爲有嘉名占好合，助他兒女訂新歡。

老少年

離披醉態倩人扶，老圃秋容肯放孤。較似春花顔色好，阿婆髻上插珊瑚。

錦西風

西風璀璨不知凉，富貴應須歸故鄉。要與天孫鬬機杼，勞他青女點丹黄。

紫藤

虹光霞采色新添，斜搭偏宜碧樹尖。一架鞦韆風裏挂，紫雲舞罷卷珠簾。

又

銀漢何須架赤繩，漫天花霧夕陽蒸。美人罷繡亭陰立，紫玉搔頭挂曲藤。

蠶桑

陌上攜筐處處同，嫩晴吹過落花風。憐卿繪出《豳風》意，也費春蠶作繭功。

又

懶比春蠶久廢詩，鶯花狼藉度芳時。陌頭一樣青青樹，中有纏綿不斷絲。

梔子花

玉骨冰肌窈窕娘，好風吹過謝家牆。月明簾幕清如水，嗅到同心分外香。

曹澧香夫人誄詞

當時趙管競風流，並蒂蘭開靜好樓。自喜心花隨意放，羣誇福慧幾生脩。抛殘采管餘金粉，從古佳人少白頭。碎錦零珠多是淚，休文憔悴不勝愁。

珍珠簾卷日遲遲，九畹香清弄筆時。蘇蕙文心機上錦，大家禮法女中師。名園入畫安排好，嘉偶牽絲遇合奇。底事雲軿留不住，散花時節返瑤池。

月夜貽汪小韞夫人（存目，見《續草》卷三、《四續草》）

玉蘭

亭亭一樹倚銀牆，高出盧家白玉堂。姑射渾身都是素，太真竟體自生香。鐙殘紙閣清留影〔一〕，月暗瓊樓夜有光。生就玲瓏騷客佩，底須漢水贈明璫。

覓得連城不計錢，幾番辛苦種藍田。風多肯放珠沈水，雨打休教玉化烟。月下雪兒偏善舞，幃中甘后正酣眠。與君好結同心契，葭倚年年莫棄捐。

紅未曾舒綠未稠，忽驚白鳳集枝頭。陪他月姊頻開宴，聽説星娥愛出遊。美玉人間容我種，白榆天上是誰脩。縞衣素袂當風立，一片清光醒睡眸。

吹來麝氣太氤氲，南北山頭盡白雲。高到蝶蜂飛不上，淨宜鷗鷺結爲羣。瓊枝竟許終朝對，沈水還教徹夜薰。洗卻鉛華留皓質，底須采筆繪成文。

【校記】

〔一〕『紙閣』，初作『□室』，復改同此。

題謝雪卿閨媛遺影〔一〕

芳訊三步盼玉簫，綠牕虛掩夜迢迢。遺編淨比瑤池雪，萬古清光永不消。

生成雪淨與花明，豔說香閨絡秀名。情界長留光影在〔二〕，好將絜果證來生。

小試春衫弱不勝，本來無質易飛升。月明香國天風緊，吹到嵰山最上層。

【校記】

〔一〕詩題，初作『題閨秀遺影』，復改同此。

〔二〕『光』，初作『花』，復改同此。

李心庵農部屬題所藏趙忠毅公詩卷

展卷誦公詩，真氣何淋漓。肝膽照天地，墨蹟蟠蛟螭。鳴鸞集高閣，苦被凡鳥欺。宦跡任升沈，丹心終不移。

家居三十載，屢抱生民憂。感慨發悲歌，霜雪漸滿頭。雲開見白日，再起君恩優。正士立朝端，羣小安肯休。

一朝謫邊去，馬首向西行。戀闕心未已，仰天訴丹誠。忠魂竟不返，旅櫬歸荒塋。徒傳鐵如意，安得遂平生。

翰墨留人間，靈爽常隨之。合付偉人手，展卷長相思。志行自同調，興衰各異時。熊光騰篋衍，珍過千瓊瑰。

京兆畫眉圖爲余芝雲明經作

攜得生花筆一枝，美人頭上逞丰姿。西京能吏風流甚，博得君王問畫眉。

寫到春山興欲飛，燭光紅暎曙光微。郎君官貴威儀少，用本傳語。走馬章臺帶醉歸。

仙侶劉樊總絕倫，花前雙笑豔生春。玉臺翻出新眉嫵，京兆風流有替人。

韓桂舲中丞種梅圖次韻（存目，見《續草》卷三、《四續草》）

余生書田工彈詞索詩贈之（存目，見《四續草》）

贈李夫人

綏山桃熟啓芳筵，得拜瑤池第一仙。攜手只憐相見晚，天涯萍聚總前緣。
綠牕嬌女蕙蘭姿，傳徧人間詠絮詞。難得金閨鍾間氣，一門風雅母兼師。
西平門第接青雲，玉樹三株總出羣。數徧蘭閨諸姊妹，算來福慧總輸君。
玉鏡團圞錦瑟調，秦嘉早歲珥金貂。春來佇聽鶯遷速，莫悵滇南萬里遙。
梅花明月認前身，姑射仙姿迥絕塵。樺燭光中霏玉屑，尊前傾倒衛夫人。
古虞山翠撲羅襟，湘管應添白雪吟。咫尺故鄉歸未得，讓君占取好山林。
調羹小婦去高堂，話別前因易感傷。四載鸞膠還未續，鍾情最是第三郎。
柯條有韋共根蟠，卻把新知當舊歡。惆悵迢迢違帶水，乍逢已覺別離難。

別竹素齋

東風一夜挂帆回，可奈臨歧花正開。寄語南枝須待我，莫教片雪點蒼苔。
鴻泥回首總魂銷，才上扁舟思寂寥。惆悵葑溪一灣水，曾經幾度艤蘭橈。

秋葵〔一〕

黄金未肯化秋烟，抱得丹誠亦可憐。品重只宜超上界，佛家清供道家筵。

【校記】

〔一〕　此首以下至《芙蓉》共十一首，應接前《梔子花》詩後。

梅花山茶

絕妙生花筆一枝，雪兒紅線鬭妝時。梅花清瘦山茶豔，快讀君家畫裏詩。

蠟梅

疎枝綴蠟不成叢，雪裏吹來麝氣濃。一點檀心休漏泄，素書珍重漫開封。

梅花〔一〕

【校記】

〔一〕此首已見本集前録《次曹澧香女史題畫詩元韻三十六首》第十八首。兹不重録。

繡球

天教璧月補春殘，素手抛來玉一團。看到圓明光潔處，梅花祇覺太清寒。

玫瑰

名成烟去隱牆東，小立徘徊趁曉風。香好不妨微帶刺，爲卿不惜指尖紅。

菊

爲愛知音陶靖節，肯辭榮禄賦歸來。憐他絕代孤芳儔，卻傍高人籬下開。

茉莉

暗送清宵細細香，薰來茗碗盡芬芳。月明不入梅花夢，小玉風流愛晚涼。

薔薇

翠帶垂垂壓短垣，此花枝葉最紛繁。金盂好證菩提果，一笑拈來息眾喧。

秋桂

竇家仙桂競流芳，月底盤根露下香。花氣著人濃似酒，照來明月不知涼。

芙蓉

可憐絕豔美人容，襯出春山黛色濃。爲愛湘江清見底，不隨桃李鬭繁紅。

題芳蘭圖

國香天亦貴，容易坼芳苞〔一〕。著意培根柢，關心薙草茅。沅湘無仙豔，屈宋有神交。與子聯同臭，忘言勝漆膠。

【校記】

〔一〕『坼』，初作『展』，復改同此。

新柳

落梅風送過江春，和雨和烟綠未勻。暗擲黄金爲贈別，纔開青眼便憐人。縈回水驛愁如許〔一〕，點綴郵亭景乍新。送我往來憔悴甚，輸君依舊好風神〔二〕。

江天極望渺愁予，幾樹青青照眼初。遊子覊魂何日定，美人顰黛未全舒〔三〕。春波繪出三分瘦，新月窺來一抹疎。不管歡娛管離別，情根種就待何如。

美人生小便纏綿，綠髮毵毵半覆肩。隋苑月明初照影，楚客腰細不成眠。爲愁質弱難勝別，只恐風多欲化烟。對酒緩歌《金縷曲》，同心綰就恰芳年。

陶家門巷久荒蕪，一夜東風綠幾株。楚楚身輕難繫馬，疎疎蔭薄未藏烏。窺來淺水春疑夢，照到斜陽淡欲無。好待幾番眠起後，爲卿翻作十眉圖。

【校記】

〔一〕『愁如許』，初作『水如縷』，復改同此。

〔二〕『依舊』，初作『不改』，復改同此。

〔三〕『顰』，初作『愁』，復改同此。

竹素齋同月舫主人用東坡谷林堂韻

嘉木當夏茂，盤空日影疎。老屋顔竹素，築自何年初。老梅與蒼松，宛轉如待予。珍禽已安巢，主人亦懸車。居無卷帙傳，芳名恐負渠。不患寒暑易，但愁風月虛。安硯固已足，容膝亦有餘。朝涼俯清池，臨風讀異書。

題静好樓圖卷

花繞妝臺月浸奩，滿樓雲氣護珠簾。玉簫譜出房中曲，鳴鳳一雙集綺簷。

七寶欄杆九子幢，牙籤堆滿茜紗牕。珍禽異卉紛無數，湘管描來總是雙。

樓頭花露滴松煤，樓外幽禽喚夢回。畫裏詩情詩裏畫，九峯生面爲君開。

舉案高風仰昔賢，有情仙侶住情天。畫眉小暇薰香坐，雙管爭裁白雪篇。

題泖東雙載圖卷

一朶青蓮壓衆芳，穠姿合伴瘦東陽。輕舟蕩入花深處，雙宿横塘夢亦香。
人間天上慰相思，良會剛逢七夕期。靜好樓中人倘在，添枝采筆繪芳姿。
打槳歸來恰令辰，泖湖秋水碧粼粼。九峯要看雙星度〔一〕，洗出山光照玉人。

【校記】

〔一〕『九峯要看』，初作『泖湖秋水』，復改同此。

有人談韋蘇州祠祈夢事口占二絕

風流爭羨左司才，遺廟荒涼滿緑苔。公自百年春夢醒，引他人入夢中來。
茫茫何處問前因，泡幻功名傀儡身。我在黄粱濃睡裏，乞公鄭重指迷津。

外子讀論語偶談及夷齊事有作

高風千古緬夷齊，不死何妨長受飢。流水空山人去後，行人爭采首陽薇。

殘臘見雪（存目，見《續草》卷三、《四續草》）

雪後

虛堂宵秉燭，寒氣生牕寮。殘星挂高樹，積雪半未消。擁爐煨芋熟，相與勸濁醪。出門苦泥滓，晴曦盼來朝。

月用太白韻

秋月凝清光，勻鋪萬瓦霜。天涯當此夕，何客不懷鄉。

嫦娥用義山韻

天香吹滿桂叢深，碧落紅牆音信沈。忘卻自家離別苦，照他兒女證同心。

梅花下憶吉雲

昨夜春風雪裏來，梅花幾枝帶雪開。含情欲折不忍折，惜花人去空徘徊。前年花開飲梅下，手折花枝贈盈把。今年花開不見人，獨對花枝淚如瀉。花開花謝年復年，人天離恨同綿綿。閨中青眼如卿少，從此牙琴愴斷絃。

次喬鷺洲表姪韻

折花臨水認前身，詩骨如花淡更真。十樣蠻箋飛采管，八叉賦手正韶春。我耽文字原非福，君富珠璣不算貧。三復新篇倍惆悵，重勞青眼盼歸人。

吳江水暖得雙魚，病縛愁縈作報疎。現在生涯聊復爾，未來身世定何如。裁成七字雙聯璧，誼抵千金一紙書。記訪名園殘雪後，羣仙花底笑牽裾。

次劉鑒堂文學六十自壽韻

日日芒鞋上翠微，三生仙佛是耶非。平添酒債兼詩債，懶把荷衣換錦衣。看到陔蘭情自切，漫愁寸草夢來稀。蓬山甲子恆春講，定有真人款竹扉。

杏花枝上雨聲微，鷗鷺忘機少是非。明月慣穿松菊徑，緇塵不到芰荷衣。頻賡雅調添籌算，預向先生祝古稀。料得長庚星照處，水邊樓閣竹邊扉。

題徐師竹茂才蘭香入夢圖

花香吹入夢，花氣結成胎。恍現國士身，亭亭出塵埃。素心與花契，采管隨花開。謝庭雨露滋，孕此靈根荄。

次小韞妹韻

天香吹滿美人頭，便擬遊仙訪十洲。花影似潮開月戶〔一〕，露草如水瀉珠樓。有緣同證三生果，無奈平分兩地秋。芳徑夜涼休佇立，防他苔繡滑蓮鈎。

落葉西風亂打頭，銜烟一鷺立汀洲。憐卿情重頻裁錦，顧我愁多怯倚樓。離恨天偏常作雨，傷心人最怕逢秋。嫦娥也是含顰坐，雲幕低垂懶上鈎。

【校記】

〔一〕『似』，初作『如』，復改同此。

西風（存目，見《續草》卷三、《四續草》）

九日

重陽風日喜晴明，丹桂濃香吹滿城。數點曉霜催落葉，一行新雁送秋聲。登高便作淩雲想，望遠空深弔古情。

九日憶吉雲（存目，見《續草》卷三、《四續草》）

壽廉江明經五十

耐久黄花九月生，帶分秋氣最聰明。看君證取菩提果，月映冰池徹底清。
閉門鎮日擁牙籤，一室團圞樂事兼。繞膝弱雛爭進酒，折枝仙桂當籌添。
四壁圖書訂古歡，梅花紙帳耐清寒。年來勘透塵緣淡，抱得青琴不再彈。
西堂聲望重當時，文采風流合在兹。最好聯吟風雨夜，金昆玉友盡工詩。
采得茱萸當酒籌，羣真高坐萬峯頭。長年不改青青鬢，底用遊仙訪十洲。
寄廡深慙德耀才，頻年珠字屢頒來。律疎久賴金針細，願借皇萼侑壽盃。

有贈

芙蓉顔色遠山眉，問齒將周大衍期。底事玉容長不改，仙山經歲餌靈芝。
當筵女伴笑聲微，卿善詼諧玉屑霏。最好半酣燒燭照，美人顔色稱緋衣。
小聚萍鄉亦自傷，樽前悵觸感茫茫。多君釃酒殷勤勸，最愛纖纖玉屑長。
夫子清才賦壯遊，頻傳錦字到滄洲。交深嚴杜歸期少，珠桂還勞卿善謀。
爭羡閨中樂事饒，聰明鳳雛尚垂髫。一羣仙子如花貌，嬌女吹成品字簫。

萍水歡逢定有緣，多君相見便相憐。金鐙影裏肩輿發〔一〕，落絮飛花悵各天。

【校記】

〔一〕『金』，初作『青』，復改同此。

飲酒

世事浮雲耳〔一〕，何須著意求。醉鄉滋味好，底用覓封侯。

醉鄉無別樂，揮劍斬情根。灑盡千秋淚，來招萬古魂。

勞生徒自苦，天地本無情。流水光陰速，浮雲旦暮更。

【校記】

〔一〕『世』，初作『心』，復改同此。

徐夫人挽詩

親栽蘭桂盡成陰〔一〕，舉案高風重古今。名士慣施醫國手，中閨同抱活人心。一家襄理才原裕，卅載辛勤病漸深。惆悵仙軿留不住，瓊臺貝闕信沈沈。

花繞仙闕別有天，記曾親拜鏡臺前。交才一面人如故，話到三生佛有緣。小別萍還思再聚，重來玉已化成烟。西風淒斷重陽節，看到黃花倍泫然。

落葉聲中寶瑟摧，惹他潘令鬢成絲。一庭月伴人歸後，三徑花迎漏盡時。兜率宮居原最樂，遊仙夢杳莫興悲。階前玉樹森森立，珍重晨昏善護持。

【校記】

〔一〕『親』，初作『手』，復改同此。

次小園姪韻

天涯同是客中身〔一〕，喜得葭莩結契真〔二〕。動我離愁如短夢，計君返棹未黃昏。品題易領閒中趣，筆妙能摹淡處神。莫訝幽蘭太憔悴，冰霜歷盡有陽春。

紅藕池塘雨下收，多君鄭重蜀箋投。賞珠婢去生涯淡〔三〕，泣玉人歸鬢影秋。不見古人生恨晚，劇憐知己厚難酬。天高身世終難問，一任孤雲日夜浮。

【校記】

〔一〕『天涯同是』，初作『同是天涯』，復改同此。

〔二〕『喜得』，初作『同是』，復改同此。

〔三〕『婢』，初作『人』，復改同此。

送秋和韻（存目，見《續草》卷三、《四續草》）

用前韻答邵子山茂才

機雲才藻恰青年，織就天衣妙自然。望遠易窮千里目，送秋又動一分憐。書帷花滿傳經候，旅館挑鐙聽雨天。料得鏡臺人似玉，錦箋頻寄致纏綿。

茫茫去住感微生，臥聽江潮夢未成。不怨境窮知命薄，大都累重自多情。計程夢到家山近，此夕帆從渡口横。自笑病蟲無疾響，輸他鸞鳳有清聲。

用玉芬女史韻贈怡園主人

那知城市有山林，望裏叢篁積翠深。笑我紅塵難擺脱，卻來世外聽牙琴。

詩情秋水豔芙蕖，青粉牆連道韞居。清話纏綿歸去晚，前溪月上二更初。

翠琅玕映寺牆紅，霧閣雲牕處處通。六角亭圍花四面，幾生脩到住壺中。

窈窕房櫳俯碧溪，良宵花月一尊攜。底須更種藍田璧，點綴春光金滿畦。

君欲逃名翻得名，橫雲山外片雲橫。園林難得逢賢主，魚鳥迎人亦有情〔一〕。
牙籤玉軸太紛披，讀畫絃詩事事宜。待看一篙新漲滿，月華涼浸碧琉璃。
斗室春多好護蘭，驂來綠鳳影珊珊。青綾帳近談詩客，添得吟壇境界寬。
一幅天然圖畫開，春光浩蕩似潮來。板輿捧出花深處，彩服承歡學老萊。

【校記】

〔一〕『迎』，初作『逢』，復改同此。

怡園主人贈詩次答

雲水叢中面百城，名山聲價並時傾。襟懷瀟灑陶元亮，詞賦風華劉長卿。座滿賓朋聯雅會，園榮棣鄂肇嘉名。亭臺繪出文心巧，位置從無一筆平。

玉芬夫人贈詩次韻

名閨具此好才華，詠絮銘椒莫漫誇。僥倖三生脩得到，朝來親見散天花。
談笑能生席上春，謝家林下好風神。何期脩竹疎梅外，著個亭亭絕代人。
此夜逢君倒玉壺，頻年蹤跡滯三吳。閨中賴有王摩詰，好繪聯吟三友圖。指織雲夫人。

有情定帶一分癡，文字緣深切溯馳。把袂共欣天作合，水雲叢裏誦新詩。

怡園主人餉粥口占

多感高人用意殊，應憐阮籍在窮途。連朝飽飫青精飯，更饋桃花粥一盂。

題美人圖二幅

娉婷婀娜十三餘，綠髮毵毵覆額初。試把花枝相比並，美人顔色勝芙蕖。

花海叢中選一枝，憐卿心苦寄相思。漫愁曲岸秋風早，小扇輕羅正及時。

病懷

病懷方索莫，春意亦闌珊。感遇頻搔首，傷時獨倚欄。室從山鬼瞰，書任蠹魚鑽。身世如觀弈，回頭局已殘。

題楚中熊兩溟學博鵠山小隱詩集（存目，見《續草》卷三、《四續草》）

題顧劍峯廣文寸心樓詩集（存目，見《續草》卷三、《四續草》）

送唐陶山先生之福寧太守任

新承寵命下丹霄，閩嶠春深去路遥。芳草緑侵五馬足，雜花紅束萬山腰。公思高枕親禪榻，民望甘霖佇畫橈。回首崇川烟水窟，攀轅人又湧如潮。

深閨少小愛詞章，曾荷騷壇玉尺量。幾處浮家留雪印，頻年寒谷被春光。吴江水緑迎征蓋，桃塢花明奉瓣香。遥向彩雲深處祝，祝公歲歲壽而康。

小韞夫人贈詩次韻（存目，見《續草》卷三、《四續草》）

吴曇繡先生留賞牡丹因賦

筵開餞春春未闌，平泉雪消花事繁〔一〕。我來摳衣拜花下，香風吹滿百寶欄。絳帷高卷春風裏，霞采千層蕩棐几。天生國色誰與儔，凡卉紛紛何足比。先生護花有内心，陽春隨手施甘霖。高低疎密位置好，栽培錦繡根荄深。惜花人抱九仙骨，豔豔心思鬬花發。洛陽花貴紙亦貴，讓與千秋筆花活。白髮人坐萬花中，花盡低頭拜下風。繡出瞿曇真面目，紛紛花雨散漫空。先生蕭然處一室，添香瀹茗無人值。忽驚玉佩搖春風，絶豔專房侍公側。花朝兩度韶光久，花下年年飲春酒。明年花開問字來，重向花叢爲公壽。

【校記】

〔一〕『平泉』，初作『程門』，復改同此。

爲容海馬汶題縐雲石四律

訪石

此石與人同不朽，崚嶒傲骨傍江隈。英雄遺跡留岩壑，名士搜奇到草萊。俯視一峯從地起，仰看片玉自天隤。元章省識交情重，拜倒尊前首不回。

贈石

如此交情第一流，移山涉海恐難酬。笑將一品輕持贈，緣證三生不用謀。靈物遭逢原有數，偉人藻鑒取常留。點頭似會垂青意，相伴同登書畫舟。

載石

豔傳鐵丐憶當年，又結人間未了緣。十丈虹光翻水國，滿天星采落江船。耽奇素抱增豪蕩，懷古幽情託邈綿。較勝越姬同載去，片帆空挂五湖天。

供石

一峯兀峙徑三三，種竹栽梅護翠嵐〔一〕。帶雨空濛浮硯北，和烟縹渺撲牕南。綯痕細認苔成繡，倒影長隨月印潭。占得騷人書史窟，勝他海嶽閟空庵。

【校記】

〔一〕『梅』，初作『花』，復改同此。

送春

繁華夢醒夜悠悠，冷雨疎風黯黯愁。十丈柳絲拴不住，廿番風信過難留。樓臺寂寞只陳跡，金粉飄零感舊遊。南浦綠波人去後，夕陽影裏鳥鈎輈。

題尤西堂先生耆年禊飲圖卷

清歡似水契如蘭，禊飲芳園興未闌。收拾風光圖畫裏，鬚眉留與後人看。
當年高會記蘭亭，千古詩魂醉不醒。曲水流觴人宛在，歲星十二應文星。

白牡丹

瑤臺月下舞霓裳，百寶欄前玉有光。不染胭脂真絕代，能空色相是花王。高情久忘繁華境，絕豔偏耽雅淡妝。微雨乍過簾乍卷，風翻縞袂送天香。

牡丹和韻

華堂風細不須遮，清供原宜第一花。彩筆豔生才子夢，春光濃到列仙家〔一〕。飄來蓬島霏霏雪，吹墮瑶臺片片霞。恰似太真新被酒，玉肌香膩裹紅紗。

【校記】

〔一〕『列仙』，初作『美人』，復改同此。

和潘榕皋先生詠物四律

銀藤

壓架玲瓏雪，連番玉露滋。清芬無相諦〔一〕，本色寫生詩。翠絡層層結，明珠串串垂。托根寧藉力，天賦出塵姿。

【校記】

〔一〕『諦』，初作『質』，復改同此。

薔薇

雨霽起侵晨，枝枝盥露新。畫屏開晝錦，繡繖護藏春。葉密休防刺，花繁好補貧。黄金難買得，一笑佛相親。

木香

抱素開偏晚，流芬徹座隅。名高春獨步，清極夢來無。入酒何曾醉，藏書亦足娛。畫欄風力細，明月自來扶。

長春

芳叢工點綴，瑣瑣一字成。色取中黄貴，花垂壽世名。莫嫌金盞小，合伴紫萱榮。弱植根偏固，安心任雨晴。

雨夜感懷

旅館挑鐙坐，愁深病亦深。那堪今夜雨，忽動故園心。自顧風前燭，誰憐爨後琴。他鄉還送遠，狼藉淚霑襟。時長女將歸楚北。〔一〕

【批語】

〔一〕眉評：雅音近唐。

題程芸臺中翰知足圖

知足斯遠辱，此中樂最多。清能謝物役，淡可養天和。眼界空無障〔一〕，心源靜不波。笑將朝服卸，安穩臥烟蘿。

【校記】

〔一〕『障』，初作『滓』，復改同此。

題看劍引盃圖

馳驟騷壇眼界空，書生骨相劇英雄。詩腸得酒芒生角，劍氣淩霄焰化虹。自有風雲騰腕底，料無恩怨到胷中。引尊坐愛清宵永，凜凜虛堂燭影紅。

寶香夫人誄詞

肯學尋常時世妝，天然秀色自生光。蛾眉好貯芝蘭室，翠袖常沾翰墨香。對壻自稱詩弟子，簪花合號水仙王。相隨大婦蓬山去，不怕天風鶴背涼。

題尤西堂先生柳陰觀釣圖

天子親將才子呼，詩名早已動三吳。江干小試垂綸手，布襪青鞋一釣徒。
臨淵徒有羨魚情，筆底波濤鬱不平。定有長鯨扶浪起，釣灘風雨和吟聲。

題竹嶼垂釣圖

垂綸無復羨魚情，坐聽風前戛玉聲。莫怪掉頭歸去早，朝衫那及苧衣輕。
眼前詩境水雲寬，一曲滄浪一釣竿。愛竹人原胷有竹，閒縑自寫萬琅玕。
密篠連雲積翠開〔一〕，忘機鷗鳥亦無猜。笑他八十磻溪叟，猶應非熊入夢來。
靜寄巖阿樂事多，釣灘安穩少風波。晚來風起月初上，時有鸞吟和嘯歌。

【校記】

〔一〕『密』，初作『翠』，復改同此。

贈錢梅溪明經〔一〕

選勝吳江一棹開，翩然蠟屐訪蒿萊。聲華卅載傳京洛，聽説王孫最愛才。
巾箱墨寶足千秋，姓氏常隨金石留。今日搜羅到闉闍，塗鴉腕弱我先愁。
高蹤不受軟紅侵，卻愛虞山積翠深。咫尺故鄉歸未得，讓君占取好嵐林。

【校記】

〔一〕『明經』，初作『先生』，復改同此。

壽仁圃宋太尊六十

九峯縹緲慶雲開，榴火光中晉壽杯。竹馬兒童鳩杖叟，歡聲齊祝使君來。
眉案人推第一流，長生仙甲喜同周。木公金母雙偹到，燕寢香凝好唱酬。
記得看花弱冠年，霓裳聽奏大羅天。清門閥閲聲華在，紅杏才名早豔傳。
浙水并州歷要區，政聲今聽動三吳。風清三泖波如鏡，合讓神仙住玉壺。
擒賊曾經試寶刀，書生膽氣劇英豪。漢文唐律鑽研徧，餘事還能探六韜。
槐花滿地棘闈開，然燭親量玉尺來。甘苦此中嘗得透，掄才心細爲憐才。

膝前雛鳳九霄鳴，司馬官聲似水清。此日琴堂介眉壽，金樽樺燭禮長庚。春風桃李滿庭墀，鏤玉雕瓊各鬬奇。卻笑深閨拈弱管，添籌聊復綴善詞。

挽宋侍郎鎔太夫人二首

珠樹門楣貴，梅花府第清。起居隆八座，福慧種三生。耄耋天延算，松筠晚更榮。如何雲黯處，忽失婺星明。

旐返三千里，光榮動里門。生先霑帝澤，沒亦荷天恩。封鮓遺規在，丸熊舊訓存。瀧崗阡表後，流澤滿雲孫。

幽棲次韻（存目，見《續草》卷三、《四續草》）

端陽（存目，見《四續草》）

秋柳用治園詩稿韻

西風一夜起汀洲，古驛蒼涼易感秋。夜月怕聞三弄笛，寒烟猶帶六朝愁。黃金色嫩應難駐，青眼情深只暫留。認取舊時眉樣在，儘他憔悴亦風流。

秋情秋思幾分含，相送勞勞意未甘。聽到陽關悲渭北，吟來枯樹感江南。疎籠曉月三分白，淡借遙山一抹藍。臨水那堪重折贈，腰支無力鬢毿毿。

幾枝憔悴伴霜娥，生太纏綿惹恨多。羸馬長堤縈別夢，暮鴉殘照掠寒波。屯田好句千回讀，白下濃春一霎過。飛絮化萍成底事，不堪對酒更聞歌。

咽露啼烟氣力微，風前作態尚依依。鏡中黛色驚纔換，夢裏青春疾如飛。臨水登山時欲暮，回黃轉綠事全非。五株門巷荒蕪甚，試問行人歸不歸。

題梅花知己圖

霜明雪淨出塵姿，清到肝脾冷到詩。靜契定應如水淡，高情合受此花知。幾多時別偏驚瘦，第一番風已悵遲。世外賞音空色相，好邀圓月證心期。

幾度衝寒曳短筇，疎疎落落訪仙蹤。詩如東野何妨僻，春到南枝不敢濃。月下分明香影近，夢中迢遞水雲重。冰天雪海三生願，直上羅浮第一峯。

又題梅花知己圖

愛此淩寒質，相看結契深。清臞高士骨，水月美人心。白雪原同調，空山得賞音〔一〕。不愁苔蘚滑〔二〕，殘夢帶烟尋。

【校記】

〔一〕「得」，初作「定」，復改同此。

〔二〕「苔蘚滑」，初作「霜靄滿」，復改同此。

贈小韞

一泓秋水浣青眸〔一〕，如此知音豈易求。巾幗熱腸卿樣少，肯將雙淚替儂流。

一淚還同一顆珠，珍珠有價此情無。高山流水千秋意，自喜平生調不孤。

【校記】

〔一〕「一泓」，初作「掬來」，復改同此。

夢涉湘水吟[一]（存目，見《續草》卷三、《四續草》）

【校記】

[一] 詩中文字與《四續草》未圈改前相同。

立秋日作（存目，見《續草》卷三、《四續草》）

岳州孝烈靈妃廟碑書後（存目，見《續草》卷三、《四續草》）

詠柳和韻三律

征夫塞上柳

青塞經年別恨長，馬蹄人影總微茫。征衫點點粘輕絮，羌管聲聲怨望鄉。蘸水低籠邊月白，翻風高接陣雲黃。玉關漸近春光遠，多少紅閨夢戰場。

思婦樓頭柳

乍眠乍起羃江津，點綴紅樓錦樣春。翠黛易容添別恨，柔絲難望綰行人。纏綿閨夢空懷舊，輕薄東風又换新。莫倚朱闌頻送目，天涯何處不傷神。

離人亭畔柳

弱魂一縷不勝銷，那忍攀條認舊條。幾向綠陰頻駐馬，慣開青眼盼歸橈。三春短夢經年別，一夜東風萬里遥。翹首勞勞亭畔路，疎星淡月遠相招。

庭中梅

扶疎梅樹枝，作態媚昏曉。愛彼冰雪姿，苦我塵紛擾。浮生日苦短，開謝何年了。

水邊柳

疎風千縷長，涼月一痕曉。自從青眼窺，便覺離情擾。飛絮去無蹤，化萍猶未了。

端陽（本集重出，又見《四續草》）

新葺雲怡書屋賦贈虔齋穎峯

新葺高齋景不同，軒牕瀟灑石玲瓏。忘憂萱草長留翠，耐久榴花不斷紅。招客開尊傾綠醑，納涼移榻坐芳叢。寓居卻喜相鄰近，最愛泠泠北牖風。

看雲坐石最怡情，玉樹森森早種成。裙屐流連思往日，觥籌交錯話深更。拂除塵垢軒楹敞，薙盡蒿萊境地清。更羨聯牀多樂事，英年文苑共蜚聲。

飛絮影

妙手空空捉得乎，珍珠簾外認模糊。風前謝女吟魂小，掠過斜陽淡影無。

無痕無質受風顛，飛霧飛花影化烟。點水化萍空有願，賺他魚蹴浪紋圓。

落花聲

膩不因風細過絲，驚心最是五更時。個中消息微茫甚，蜂最先聞蝶早知〔一〕。撩人離緒太紛紜，密密疎疎靜裏分。昨夜銀塘風過處，鴛鴦睡著未曾聞〔二〕。

【校記】

〔一〕『先聞』，初作『關心』，復改同此。

〔二〕『未』，初作『不』，復改同此。

聞蟬

一聲纔送韻飄然，最好新涼欲曙天。喚起秋心殘夢裏，牽將詩思綠楊邊。調高孤嶼行雲外，吟苦西風白露前。我有嬌兒悲遠嫁，忍聽齊女化哀蟬。

又落花聲

越是微茫聽越清，東風無力送輕輕。五更驚醒繁華夢，第一傷心是此聲。

三生已悟色緣空，消息偏從耳畔通。莫向溫柔鄉裏覓，此聲只在太虛中。

又飛絮影

淩空才得託身高，卷入青雲去路遥。春夢如烟原是幻，香痕印雪易容消。風前舞態非非想，水面行蹤淡淡描。照到斜陽嫌著相，謝娘詩筆最清超。

牡丹三首

何處朝霞影，飛來白玉堂。千枝花解語，一捻粉生光。穠豔肥環笑，《清平》醉調狂。春風如有意，浩蕩送天香。

開來如斗大，豔到此花無。道設千重幛，堂黏百子圖。玉容常似醉，金帶尚嫌粗。已作羣芳冠，仍須綠葉扶。

一叢纔放處，疑有鳳凰來。花是無雙品，吟須絕豔才。春還憐較晚，天不肯輕開。底用金鈴護，朝朝傍玉臺。

葑草有半枯者賦此

葑草綠蒙茸，葑溪水向東。如何顔色换，不及待秋風。
一般承雨露，底事異衰榮。嗟嗟蒲葦質，空負同心名。

初秋用壁間韻（存目，見《續草》卷三、《四續草》）

小園雜詠

新月挂溪灣，林亭落照間。坐看枝上鳥，飛去又飛還。
青青堤上柳，顔色漸回黄。莫恨秋風早，柔條本易傷。
遥夜步空階，露華涼似水。落葉入我懷，秋心斗然起。
柳風吹我裳，撲面雨花涼。孤雲自來往，何處是家鄉。
夜深人語絶，柴門猶未鎖。吹到白蘋風，青磷雜螢火。
草蟲心太苦，哀吟如不勝。唧唧復何益，徒使愁人憎。

月舫臥室忽茁異草一枝爰賦

竹屋青蘿長，書齋帶草生。淩霄先有勢，多節自全貞。屈曲龍蛇體，芬芳蘭蕙情。未嘗需雨露，斗室獨敷榮。

題李紉蘭夫人茶烟煮夢圖（存目，見《續草》卷三、《四續草》）

周雨蒼公子花燭詞

仙郎品格本無雙，阿母新開選壻牕。佇看蘭橈同載處，芙蓉花發滿秋江。

玉簫奏出洞房春，新製官袍恰稱身。夾道金鐙雙引處，滿堂爭看雀屏人。

仙李盤根舊擅名，神仙眷屬住蓬瀛。彩鸞新得文簫侶，福慧脩來定幾生。

安排采管畫脩蛾，待看天孫渡絳河。四座朋歡爭進酒，良宵莫惜醉顏酡。

濂溪家學重當時，種就臨風玉一枝。料得龍沙人望遠，調羹先慰故園思。

天教締就好良緣，一縷紅絲任手牽。計我渡江遲返棹，梅花香裏拜神仙。

重九和韻

烟雨昏昏暮復朝，乾坤牢落首頻搔。爲逢佳客還沽酒，強應良辰且買餻。花帽興酣先得句，塗鴉腕□怕揮毫〔一〕。醉中儘有登臨意，十二層城何處高。

茱萸插鬢屬今朝，對鏡忘簪碧玉搔。行藥未能還嗜酒，停餐已久且嘗餻。生涯自分同黄葉，夢裏空勞授采毫。幼時夢人以兩筆見贈，管上刻畫極工。一自弄珠人去後，有誰連袂共登高。謂吉雲。

【校記】

〔一〕「塗鴉」句，底本缺一字，茲疑闕第四字。

呈榕皋先生（存目，見《續草》卷三、《四續草》）

贈王綺思夫人四絶

好句新傳出玉臺，尊前傾倒謝孃才。如何碧落星期過，又見天孫送巧來。卷中有七夕詩。

兩家門第玉堂仙，佳偶文簫譽早傳。掃罷蛾眉遙寫韻，一雙才子萬花前。
論詩頻剪燭花紅，綠帳聽誇琢句工。好待春明同問字，與卿連袂坐春風。
相思遲我識芳徽，黄菊開時恰賦歸。獨挂片帆江上去，蘆花如雪雁初飛。

歸舟寄小韞（共六首，其五已見《續草》卷三、《四續草》）

楓落吴江夢醒時，擁衾欹枕細尋思。行藏虚實憑誰識，只有閨中鮑妹知。
紅塵轣轆幾時休，獨對斜陽嘆白頭。偕隱倘教如我願，願從仙子掃花遊。
底事連朝不展眉，憐卿痛癢最關思。仙郎智慧能窺破，相視還教小解頤。
身隨秋燕又還家，贏得妝樓别恨賒。慰我十分須自愛，劇憐人瘦比黄花。
蘆花如雪撲江灘，斜日西風雁背寒。篷底詩成和淚讀，思君吟望又忘餐。

王渡阻風（存目，見《續草》卷三、《四續草》）

題李心庵農部集

展卷開生面，吟成字字奇。風雲驚變幻，星斗耀迷離。鑒物無潛影，憑空結穎思。挑鐙頻洛誦〔一〕，天地見真詩。

杏苑看花早，頻收鐵網珊。宦情如水淡，眼界比天寬。海國留張翰，蒼生望謝安。春明重走馬，高唱入雲端。

【校記】

〔一〕『挑鐙』，初作『浣薇』，復改同此。

贈宜園張夢蘭夫人（共兩首。存目，見《四續草》，其一又見《續草》卷三）

賞菊

東籬采采晚晴天，爛漫秋光敞綺筵。逸客襟懷原灑落，傲霜姿格最清妍。西風簾卷人同瘦，老圃香寒月正員。不讓當年陶靖節，尊開三徑集名賢。

黄金色相列當中，白雪紅霞掩映工。晉代孤芳餘傲骨，魏公晚節見高風。帶分秋氣原宜隱，耐得霜寒便不同。最深夜添燒燭照，畫屏疎影極玲瓏。

水仙宫賞菊定脩上人索詩爲題一律（存目，見《四續草》）

題畫八絕（存目，見一卷本《續草》）

祝氏七妹于歸詩以賀之

錦堂新中雀屏人，玉潤冰清總絕倫。聽到玉簫雙引鳳，萬花簇擁上雕輪。

芙蓉軟褥繡鴛鴦，十二金釵七寶妝。更喜阿翁詩筆健，新詩添滿女兒箱。

謝庭姊妹最多情〔一〕，白雪頻將好句賡。料得繡幃人惜別，纏綿絮語到深更。

畫閣清寒三九加〔二〕，胭脂新染玉梅花。仙郎定擅無雙譽，庾嶺春回月正華。

花前邂逅憶當年，綠髮毿毿乍覆肩。料得洞房初卻扇，翠蛾新掃倍生妍。

飄蓬蹤跡最難憑，喜聽良緣系赤繩。笑我添妝無長物，塗鴉狼藉滿吳綾。

【校記】

〔一〕『謝庭』，初作『蘭閨』，復改同此。

〔二〕『畫』，初作『繡』，復改同此。

祝朱夫人二十初度

輕匀螺黛曉妝明，人比梅花一樣清。怪底金閨齊福慧，玉人生性最和平。
菱花鏡啓月團圞，天遣文簫配彩鸞。從此高堂添喜悦，多君宛轉善承歡。
禮法從來出大家，淡妝偏自掃紛華。金針奪得靈芸巧，繡出春風萬種花。
琉璃硯啓鏡無埃，彤管還傳詠絮才。添得鏡臺詩思好，蝦鬚簾卷雪初來。
籌添海屋正芳年，春滿蓬壺敞綺筵。恰喜蘭幃占吉夢，夢中彩鳳集吟肩。
滿室春風笑語和，燭摇紅影酒生波。祝卿身似恆春樹，壽比枝頭花數多。

題花壽圖

香痕夢影記分明，采筆能填萬古情。嘉樹有花偏易謝，美人無壽亦長生。裁成錦字人方醉，招到芳魂月正明。清酒百壺詩百首，碧天同聽步虛聲。

宜園賞菊

晝燭圍爐酒緩斟，春宵不怕峭寒侵。堂羅菊卉留佳色，座領蘭言愜素心。柳影摇牕知月上，露華滿地識更深。新知最怕生離感，況訂絲蘿遇賞音。

題吟詩月滿樓四絶

樓頭清景足盤桓，圖史叢中結古歡。直上青雲梯百尺，祝君事事月團圓。
花滿高樓酒滿巵，一詩剛就月來時。扶疎桂影當頭照，笑向嫦娥乞一枝。
百年喬木鬱青蒼，花到宜園不斷芳。夜静月中聞笑語，風吹仙桂滿樓香。
牕前百尺柳垂絲〔一〕，牕裏飛花點硯池。如此高樓如此月，稱他才子坐吟詩。

【校記】

〔一〕『垂絲』，初作『絲長』，復改同此。

舟行口占

絕險風波是此行，果然身世一毛輕。艫枝劃破湖心月，夢斷猶驚戛玉聲。

朔風烈烈卷寒波，月冷空江雁陣過。憐爾哀鳴顧儔侶，不知何處稻粱多。

舟泊泖湖望月（存目，見《續草》卷三、《四續草》）

吴江舟阻（存目，見《續草》卷三、《四續草》）

賈生

治安有策竟無成，絳灌矜功最忌名。諸葛匡時緣得主，漢文有道不知生。長沙偏灑羈臣淚，湘水常流才子情。孤館日斜人去後，聽殘鵩鳥怨難平。

蒲髯出塞圖爲快亭郡博題（存目，見《續草》卷三、《四續草》）

曉枕

心似連環鎖，朝朝不肯開。繁聲驚夢起，曉色送愁來。舊事空花散，殘年急景催。嗟生復悼死，宛轉寸腸回。

趙承旨畫馬（存目，見《續草》卷三、《四續草》）

初臘見雪

喜卜豐年兆，纔看臘雪飄。獸爐紅漸斂，鴛瓦白旋消。骨瘦嫌囊重，詩寒仗酒澆。漫深搖落感，春意在梅梢。

向晚寒尤峭，回風作勢顛。誰施剪水手，快睹散花天。玉照千山曉，珠明萬樹妍。徘徊戀清景，覓句聳吟肩。

紙帳涼於水，銀釭照影昏。寒生香閣夢，凍醒玉梅魂。殘夜惟煨芋，空山獨掩門。應憐行旅客，辛苦盼朝暾。

對雪懷小韞

斯景不可得，含情憶謝娘。寒應生翠袖，清極見詩腸。有願同賡句，何時共舉觴。歲寒交更好，咫尺兩相望。

老僕熊秀樸實謹慎相隨五年能效奔走之勞雖遠途亦無倦容今秋忽有懈意疑其有去志未幾疾作奄然長逝爲之泣然僕無親屬爲薄歛而瘞於葑門外酹之以酒且繫以詩（存目，見《續草》卷三、《四續草》）

雪中有懷玉芬夫人（存目，見《續草》卷三、《四續草》）

雪夜口占四絕〔一〕

薄暮掩柴扉，新年雨雪霏。三吳十萬戶，多半嘆無衣。

煨殘榾柮火，典盡鷫鸘裘。何處笙歌好，金尊醉畫樓。

浮雲無定境〔二〕，節序太匆匆。多少鴻泥跡，都歸淺夢中。

故里三更夢，高樓一夜春〔三〕。梅花開似雪，應笑未歸人。

【校記】

〔一〕『夜』，初作『後』，復改同此。

〔二〕『境』，初作『態』，復改同此。

〔三〕『春』，初作『風』，復改同此。

題王女士靜好樓詩集（存目，見《續草》卷三、《四續草》）

殘臘偶吟（存目，見《續草》卷三、《四續草》）

初春

東風才解凍，已近試鐙時。北里笙歌沸，南枝消息遲〔一〕。盡删新歲事，閒改去年詩。剝啄聲稀到，虛廊晷影移。

遲暮憐兒女，團圞惜景光。盤餘殘蠟味，酒薄早春香。坐久寒猶峭，談深夜未央。開簾霜月滿，人語隔鄰牆。

鴻泥追往事，去住亦前因。薄命虛生我，無家愧累人。乾坤原泡幻，身世足艱辛。衰鬢添微白〔二〕，韶華又一新。

【校記】

〔一〕『北里』二句，旁批：『一作「橋畔星層塔，梅梢月半規」。』

〔二〕『衰鬢』句，初作『衰鬢微添白』，復改同此。

和榕皋先生重遊泮宮詩次韻

泮水重遊六十春，環觀童叟夾城闉。簇新花樣青年客，半舊襴衫白髮人。對酒愛談當日事，看花早悟幻中因。只餘文字緣難了，又現華嚴□裏身〔一〕。

閉門夢遠五雲邊，老去逢場喜欲顛。彩筆翻新傳盛事，朱顔依舊是童年。頻嘗蔗尾閒居樂，不斷芸香後起賢。回首傳經人宛在，吳山閩水路三千。

水雲窟裏愛逃名，懶上青雲最上程。早許書成仙骨抱，果然神似玉壺清〔二〕。芹意再擷偏多味，友結忘年倍有情。鬱鬱三松留晚翠，書田最喜有人耕。

鳳毛五色煥文章，才吐光芒便領藏。彩服新開稱慶宴，簪花扶上讀書堂。含飴課誦情常適，戀闕思親感不忘。晚歲杜陵詩律細，淩雲健筆頌堯唐。

【校記】

〔一〕此句底本缺一字，疑脱倒數第三字。

〔二〕『神』，初作『人』，復改同此。

華真人廟

千秋生氣尚隆隆，沒世還收濟世功。國手終期醫社稷，靈丹那肯活姦雄。神農辨葉蹤難問，扁鵲遊仙跡已空。療我膏肓同再造，瓣香虔奉仰高風。

武侯

管樂應須讓此公，臥龍那許臥隆中。直教國賊驚飛焰，坐使周郎借好風。謹慎一生遺表在，縱橫八陣霸圖空。鞠躬盡瘁酬三顧，魚水君臣見始終。

屈子〔一〕

孤臣幽恨託沅湘，此志能爭日月光。黃口但知聽稚子，丹心猶想悟懷王。水枯石爛忠魂在，人去山空蘭蕙芳。一卷騷經垂萬古，不隨三戶共存亡。

【校記】

〔一〕詩題，初作『屈原』，復改同此。

鐙花

好花原不藉人栽，慣替深閨送喜來。第一榮從蓮炬放，十分春向洞房開。撩人相思何曾睡，知爾丹心尚未灰。我自客中芳訊少，個中消息費疑猜。

熱心偏向冷邊開，小穗雙頭報玉臺。爲語鴉鬟莫輕剔，明朝定有遠人來。
金蓮一朵豔長檠，滿室春風采暈生。爲是有情頻送喜，托根常放大光明〔一〕。

【校記】

〔一〕『托根』，初作『一生』，復改同此。

屈子

千古纍臣第一流，冤魂常共楚江留。春風九畹蘭空秀〔一〕，斜月三更鬼出遊〔二〕。底事從人分醉醒，可能與世共沈浮〔三〕。《離騷》哀怨休多讀，多讀《離騷》易白頭。

【校記】

〔一〕『春風』句，初作『美人去後蘭復秀』，復改同此。

〔二〕『斜月三更』，初作『皎日沉來』，復改同此。

〔三〕『共』，初作『竝』，復改同此。

題畫

風光好，十五小吳娃。梳髻要梳新樣髻，折花愛折並頭花，襯出臉邊霞。

天將暮，湖上起微波。宛轉紅衣容易謝，纏綿留得苦心多。無語感雙蛾。

又

紈扇送新涼。風娲羅衣竟體芳。手把花枝嬌不語，端相。葉葉枝枝總是雙。　時世好梳妝。雪色湘裙爾許長。仿佛三生曾識面，思量。不是花香是水鄉。

菩薩蠻次玉芬韻

金壺漏盡留人住。連宵教讀消魂句。已是不勝愁。勸君撇下休。　何當從此別。細認桃花頰。底事感多情。如儂竟有人。

題竹石便面爲石懷谷公子

眉宇涼生翠撲襟，風來疑聽鳳高吟。一卷瘦石斑斑竹，寫出瀟湘雲水心。
十分清氣集毫端，山影玲瓏竹影寒。善病維摩占勿藥，憑君珍重報平安。

題金釵沽酒圖爲姚珊濱茂才

茅屋春深買醉天，商量惟仗少君賢。舊藏一斗傾將盡，又拔金釵當酒錢。
占得詩豪又酒豪，閨中良友致偏高。年來自笑酸寒甚，並乏金釵換濁醪。

雨夜偶成〔一〕

梅雨連宵滴未停，旅鬯相伴一鐙青〔二〕。此中大有《離騷》意，不是愁人不解聽。
簷牙瞥見一螢飛，帶雨隨風漸入幃。憐爾中宵漂泊苦，不禁清淚濕羅衣。

【校記】

〔一〕『雨夜』，初作『梅雨』，復改同此。

〔二〕『旅鬯相伴』，初作『白頭人對』，復改同此。

張姬贈藤鐲一枚忽失之悵然有作

古藤光彩勝吴鉤，珍重佳人纏臂投。神物暫留終化去，賺儂鎮日挂心頭。

玉人蹤跡渺天涯，帶水迢迢別恨賒。想到臨歧交臂贈，而今知落阿誰家。

師竹和余聽雨詩再用前韻答之

訪鶴山齋半日停，評詩喜得眼雙青。等閒一樣空階雨，遇著知音便好聽。

揮翰驚看疾若飛〔一〕，新詩早捧出書幃。看花古寺歸來晚，贏得香泥濺芰衣。

【校記】

〔一〕『翰』，初作『毫』，復改同此。

師竹湖上尋詩圖

聽說西泠景最奇，舊遊如夢倍關思。滿湖烟雨濛濛月，此是君家得意詩。

丹青淡寫雨堤春，展卷時時感夙因。添得湖山無限景，斷橋邊立一詩人。

贈吳印芳夫人〔一〕

一庭踈雨熟梅天，旅館蕭條相思牽。靈鵲朝來頻送喜〔二〕，素娥笙鶴降雲邊。

芸編常傍繡帷開，姓氏行看著《玉臺》。一代延陵文望重，金閨不讓謝娘才。

秦徐佳偶本神仙，兩載絲蘿了夙緣。繡佛幢前香一炷，傷心怕誦《柏舟》篇。

蛾眉絕代掃鉛華，禮法從來出大家。似此聰明冰雪淨，一生只合伴梅花。

幾載丸熊聽漏遲，半宵霜信折瓊枝。名閨也是悲身世，千古才人半數奇。

我亦窮愁逼暮年，感君相見便相憐。還期同證菩提果，永結三生文字緣。

【校記】

〔一〕詩題，初作『贈延陵夫人』，復改同此。

〔二〕『朝來』，初作『有情』，復改同此。

賈生

長沙一謫竟何如〔一〕，逐客飄零感索居〔二〕。孤館日斜愁賦鵩，空江月冷夜校書。識非不足都關運，才縱有餘奈見疎。夜半尚虛前席問，主恩畢竟勝三閭。

【校記】

〔一〕『竟』，初作『感』，復改同此。

〔二〕『感』，初作『賦』，復改同此。

題女士畫蓮花

一片花光映夕陽，好風過處水生香。越姬妙舞吳孃曲，翠袖紅裳鬭豔妝。
美人湘管燦生花，淡染胭脂襯臉霞。十里芳堤香不斷，若耶溪畔是儂家。
摘來只合供空王，清淨原宜占水鄉。自寫妙蓮花幾朶，玉池飛不到鴛鴦。

呈廖敏軒夫人補

彩雲一朶降江湄，恰值天中競渡時。座繞佛光欣識面，風飄蘭氣聽論詩。吟成恐被飛瓊笑，謂紉香姊。才短偏邀西母知。漫道愁多天地窄，賞音纔遇便舒眉。舊句『愁多天地窄，情重死生輕』，極蒙夫人獎賞。

三生有幸拜蓮臺，雲水光中青眼開。江國故人勞問訊，見詢織雲近況。金閨天性最憐才。病多大抵詩爲祟，骨瘦應知玉作胎。珍重麥風寒料峭，勤調丸散過黃梅。

家世韋平第一流，聽傳使節駐中州。十年久重屏藩□〔一〕，千里應無內顧憂。快婿文壇馳駿足，佳兒骨相定龍頭。從來慧極難兼福，似此光榮宿世脩。

弱蘿舊忝附喬枝，咫尺家山覲面遲。環佩一羣瞻素女，琉璃四面拜名師。交梨火棗仙家果，織錦團雲星府辭。可惜萍蹤留不住，暮霞斜照最相思。

【校記】

〔一〕『十年』句，底本僅六字，兹疑闕末字。

題畫

青山一角露嶙峋，細草茸茸繡作茵〔一〕。新長旱荷留晚翠，倦飛蛺蝶戀餘春。日斜水國生秋思，紅瘦天涯憶美人。欲采蘋花貽遠道，詩情遥寄澗之濱。

【校記】

〔一〕『細』，初作『澗』；『茸茸』，初作『叢叢』，復改同此。

賀小韞得子

入門快睹鳳皇雛，眉目聰明畫不如。笑我試啼來較晚，免教錯寫弄麞書。
一堂四世慶團圞，爭捧明珠置膝看。端正金錢裁繡褓，重闈喜氣上眉端。
頻年薄宦住冰壺，戲彩含飴且自娱。重士憐才終食報，天生騏驥大門間。
羡君福慧幾生脩，繡閣名居第一流。莫笑傳家清俸薄，玉臺著述富貽謀。

吳印芳夫人見招出示翠筠軒詩鈔賦贈（存目，見《續草》卷二）

印芳夫人以蔡夫人贈詩見示次韻

瓊樓半日讀新篇，不餌金丹骨已僊。吟到《柏舟》聲哽咽，相看無語各淒然。
紅閨別惜思綿綿，一樣柔情各樣妍。我亦愛才真若命，蓮心早被藕絲纏。
攢眉有恨未能除，此日逢君頃刻舒。一點紅塵飛不到，佛香薰透半樓書。
安得身如春燕子，飛飛常近玉臺旁。思君一種纏綿意，今夜更籌倍覺長。
金閨姊妹別情賒，同抱閒愁載滿車。菊有清芬梅有韻，比肩人似兩枝花。

汪勖齋丈屬題桐陰仕女小影

美人瑤思總超凡，雲氣微茫月半銜。金井夜長吟絡緯，嫩涼初透薄羅衫。
梧桐小院月如銀，好句吟成感夙因。禪榻鬢絲三十載，卻從畫裏覓真真。
滿地彩雲綠映裾〔一〕，湖山窈窕竹蕭疎。秋來紙閣清于水〔二〕，合伴騷人夜讀書。

涼颻漸漸作秋聲，清露初團萬葉明。雲破月來人到否，累他惆悵坐深更。

【校記】

〔一〕『滿地彩雲』，初作『滿院桐陰』，復改同此。

〔二〕『清』，初作『涼』，復改同此。

題某文學照

吟情遥寄白雲鄉，水榭涼生撲面香。最是清秋風物好，紅衣未卸桂初芳。

蓮花半褪采蓮蓬，桂子秋高探月中。大好風光誰領略，湖心亭坐一詩翁。

如此山居盡足娱，萬花叢裏捋吟須。笑他碌碌名場客，識得林泉此樂無。

一碧波光似鏡圓，鏡中花影水中天。夕陽更比朝陽好，慣被人呼老少年。

詠松合下三首皆和韻作

風雨空山起卧龍，人間局趣可能容。霜皮斑駁虬枝瘦，待看三冬翠蔭濃。

詠梅

風韻應須月姊傳，鉛華不御自天然。歲寒標格冰霜味〔一〕，羣卉紛紛合讓妍。

【校記】

〔一〕『寒』，初作『華』，復改同此。

茉莉

濃香竟夕未全消，小玉風流韻最饒。知子臨妝情緒懶，不輕容易上雲翹。

夜來香

翠袖臨風倚曲廊，靈芸竟體自芬芳。花情似解憐孤寂，相伴長宵細細香。

致吴印芳夫人書

前者仙佩光臨，得親芳範，過蒙青睞，足慰平生。昨又承遠道遺輿相迓，把酒論心，流連竟日。一種纏綿，十分真至，愛我真同骨肉，癡詩已入膏肓。似此知音，畢生有幾？瓊樓啓處，暑氣全消；玉屑霏來，凡襟頓浣。觴傾九醞，肴列八珍，重費主人調劑也。加以錦囊句好，令我醉心；黄鶴歌哀，使人酸鼻。奩中畫譜，不繡鴛鴦；夢裏筆花，開成姊妹。卿真情種，僕本恨人，獲茲同調，實慰素心。妹故國巢荒，他鄉萍寄。涼雨敲牕，屢興身世之悲；落花辭樹，倍切飄蓬之感。加以幼年喪母，中歲悼殤，兩人遭際大抵相同，然姊秉松筠節操，抱冰雪襟懷，毫端散天女之花，巾上染湘妃之淚，異日名垂竹帛，譽重閨幃。妹心慕同岑，才慚附驥，識面何遲，見君恨晚。日云暮矣，猶未言歸，始知歡可解憂，不覺樂而忘返。肩輿才發，回首瓊樓，已在蒼茫雲樹間矣。歸後鐙影摇牕，蟬聲曳樹，惘惘不怡，忽忽若失，素心人諒復同之也。攜來大集，剪鐙洛誦，心折魂銷，輒題五律二章以誌景仰。又次蔡夫人贈詩韻五首，思混毫枯，勞君玉斧一脩也。伏雨炎風，諸希珍衛，並善遣幽懷爲禱，不盡洄溯。

七夕和韻

天上逢良會，神仙也有情。願催靈鵲起，厭聽亂蟲鳴。銀漢浮槎影，璇璣罷織聲。高樓當此夕，詩思十分清。

旅牕和韻

三生舊夢斷瓊樓，難掃眉間一線愁〔一〕。白日高眠花繞榻，清宵覓醉酒盈甌〔二〕。情多未證菩提果，累重常摻兒女憂。誰道明明天上月，六年照我客蘇州。

【校記】

〔一〕『線』，初作『點』，復改同此。

〔二〕『醉』，初作『句』，復改同此。

詞

長相思

紅蓮開。白蓮開。十五吳娃蕩槳來。盈盈紅粉腮〔一〕。　愛花枝。摘花枝。更惜花枝下手遲。沈吟不語時〔二〕。

【校記】

〔一〕『盈盈紅粉』，初作『看花笑滿』，復改同此。

〔二〕下闋初作：『花有情。人有情。人面花光辨不明。隔花聞笑聲。』復改同此。《餘草》亦有此闋，文字與批改後同。

南歌子 題漁笛圖

水國秋涼早，幽人逸思深。漁鐙隱隱夜沈沈。瞥見橫江一鶴、度遙岑。　長笛飄來遠，扁舟何處尋。四山風急老龍吟。吹得一丸涼月、墮波心。

蘇幕遮 和海鹽張女史步萱韻〔一〕

路迢迢，人杳杳。郢曲飄來，卻比梅花早。百尺瓊樓臨大道。緣淺情深，知否容儂到？　貌如仙〔二〕，才恁妙。賺我懷人，譜出相思調。讀罷重將癡女教。撥盡爐烟，繡被餘溫少。

【校記】

〔一〕『張女史步萱』，《餘草》作『張步萱女史』。

〔二〕『仙』，《餘草》作『花』。

又

海般深，天樣杳。一縷柔絲，繫定儂心早。翰墨緣深交有道。水復山重，夢裏尋君到。太心靈，真語妙。一曲牙琴，遠寄高山調。慧業前生何待教。閨閣憐才，得似卿卿少。

又

漏聲遲，清夢杳。嗟我窮愁，青鬢生花早。身世悠悠何足道。怎及卿卿，福慧雙脩到。句何蒼，年正妙〔一〕。月底花間，宛轉翻新調。遣悶試將鸚鵡教。玉鏡臺前，韻事知多少。

【校記】

〔一〕『正』，《餘草》作『恁』。

大江東去題四時行樂圖

光陰過客，問幾人能夠，及時行樂。檢點一年花事了，只是朱顏非昨。寫上丹青，留將面目，開卷心先覺。玉顏不老，名花常自含蕚。常念泡影功名，浮雲事業，苦苦將身縛。名士偏償花月債，贋次恁般開拓。絡秀拈花，雙鬟進茗，不用愁離索。人生如此，底須還羨侯爵。

南歌子〔一〕題撲蝶圖

春色宜人意，東風撲面香。玉人倦繡立斜陽。瞥見一雙鳳子、出花房。　羅袂飄飄舉，齊紈緩緩張。霎時分散又成雙。愛他輕於柳、絮涼於霜〔二〕。

【校記】

〔一〕『南歌子』，初作『蝶戀花』，復改同此。又見《詩餘》。

〔二〕『涼』，《詩餘》作『潔』。

百字令

一枝健筆太淩空，化出乾坤新意。僥倖深閨拈弱管，天外鈞韶吹至。獻賦才高，簪花年少，早占蓬瀛地。頻懸鐵網，鮫宮深恐難閉。　堪羨棠樹留陰，豐碑遺愛，總是風人致。手撚玉梅應一笑，慧業脩從前世。舌粲青蓮，書翻鄴架，晚節逾蒼翠。文章勳業，似公都擅能事。

前調

七襄雲錦遠傳來，省識憐才真意。文采風流傾六代，載酒名流爭至。夢繞西樓，雲連北固，占斷風騷地。程庭深雪，我來遲恐門閉。　堪嘆秋葉耽吟，春花賦命，哀感纏綿致。落落知音當代寡，青眼早空斯世。兄勝真長，我慚道韞，目斷鍾山翠。新詞三復，添將無限心事。

前調

六如陳跡又重新，滿塢夕陽花影。想見栽花人絕代，早折一枝僊杏。畫燭裁詩，繡衣按部，笑把詞壇領。官清似水，訟庭無事常靜。　遥想大海觀濤，高樓對月，千里波如鏡。醉裏憑欄歌水調，應有弄珠人聽。元禮衡才，歐陽愛士，千古高風並。無多殘草，乞公親爲刪定。

長相思

香韻清〔一〕。詩韻清。修到梅花定幾生？相看各有情。　雲漫漫，雪漫漫。姑射冰肌偏耐寒。春衫杏子單。

【校記】

〔一〕「香」，《餘草》作「花」。

柳梢青 題美人香草圖

玉骨珊珊，芬芳自愛，只侶湘蘭。杏子衫輕，楝花風細，人倚湖山。惜花擔盡春寒。驀地裏，雙眉自攢。悄立無言，含情凝睇，半晌低鬟。

前調 題美人倦妝圖〔一〕

仙貌如花，柔情似水，以月爲家。長爪支頤，香羅覆額，雲鬟欹斜。盈盈二九年華。小顰蹙，愁耶病耶？倦繡心情，暮春天氣，珍重些些。

【校記】

〔一〕詞題，《餘草》作「題倦妝圖」。

念奴嬌 題倚竹圖

羅衣如水，正涼秋天氣，偏生禁得〔一〕。竹外無言貪久倚，吹墮滿襟蒼雪。斂黛疑吁，含情欲笑，人比梅花瘠。詩情何淡，畫圖難以著筆。　最憐絕代佳人，亭亭獨立，如許清標格。夢躡千山驂綠鳳，篩碎全身明月。與菊爲鄰，招蘭作伴，想見吟懷逸。伊人何在？九峯深處尋覓。

【校記】

〔一〕『偏』，初作『怎』，旁批改。《餘草》作『怎』。

沁園春 花朝後三日述懷

彈指流光，已過花朝，未減峭寒。嘆悲涼身世，模糊恩怨。媧皇怕補，精衛難填。玉墮污泥，珠沈光采，擬挽銀河一洗冤。還思忖，是多情自誤，輕諾何言。　堪憐。抵死纏綿。轉悔結、三生一面緣。念命薄如蠅，何堪附驥；微生愧雀，癡想銜環。夜月傷神，青鐙鑒影，痛讀《離騷》弔屈原。雲無言，因風引出，被月催還〔一〕。

【校記】

〔一〕『雲無言』三句，初作『從今後，但書空自恨，笑倒旁觀』。

清平樂

倦來難寐。簷馬風敲碎。高卷流蘇拋繡被。喚醒鴉鬟熟睡。　翻雲覆雨匆匆。三生一夢無蹤。又是杏花時候，含愁人倚東風。

前調

詩人少睡。碾玉敲冰碎。書劍天涯頻襆被。料是愁多妨睡。　春江棹發匆匆。水蘋風絮行蹤。愧煞金蘭誼氣，兩行熱淚隨風〔一〕。

【校記】

〔一〕『熱』，初作『清』，復改同此。

柳梢青

綠錦張天，紅襟蘸水，人憩湖山。杏子衫輕，桃花命薄，愁鎖眉彎。　羨他雙剪翩翩。又驀地，含情自憐。微雨池塘，落花時節，捱盡春寒。

百字令上簡田先生

綠陰如水正清和，時候先生歸矣。書畫一船人似玉，絡秀賢而並美。蘭砌摳衣，春風聽講，許問之乎字。清言忘倦，樹頭涼月飛起。　嗟我似絮行蹤，如花薄命，直到如斯地。盼得公來我又去，難忍兩行清淚。時往吳門就醫。無力依人，多情自悞，種種非初意。郵程三百，素書還望頻寄。

金縷曲 次韻題補裘圖〔一〕

夜靜聞花語。似嫌他、投桐入爨，種蘭當戶。已自拈針嬌無力，頭緒纏綿爾許。最好是、愁邊眉嫵。蠟淚涓涓爲君盡，運心機、細引絲千縷。涼露偪，卿知否？　蠶絲未盡蠶心苦。是誰描、三生夢影，斷腸詞譜〔二〕？鬢影容光分明在，壓線春宵坐雨。生拆散、文鴛仙侶。一縷香魂招難到〔三〕，逐行雲、飛上情天去〔四〕。今生恨，再生補。

【校記】

〔一〕詩題，《餘草》作『次韻題傳奇補裘圖』。

〔二〕『譜』，初作『苦』，復改同此。

〔三〕『香』，《餘草》作『仙』。

〔四〕『逐』，《餘草》作『送』。

大江東去 題文山公子養花圖

淡雲微雨，正輕寒、輕暖宜人天氣。公子養花同養士，小試經綸而已〔一〕。曲徑遮風，疏林漏日，十笏藏嬌地。奚奴能事，甆瓶頻貯清水。　看取花態玲瓏，花情豔逸，憑見文心細。錦繡胷藏春一點，花亦欣欣如意。鈴閣承歡，斑衣樂志，藉博親顏喜。桂芬蘭馥，玉階添種桃李。

【校記】

〔一〕『試』，《繡餘詩餘》作『展』。

前調 題二喬喜子圖

霸圖消歇，有丹青、留住二喬顏色〔一〕。姊妹蘭幃雙弄玉，靧面雪紅花白〔二〕。仙貌疑娘，英風似父，早具淩霄翮〔三〕。臣忠君義，有兒都是人傑〔四〕。　難得絕代名姝，珠聯璧合，嘉偶真無匹〔五〕。過眼江山渾似夢，粉黛空餘陳跡。韜略翻殘，明珠入掌，繡閣消長日〔六〕。豔名奇福，至今佳話留得。

【校記】

〔一〕『二喬』，《餘草》作『美人』。

〔二〕『雪紅花白』，初作『桃花和雪』，圈改。

〔三〕『早具』句，初作『頭角真奇絕』，復改同此。

〔四〕『臣忠』二句，初作『枕戈人遠，一羣么鳳隨膝』，復改同此。

〔五〕『珠聯』二句，初作『因聯嘉偶，種玉成雙璧』，復改同此。

〔六〕『消長日』，初作『添歡悅』，復改同此。按，《餘草》均與批改後同。

答韓奕山茂才調寄大江東去

聽風聽雨，恁無聊捱過，天涯寒食。遊子思親懷遠道，一夜鬢絲都白。鏡裏稚顔，夢中歡笑，句好偏淒絶。相看同調，斷腸休與儂說。　堪嘆誼重金蘭，情深萍水，束手俱無策。不信黄金如此貴，能使英雄減色。折疊愁懷，舒將浩氣，尚有生花筆。臨風長嘯，一聲衝破空碧。

即事調寄清平樂

思前想後。淚濕春衫袖。梅子黄時酸得透。怎便教人禁受？　薄命渾如秋葉，三生只種愁根。眼底世情看破，落花流水行雲。

書

答周聽雲先生書

望窮雲樹，懷感日增，忽捧瑶華，悲喜交集。三復賜書，道氣盈行，古光滿紙。至理明義析，豈尋常所能彷彿於萬一哉？故其遇也，必使之歷坎坷而達亨衢，蓋天亦獨垂青眼，不以尋常視之也。以非此不足見其學問，發其文章。若蜃樓起滅，如飄風之過耳，何足道哉〔一〕！焦桐入爨，幽蘭被鋤，千古同慨，而芳香雅音豈能終閟耶？儀初聞大人遷謫之音，惋惜抑鬱，莫可名言。既而側聞三吳士庶無不同聲扼腕，則又私心竊喜，蓋公論自有在也。龍沙萬里，握管書經，人世不堪之境，夫子處之成極樂國，蓋亦平時學力堅定所致也。然深閨兒女感恩知己，不能無動於中，翹首天涯，淒然欲絕。曾秋日眺望，得一絕云：『西風落日慘離顔，衰柳長堤不可攀。願借嶺頭雲一片，隨風送過玉門關。』寒夜聞雁聲淒楚，出視，雲淨遥空，月如潑水，復得一絕云：『皎皎當空月一丸，憑欄無語幾回看。誰憐今夜關山客，踏破濃霜馬足寒。』鐙下再展賜書，又得一絕云：『征鴻昨夜度關河，尺素傳將感慨多。賺我兩行知己淚，金閨此際更如何？』賜書中所云『心之相照，萬里庭戶』，信有之矣！前者高山咫尺，未遂瞻依，緣鈴閣深嚴，非奉命不敢冒昧也。惟願大人他日玉關返旆，於綠野堂邊小築一椽，晨昏問字，平生之願足矣。但儀命薄如雲，愁多於絮，境遇累之，疾病迫之，幸遇賞音，暫免溝壑，貧居鬱鬱，慘不成歡。近日復患口齒之疾，質之醫家，均云難治，未知能留一息以待公否？言之黯然。書中屬望過深，獎許已甚，愧不能仰副萬一耳。印官蒙兩大人及世兄嫂恩勤鞠育，日就長成。一枝小草，移植蘭階，有欣欣向榮之意，文字緣兼骨肉情矣。雖廣廈長裘系公素志，而三徑蕭條，只餘琴鶴，未免又添一累耳。邊關風雨，伏祈加意眠餐。臨啓無任瞻依感激之至。

【校記】

〔一〕『若蜃樓』三句，《餘草》無。

上李松雲先生書

客冬，壻自吳門歸，攜到《塡詞圖》一冊，仰蒙老伯大人光賜鴻題，盥誦之餘，景仰忻幸無限。而生面獨開，心花四照，不獨名重千秋，具徵福澤精神之綿遠，曷勝忻慰！數年前兒女絲蘿之事，蒙長者高誼如雲，矜憐弱植，慨許作合。玉堂仙作冰上人，爲一時佳話。壻秋風戰罷，襆被而歸，乃蒙長者不棄凡陋，曲賜栽培。席貌散材，得邀甄錄；深閨弱腕，並荷揄揚。向者知龍門之峻，不知玉尺之寬也。得公提唱風雅，不獨一時英俊爲之吐氣，卽譾陋之材，亦得仰邀化育。大木爲宗，細木爲桷，匠門固無棄物也。姪女遭際迍邅，家園破碎，自味莊先生沒後，益復蕭疎，不得已以第五女寄聽雲太守雨蒼公子膝下；前夏五月，第四女又復夭折。薄命如花，苦吟似蚓，正不知作何底止。前者竹橋世丈屢以豐茲嗇彼爲慰。儀何足道，卽以長者天才超邁，不可一世，早登月窟，繼步瀛洲，兩命輶軒，再懸鐵網，假使青雲路捷，指顧三台，固意中事。而乃五馬一麾，回翔十載，在他人得之已爲榮幸，爲長者視之，猶未爲滿志。樂天詩云『折君官職是聲名』，古今同慨也。憶數年前歸寧琴水，蒙竹橋世丈贈句云：『家到真貧憂亦枉，人經中歲事原多。』先生沒後，再過琴川，感成一律云：『片帆乍向故山停，感遇懷知夢易醒〔一〕。獨抱斷琴難入調，可能識曲再來聽。公偏早返蓬山棹，我恨仍飄大海萍。記得草堂瞻拜日，雙眸如鏡照人青。』因原唱有『浮生萬古海中萍』句，故云。先生沒後，味莊先生亦歸道山，詞壇諸老晨星落落，惟公如魯靈光巋然獨存，天心固留以扶持風雅，則又不獨爲一人幸，當並爲海內斯文慶也。伏惟慈照不宣。

【校記】

〔一〕『夢易醒』，底本作『眼倍青』，旁批改同此。

答馮實庵先生書

三復賜書，爛如雲錦，焚香什襲，珍過瓊瑰。惟是獎許過深，汗顔彌甚，雖未拂春風，而一庭梅月，恍在程門深雪中矣。讀至愧乏吹噓一語，頻年屢荷長者垂青，數頒珠玉，已遠勝百朋之錫，所謂『知己從來勝感恩』也。書中垂愛真至，期望過隆，文字緣遠勝骨肉情矣，感歎無已。前披《種竹圖》，知長者應心動節，刻下三徑優遊，想亦同此蕭疎景況矣。愧陸氏莊荒，竟乏束脩之敬耳。

致陳雲伯大令書

香生北牖，春到南枝，想詩人逸思與花爭放也。捧誦《碧城仙館》大集，脆撥冰絃，清調水瑟，明豔發於天然，真巧流於自在，玉溪、梅村不能擅美於前矣。焚香盥露，日夕循環。儀命薄於雲，愁多於絮，花帶雨而將殘，草經霜而欲萎。幼年失恃，中歲悼殤，復以病廢縫裳，弱難提甕。耽吟似蚓，落筆成鴉，乃蒙先生過垂青睞。未瞻山斗，早拜珠璣，緣深翰墨，名載瑤華，足慰生平矣。外子歸，述及先生言論風采，不可一世。前晤汪籍庵廣文，亦同此欽佩，良由珠光劍氣，奕奕動人也。承分贈金閨髻上花，飛來翠鳳，出自瑤池，悵望仙雲，恍逢玉女，但恐鬢絲憔悴，不稱此華簪耳。

致許香巖太史書

伏惟大人壽齊松柏，名並山川，持千秋壇坫之衡，居六朝佳麗之地。多士登龍，百川趨海，深閨兒女亦深仰止。壻自金陵試歸，縷述大人逾格垂青，逢人說項。既頒鴻序，再錫新詞，珍逾百琲，價抵三都。青蠅雖微，得附驥尾，遂令閨閣中欣欣作千秋之想。《繡餘續草》，才力單薄，愧不足當宗工鑒賞。乃蒙點金妙管，親賜指南，金針細度，玉尺寬量，翰墨緣深，遭逢意外，欽佩之餘，猶深忻幸。儀命薄於花，愁多於絮。敗葉吟風，寒蟲弔月，兼之幼年失恃，中歲悼殤，一種泠落，三徑荒涼，病廢縫裳，弱難提甕。去歲花朝，不得已以幼女寄生吳門，於是夜鐙聽漏，曉枕聞雞，觸緒牽情，不能自已。曾有句云：『慷慨捐生易，纏綿割愛難。』骨肉摧殘，家園破碎，花帶雨而將殘，草經秋而欲萎。乃蒙大人垂念孤寒，特加培植。幸逢生佛，度我慈航，雖書生運蹇，機會偶垂，而大人利濟深恩，固已重於山岳矣。仰蒙頒賜巨集，氣格沈雄，風神超邁，體兼漢魏，力敵杜韓。月夕風晨，焚香諷詠，冀有寸進，以副厚期。承示石刻四種，開牕展玩，心目俱開。才出一家，體兼眾美，晉代諸王不能擅美矣。因念宇宙山川雲氣，必有所萃，天所以成一代文明之運，而菰蘆下士，亦得仰邀扶植，綿風雅於無窮。如公之氣秉中和，心存利濟，固四海藝林之幸，不獨福祿萃於一身，科第綿於奕世已也。承賜麝煤龍腦，晨昏虔炷，永奉慈雲。

所慙弱腕塗鴉，難副龍賓妙品耳。讀鴻製序文，知家君在漢陽時已早蒙青眼，不意卅年後，儀復以文字受知，福緣非淺，銘感猶深。每思放棹秦淮，一抒景慕，其奈病入膏肓，恐難如願。倘一息尚存，定當親問玄亭之字也。賞音難遇，道遠意長，風雨三春，伏惟珍重，臨啓瞻依。

上秀峯先生書

日昨晉謁慈顔，快聆訓示，飽嘗珍膳，偏覽名花，流連風景，心目俱開，不勝欣幸。半生塵夢，被大人片言喚醒。歸後輾轉尋思，似有所得，從此消除煩惱，安命樂天，或冀消滅劫，卻病延年，皆大人教育之深恩也。大人識見高曠，議論超妙，皆由天賦，豈尋常所能仿佛於萬一哉！而體貼人情入細，真不愧玉壺冰鑒，兼以存心忠厚，固應享爵祿壽考。須鬢蒼而復黑，容顔久而還童，如松之淩霜而愈翠，梅之帶雪而彌腴，所謂身因道亨，亦天之所以報施善人也。

致吉雲女史書

日昨快聆清言，頓舒積慕。主人情重，客益難安。流光冉冉，春老雨聲中矣。寥落情懷，想同此況味耳。禁烟未到，先患絶炊，不得已仍欲將前票使去，尚祈付下所，爲『黄金散盡常低首』矣。鮑叔知我，當不以此爲誚。如順獲吟祉，不盡溯洄。

致雨蒼公子書

流光冉冉，又屆禁烟，春老雨聲中矣。月之朔，得復軒書，欣悉師母大人壽體康寧，兄嫂大人玉臺雙好，闔潭凝吉，稍慰遠懷。來劄細述雲天高誼，有逾骨肉，幸寄高齋，快聆清誨，實三生之幸也。復又殷殷垂念於儀，不禁感泣。儀之欲脩誠趨拜於堂下久矣，緣衰病纏綿，不得已耳。然精誠相感，固勝於覿面相親矣。一俟春深景和，當拜金母於瑤池，謁兩詩仙於翠水，以酬宿願也。老師大人一有佳音，即祈示知爲禱。

致少田先生書

雨絲風片，又屆禁烟，想董帷清課之餘，別饒吟興也。拜讀《紅拂圖》佳製，欽佩與感激交深。日來筆墨填塞，半係遠道所索，腕弱毫枯，愁縈病縛，一時排撥不開，然捉刀人正不易得，非先生其誰能解我圍乎？然先生筆墨重若兼金，豈易得哉？兹因松郡徐香沙先生亦老名士，官居教授，客夏冒暑而來，贈貽筆墨甚多，今春以《自壽》四章索和，值儀臥病，復軒曾託友人代作，未盡其致。意欲奉求椽筆一揮，增光無既矣。然屢承珠玉之惠，乃更作此無限之請，深抱不安耳。先生風雅多情，諒不此爲怪也。

答奕山先生書

奉讀手翰，謙抑太□，令我難安。大作如三峽倒流，五花迷目，欽佩無□，俟雨晴再聆清誨。（下闕）

上祝簡田先生書

桐夜初飄，候蟲早覺；秋風才動，病骨先知。旦夕屢承垂問，仰見慈懷真摯，感泐難名。朽木寒灰，乃蒙老伯大人破格垂青，吹枯噓生，不惜全力。福星宛轉照人，感極且自幸也。儀自味莊先生沒後，飢寒之憂近在旦夕，不得已忍痛割愛，以一女寄生吳下，於是雞聲鐙影，夕漏晨鐘，觸緒牽情，莫能自已，初亦不自料也，所謂『事到傷心每怕真』。後蒙大人引以慈航，渡之彼岸，金經一卷，日在心頭，碌碌塵勞，未遑日誦。自茲以往，勉力爲之，毋使臨去時生悵惘也。聞仙舟指日將發，一路布帆安穩，直抵鄉園，桂馥蘭芬，牽衣繞膝。璧月光中，舉齊眉之案；天香影裏，停問字之車，樂可知也。惟是申江多士，翹首絳帷，不獨儀之感恩知己，依依杖履，盼慈雲之早降耳。

致蘇九賢媛

日前官齋把袂，親炙仙容，謝家風範，舉止端詳，清言霏屑，雅韻欲流，曷勝欽仰！別來想淑祉清佳，綠牕倦繡，書翻畫燭光中；翠幕吟香，人坐玉梅影裏。愚姊吟苦於蟬，愁多於絮，過蒙雅愛，幸步後塵。夏間蒙仁妹玉釧彩箋之惠，苦乏報瓊，常深感愧。並蒙老伯大人垂念青氊，白屋天寒，春風歲歲，寸心銘感，楮墨難宣。令弟公子器宇不凡，定卜遠大，學業想日有進境也。茲屆餞臘迎春，凍雲釀雪，諸祈珍重是禱。奉上筆墨二事，製出隨園，自愧塗鴉，未敢輕用，特奉妝閣，以供詠絮。又竹刻臂擱一事，出自山舟侍講。並拙作《繡餘續草》一帙，妝竟吟餘，乞爲點定。長伴玉臺，以當面聆指示耳。

致陳雲伯大令書

杜宇啼殘，春光如夢，風欺雨妒，又早綠肥紅瘦矣。想才子筆端，別饒幽豔也。得復軒書，欣喜兄嫂大人玉臺兩好，藉慰遠懷。雲天高誼，欲代刊殘稿，仰見垂愛，深表感激之誠，莫能自已。

儀生小耽吟，自苦學力單薄，復短於才。初，家嚴以先慈工吟致疾，沒時才二十九齡，常言：『窮而後工，工者亦必窮矣，不工又奚爲乎？』遂日漸廢馳。於歸後，舅大人性喜詞章，乃復稍稍從事，藉以承歡。然拋棄已久，總未能寄托性情，抒寫感慨。近稿中，又失於酬應太多，大半皆隨手信口之言，了無新意。曾有句云：『殘篇似草删難盡，落葉和愁積又多。』先生天才豔逸，屬對之工，妙如天衣無縫，一氣渾成，真是『珠在毫端偏宛轉，風行水面太輕靈』。大君子有意栽培，時欲乞點金妙管，痛加删削。玉尺縱望寬量，金針尚求細度。並欲奉懇覓佳題代作數首。有可存者，求換一兩聯，或字句更易，庶使觀者無厭倦心，而微名庶得藉以行遠。卷中詠史詩甚少，非有學力識見者不能作也，意欲拜求添置幾首。拙草大半散失，存者僅得一二百篇，從未經他手删削。出而示人，每多虚譽；間有易一二字，亦無關緊要。以此紕謬甚多也，總望大兄以斧削。然兄以一代逸才，踞三吳勝地，載酒問字者填門塞巷，酬應之繁可想而知。倘有心培植，不妨遲以歲月，且貴精不貴多耳。前讀《碧城仙館》大集，玉節金和，快心娱目，屢欲以殘稿奉求删定，未敢發也。今承大雅，不棄鄙俚，慨許裁成，實慰生平。但念文字雖有前緣，斗山未經一拜，受德太重，撫心何安？不禁感慙交並耳。儀患外症在口齒間，經八載矣，邇來三餐漸廢，夢境簽讖不佳，常誦放翁詩『此身行作稽山土，猶弔遺蹤一泫然』，一段高厚之意，自當圖報於再世耳。

風便肅此，布達下忱，順請兄嫂大人雙安。碧城仙館主人講座，懋儀再拜謹啓。附呈近作二紙。

致陳古愚書

風雨無情，微聞花嘆；燕鶯有恨，催送春歸。詞客耽吟，旅人多病，其如之何？儀偶拈銀管，未識金針。頻叨月旦之評，許附風人之席。復以弱蘿徑尺，托蔭椿林；小草一枝，幸栽蘭砌。賡酬訂文字之緣，兒女附神仙之眷。豈意飄風忽來，浮萍頓散。恨隨流水，猶繞申江；跡逐閒雲，暫棲吳苑。會逢羽便，幸惠素書；倘艤仙舟，願臨茆舍。〔一〕。

【校記】

〔一〕『詞客耽吟』以下，底本闕，據袁潔《蠡莊詩話》卷九補。

天降婺星，生就有才兼有福。

人稱賢母，若非成佛定成仙。

繡餘餘草

附 尺牘、詩餘 鈔本

繡餘餘草

陶澍序（存目，見五卷本《續草》卷首）

陳鑾序（存目，見五卷本《續草》卷首）

道光十年小春十日，重禧讀於雲間舟次。時將訪芝楣觀察於虞山。

繡餘餘草

臘梅〔一〕

鐵幹槎枒劇老蒼，冰心玉貌帶微黃。此花品格超凡俗，不稱時妝稱道裝。
一種孤芳不嫁林，蠟丸封固待知音。白衣蒼狗隨時幻，羨爾年年抱素心。
靜中別有妙香聞，沈水何須竟體薰。紙帳夜涼來冉冉，淡黃衫子墨紬裙。
數朶橫斜傍玉臺，嶺梅消息未傳來。知君怕領凡桃李，故向年光盡處開。

【校記】

〔一〕 本組詩底本共六首，前兩首見《續草》卷四。

庚辰九日次三松老人韻（存目，見《續草》卷四）

秋日感懷仍用前韻

風急遥天雁陣高，吟情頓減昔年豪。三秋遠塞傳哀詔，一夕嚴霜點素袍。旅客歸期成畫餅，故園令節又題餻。新詩三復添幽興，似倩麻姑仙甲搔。

茫茫塵事正無涯，問水尋山願尚賒。此日又嘗新漉酒，幾時得見故園花。良辰一瞬流光速，靈夢三生涉想遐。惻惻輕寒欺病骨，西風簾卷夕陽斜。

吟入商風調易高，管花凋盡興難豪。荒庭夜月聞清杵，殘漏秋鐙補敝袍。示疾維摩還斷酒，持齋蘇晉且嘗餻。年來無復登臨意，咄咄書空首漫搔。

海天愁思渺無涯，雲樹蒼茫入望賒。幾卷殘書聊遣日，一庭蔓草併無花。月明近砌蟲聲急，鐙暗深幃蝶夢遐。一自病餘成懶散，秋衾慵理髻欹斜。

題錢端谷居士畫蘭

一枝管采奪天工，貌出湘皋屈宋風。淡到無言心自會，真香原在有無中。

爲楊七舅母作次三松老人韻

梵音微度佛龕深，甘露常霑祇樹林。雁度重雲雲度水，本來無相亦無心。

題顧母富太孺人遺照

述祖難忘大母恩，披圖謦欬儼然存。青鐙白髮霜幃裏，課子成時又課孫。
辛勤十指送華年，紡績聲和刀剪連。親飽肥甘兒飽學，寸心纔可慰重泉。

宋母張太孺人挽詩嗣君流炳孝廉需次令尹

傷心早誓《柏舟》篇，食蓼茹荼五十年。痛過瀧岡阡一表，佳兒賢母並時傳。
高懷曾不計窮通，淑氣常周一室中。生長清門崇禮法，閨中原有大儒風。
幻泡功名是禍胎，青年玉樹掩蒼苔。傷心一曲明妃詠，清夜《招魂》誦幾回。
泣血聲連刀剪聲，烏啼月落夜三更。娛親課子心頭事，九死還教剩一生。
子舍承歡進壽卮，板輿捧出日遲遲。冰霜歷盡陽和轉，看到蘭芬桂馥時。

七寶池開千葉連，一生來去總超然。彌留拈出菩提諦，遺訓還教啓後賢。

雨牕（存目，見《續草》卷四）

吴門寄懷淑齋師海上（存目，見《續草》卷四）

代簡寄定庵居士吉雲夫人（存目，見《續草》卷四）

客中雨夜無寐寄小韞（存目，見《續草》卷四）

吴宫（存目，見《續草》卷四）

七姬祠（存目，見《續草》卷四）

三高祠（存目，見《續草》卷四）

又詠范少伯（存目，見《續草》卷四）

梅（存目，見《續草》卷四）

蘭（存目，見《續草》卷四）

竹（存目，見《續草》卷四）

菊（存目，見《續草》卷四）

杏（存目，見《續草》卷四）

繡球（存目，見《續草》卷四）

白牡丹（存目，見《續草》卷四）

春暮偶成（存目，見《續草》卷四）

寄琴川季湘娟同學（存目，見《續草》卷四）

題仕女圖寄楚中岫雲女士劉杏垞明經女公子也

曉妝慵不整羅襟，吹滿香風月館深。半晌攀條嬌不語，問卿底事費沈吟。

劉杏垞明經楚中貽詩次韻

萍跡蘇臺幾度春，愁中花月病中身。彩雲忽向天邊墮，往事重提倍愴神。
居傍滄浪興倍豪，天風海水送雲璈。掌珠早下溫家鏡，射雀人驚燦鳳毛。
無珠可賣但牽蘿，又逐萍飄大海波。爭羨謝娘饒福慧，吟成白雪妙如何。

寄題武昌小滄浪館四絶（存目，見《續草》卷四）

次杏垞題小滄浪亭七律原韻（存目，見《續草》卷四）

病中口占有贈（存目，見《續草》卷四）

定庵過訪談詩見贈次韻二律（存目，見《續草》卷四）

王烈女詩（存目，見《續草》卷四）

題枝園感舊圖淑齋師與其姪女錢夫人論詩感舊。夫人，錢謝庵吏部室也（存目，見《續草》卷四）

讀七姬碑志題後（存目，見《續草》卷四）

題再生緣傳奇（存目，見《續草》卷四）

詠螢和韻

混入星光淡，良宵亦慰情。傍林無遠照，依草感微生。天迥明河直，庭空素練横。飄零無定所，暗逐歲華更。

高下光零亂，偏能動客情。照人無定境，念爾亦勞生。焰少字難辨，鐙昏經尚横。似愁節序改，宛轉戀殘更。

贈嚴太君令子叔山爲海上少尹

露桃花下拜仙容，話到情親比酒濃。萍水有緣葭倚玉，同庚同調又同宗。
玉骨珊珊雅淡妝，神仙風度佛心腸。傾襟大有鬚眉氣，巾幗人間未許方。
吳淞千里快通津，濬導年來政蹟新。共賴長才籌水利，欣看驥子展經綸。
日麗風和景最妍，板輿捧出萬花前。三牲底用供甘旨，封鮓高風仰母賢。
承歡佳婦善操持，堂北同斟介壽巵。更喜文孫頭角好，亭亭蘭玉秀雙枝。
爭羨金閨福慧齊，花冠繡帔燦雲霓。添將蔗境風光好，稠疊天書拜紫泥。

爲江韜庵明經題蓮花小影（存目，見《續草》卷四）

題明妃出塞圖（二）

馬蹄一去幾時還，千仞孤城萬疊山。若使阿儂生並世，不辭相送到陽關。
滾滾征塵撲繡鞍，披圖我亦發長歎。閉門歷盡羊腸路，塞北江南總一般。

【校記】

〔一〕本組詩底本共六首，前四首見《續草》卷四。

秋花次韻（存目，見《續草》卷四）

秋河次韻（存目，見《續草》卷四）

題畫（存目，見《續草》卷四）

美人風箏

不是蹁躚掌上身，珊珊仙骨怕沾塵。從知世上無金屋，只好天邊寄玉人。力弱要憑風作主，情深祇與月爲鄰。丹霄浩蕩蓬山遠，好證三生未了因。

七夕次閨友韻〔一〕

頃刻悲歡夢未成，天雞纔唱曙星明。那堪一曲銀河水，萬古離愁洗不清。

【校記】

〔一〕本組詩底本共三首，其一、三見《續草》卷四。

歲暮訪怡園次壁間韻贈怡庵主人（存目，見《續草》卷四）

用前韻贈玉芬夫人（存目，見《續草》卷四）

石門道中（存目，見《續草》卷四）

挽祝簡田先生時同人詠雪卽用叉字韻

碧紗曉起噪晴鴉，長記初停問字車。青眼照人如坐月，白頭扶杖共看花。升天靈運先成佛，證道維摩竟棄家。立雪人來空悵惘，茫茫莫辨路三叉。

舟過海昌哭簡田先生〔一〕

八旬閬苑老詩仙，名冠秋闈譽早傳。常抱濟人心一片，若非成佛定生天。

詠罷《招魂》詠《八哀》，此情無路達泉臺。莊荒陸氏何堪說，併乏生芻一束來。

【校記】

〔一〕本組詩底本共三首，其一見《續草》卷四。

紀夢（存目，見《續草》卷四）

題周夫人荷淨納涼圖照（存目，見《續草》卷四）

寓巢園主人有平湖之行忽憶嘉慶丁卯偕海上沈吉雲女士同舟往訪東湖夜半余已熟寐而吉雲朗吟二語云輝煌鐙燭照花眠今夕渾疑欲上天余夢中驚醒續云夢醒不知江月墮濤聲飛到枕函邊翌日微雨篷牕共眺吉雲吟句云云辛苦篙人蓑笠肩濛濛細雨滿江天余又續云與卿好比成行雁雙宿蘆花淺水邊於是同登弄珠樓次壁間樓字韻詩時簡田先生適至亦有和章冉冉已十載矣先生近歸道山而吉雲亦早下世感而有作仍用前韻吉雲詩才敏妙遠出余上小楷雅有董香光風格其年尚未三旬蘭摧玉折可慨也夫（存目，見《續草》卷四）

女生徒以扇頭蟋蟀索題爲題二絕（存目，見《續草》卷四）

詠貓（存目，見《續草》卷四）

雨夜述懷（存目，見《續草》卷四）

花朝泛舟西湖遊淨慈聖因諸寺（存目，見《續草》卷四）

偕月波馮媛同遊松顛閣有贈（存目，見《續草》卷四）

遊理安寺香泉上人出冊索詩卽次元韻（存目，見《續草》卷四）

汪劍秋茂才以扇索題次韻〔一〕

荷絲不共秋心老，水佩風裳天樣渺。數聲絡緯送新涼，高歌一曲江天曉。
詩人詩格秋花老，秋蟲吸露秋心渺。他時補入棹歌聲，吹破湖烟霜鏡曉。
蟬衣單薄荷衣老，涉江人遠詩情渺。殘妝半卸粉光融，一池香夢迷清曉。
西風嫋嫋蘋花老，獨倚江樓秋思渺。個中清味阿誰知，花房吸露蟲驚曉。
荷橋怕折垂楊老，帆影隨雲人去渺。銀塘絡緯聲漸稀，湖上漁歌一聲曉。
誰說有情天易老，蒼狗白衣歸浩渺。夜涼花夢被吟醒，殘釭如豆秋牕曉。

【校記】

〔一〕 本組詩底本共七首，其一見《續草》卷四。

屠琴隖太守屬題潛園吟社圖（存目，見《續草》卷四）

海棠（存目，見《續草》卷四）

虞美人花（存目，見《續草》卷四）

孤山道中（存目，見《續草》卷四）

岳墓（存目，見《續草》卷四）

謁岳忠武祠恭和仁宗皇帝御製詩韻（存目，見《續草》卷四）

雪後天竺道中（存目，見《續草》卷四）

贈喬姝仙夫人（存目，見《續草》卷四）

題朱檢之明經萬花叢裏讀書圖

衆香國裏卷重溫，解語應須共討論。幾陣暖風吹過處，朗吟唤醒萬花魂。
俯仰千秋樂有餘，好風翻帙故徐徐。奇書自有名花護，不用芸香辟蠹魚。
科頭把卷石欄邊，讀向花前字字圓。坐久不須頻點筆，飄來紅雨當丹鉛。
自是天生絕豔才，一編攜向萬花開。月中仙桂雲邊杏，都被君家收拾來。

吴門喬八妹書來言及江西歐陽君堅賦詩八絕以歸佩珊人說女仙才八字分冠其首口占誌之（存目，見《續草》卷四）

次外見懷韻（附原作）（存目，見《續草》卷四）

紅雨樓觀桃有懷舊侶（存目，見《續草》卷四）

十憶詩寄圭齋夫人江右（存目，見《續草》卷四）

春日病中懷圭齋妹（存目，見《續草》卷四）

寄懷牧祥妹浙中（存目，見《續草》卷四）

贈潁川夫人（存目，見《續草》卷四）

枕上偶成（存目，見《續草》卷四）

觀察潘吾亭先生賜和鄙詞仍用前韻申謝〔一〕

欣聞法曲奏遙天，清儷幽蘭溫比綿。連夕鐙花傳好信，數聲靈鵲破朝眠。心無點滓追前哲，政有餘閒對古編。不改書生真面目，官齋供養只雲烟。

文章藝苑久蜚聲，坐鎮岩疆政有成。早見恩波霑下士，佇看霖雨徧蒼生。安貧守道心原素，後樂先憂願肯更。黍谷春回無限喜，茅簷樽酒話昇平。

吹到春風薄暝天，秋衣檢點換吳綿。試拈枯管賡高唱，頓撥窮愁穩曉眠。剪燭半宵翻韻本，對花三復捧瑤編。歲豐更喜魚蝦賤，不到清明不禁烟。

一片天風海水聲，萬花飛舞句初成。儒林循吏傾當代，位業真靈證夙生。玉尺寬量才苦短，金針度出樣新更。江鄉近托慈雲芘，閒聽輿歌頌太平。

【校記】

〔一〕本組詩年本共六首，其五、六見《續草》卷四。

附　觀察和作　　潘恭常

風遞涼聲蟋蟀天，傳來詩思鬱纏綿。曲矜和寡知遺俗，人說愁多欲損眠。翠袖久聞脩竹倚，紅閨長戀古芸編。絕憐李嶠淩雲翮，未破秋空萬里烟。

春申浦撼夜潮聲，作客心情近老成。此處記曾投刺地，重來猶認棄繻生。肯教入夢繁華暫，頓遣安貧志願更。鶴俸待分憑寄語，歲闌留取詠昇平。

許玉年孝廉見和拙作再用前韻奉答（存目，見《續草》卷四）

附　和作　　許乃穀

霜嚴風急九秋天，繞郭家家采木綿。老去令暉貽墨妙，伴他任昉枕書眠。新詩慨慷心如訴，舊稿商量手自編。何止珠璣奔腕底，驚看走筆似雲烟。

午夜蕭蕭木葉聲，調高囑和句難成。蹉跎歲月慙書劍，期許風雲愧友生。鴻爪留痕尋舊夢，鶴心警露守殘更。紅鮮轉漕勞當局，卻喜波濤海上平。

郡伯陳芝楣先生賜和鄙詞再用前韻申謝〔一〕

力芘蒼生筆補天，胷懷朗徹性纏綿。焚香晝戟頻搜句，行部江邨每晏眠。戀闕蓬瀛尋舊夢，關心風土入新編。花前驗取宮袍綠，猶帶當年御座烟。

春申江畔聽潮聲，走筆驚看八韻成。貺我驪珠真異數，荷公青眼定前生。花前諷詠心頻折，鐙下推敲字屢更。采管一枝橫掃處，人間缺陷補來平。

【校記】

〔一〕本組詩底本共四首，其一、二見《續草》卷四。

附　郡伯和作　陳鑾

海上旌旗別有天，壯懷幽思兩纏綿。城如營窟防宵警，潮似風雷攪客眠。畢竟蜃樓空幻術，居然蜑戶入新編。蓬牕臥看榑桑日，照徹東洋萬里烟。

掃眉才子久聞聲，乳燕雙巢苦結成。夫人居貧，不輟吟詠。女公子二，皆工詩。顧劍峯、吳蘭雪與余言之最悉。江上虎頭存弱息，天邊鳳閣慶餘生。昨夏蘭雪病幾死，著有《再生草》。新詩入手商音變，舊雨傷心旅夢更。願向媧皇乞頑石，取來親補九峯平。

郡伯疊和四章再用前韻申謝

倚馬驚才賦自天，吟情跌宕思芊綿。關心吏治常辭飲，癖愛風騷又廢眠。宦跡隨身惟瘦鶴，官齋如水有叢編。知公肝鬲通神處，五夜清香嫋篆烟。

碧宵吹下鳳鸞聲，快睹新詩七步成。燦爛天花如雨散，紛綸妙緒似雲生。朱絃調古人難和，黃絹詞工境一更。欲向春風披絳帳，片帆待趁晚潮平。

附 郡伯和作

陳鑾

扁舟艤岸晚潮天，宦海勞蹤意渺綿。隨例舉杯防徑醉，催人就枕不成眠。簿書依舊從頭讀，花樣翻新信手編。敢向東南談治譜，棼如絲緒浩如烟。

空谷蘭言回應聲，果然雲錦屬天成。高歌興到堪孤賞，清福脩來定幾生。讀曲樽前停短燭，許榕皋大令見示《飲酒讀騷圖曲》。敲詩枕上數殘更。吳淞盡處潮千疊，都付雙蛾寫不平。

梅花香趁小春天，浪跡梭投似織綿。估舶回翔鷩鳥集，市帆安穩靜鼉眠。橋邊未訪機雲宅，海上新窺趙管編。太息年來入塵俗，難消漲墨與浮烟。

報章欲去又傳聲，好句如仙擊鉢成。腹稿懸知□溜急，吟箋親見露華生。船輪下水人雙絕，筆愧摧鋒夜二更。明日片帆歸歇浦，江天回首暮雲平。

芝楣郡伯三賜和章疊韻奉答

紛紛花雨散諸天，省識兜羅手似綿。句好不辭千徧誦，和難還破半宵眠。輓輸本倚東南重，治化還參風雅編。坐對九峯扛健筆，縱横劍氣欲淩烟。

天風海水助吟聲，艤棹江干夢未成。牕外怒濤兼雨至，毫端逸思挾雲生。才同舟楫饒經濟，智比盤珠善轉更。退卻鮫宮千尺浪，筆鋒如弩射潮平。

附　郡伯和韻　陳　鑾

此才端合住瑤天，繭緒頻搜總密綿。字響已同剛百煉，功深何止柳三眠。等身著作知盈尺，隨手風雲另有編。斟酌癯仙留供養，一甌清茗一爐烟。

又聽長空欸乃聲，江闗別賦動蘭成。騷騷木末狂飈起，滚滚中流駭浪生。跡本忘機情自狎，身方蹈險計難更。者番出入蛟龍窟，親見寰瀛萬里平。

燦霞寄女以和詩來仍用前韻作答（附和作）（存目，見《續草》卷四）

詠雪用前韻（存目，見《續草》卷四）

吾亭先生權臬蘇臺適檢篋中賜詩舊稿已歲琯兩遷矣感而有作仍用前韻（存目，見《續草》卷四）

白薔薇花（存目，見《續草》卷四）

題瞜城黄紉蘭女史詩卷（存目，見《續草》卷四）

答家心庵農部次韻（存目，見《續草》卷四）

再答心庵（存目，見《續草》卷四）

圭齋仁妹夫人具林下高風擅閨中詠絮情同膠漆誼等連枝別經兩載夢想爲勞離緒如絲亂愁若絮爰繪折柳圖以贈並繫以詩（存目，見《續草》卷四）

題餘生閣集（存目，見《續草》卷四）

贈許玉年孝廉（存目，見《續草》卷四）

題玉年孝廉室比玉徐夫人手繪遺冊（存目，見《續草》卷四）

閨中銷夏詞十首（存目，見《續草》卷四）

題吴蘋香夫人飲酒讀騷圖（存目，見《續草》卷四）

題蒙城張雲裳女士錦槎軒詩稿尊甫吴中參戎（存目，見《續草》卷四）

文山司馬書來述尊閫朱夫人刲股事敬賦

夫子遠行役，衰姑疾篤時。焚香祈佛佑，剜肉告天知。已届八旬壽，終慳百歲期。閭閻傳孝行，閨閣奉良規。

謝庭多玉樹，中外各分司。報國勤王事，辭親痛病危。十旬衣不解，一力婦能支。郵訃傳千里，應添娣姒悲。

晚春（存目，見《續草》卷四）

題葉覺軒山人琵琶聯吟冊次韻（存目，見《續草》卷四）

新秋述懷（存目，見《續草》卷四）

玲瓏山館冊題詞爲葛秋生明經賦（存目，見《續草》卷四）

金補之大令官豫州留别同人外子次韻同作（存目，見《續草》卷五）

題陳寄磻丈百甓齋

蕭齋羅百甓，境地極幽清。入室崇蘭契，開簾縞袂迎。白蓮方開。朗懷裴叔則，金石趙明誠。時有高賢集，名山業早成。

七夕有懷圭齋妹

每到良時惹恨深，當年歡會耐追尋。樽前帶笑分嘉果，花底傳箋共苦吟。慧性似君還乞巧，癡情憐我有同心。徘徊此夕針樓眺，清露無聲淚濕襟。

張氏外孫桐遠寄牕課見其文筆清新綽有成人㮣度口占八十字答之（存目，見《續草》卷五）

寄長女寶珠楚中（存目，見《續草》卷五）

爲鄭稼秋司馬題母夫人曹太淑人摯孝圖（存目，見《續草》卷五）

題太原女士倚樓人在月明中圖照（存目，見《續草》卷五）

題梅花雙美圖〔一〕

十洲三島寄遊蹤，仙佩泠然禦好風。昨夜月明涼似水，玉人雙笑出花叢。
雪比聰明玉比溫，夜涼雙喚凍梅魂。畫師盡有通神筆，留住仙山鴻爪痕。

【校記】

〔一〕本組詩底本共四首，前二首已見《續草》卷五。

丙戌臘月二十五日先慈太恭人忌辰感賦（存目，見《續草》卷五）

次韻答吴怡庵廣文（存目，見《續草》卷五）

丁亥三月二日外子生辰適赴繁昌詩以寄懷（存目，見《續草》卷五）

洞庭葉漁莊居士過訪草堂出扇索詩賦此應之

風雨春殘喚奈何，韶華半被病消磨。寂寥門巷苔封徑，難得高人踏屐過。
索我題詩下筆難，園林窈窕水雲寬。秋花姿態騷人格，大好峯巒畫裏看。
酒債花逋半未償，新來珠桂費商量。苦無妙筆書唐韻，轉累先生解客囊。
詞筆縱横尚少年，詩人懷抱自超然。笙歌隊裏春如海，獨結人間翰墨緣。
竹繞池塘花繞廬，神仙清福有誰如。幽居自喜紅塵隔，課子娱親暇讀書。
一春臥病掩牕紗，欲拜名山願尚賒。他日秋江容打槳，莫釐峯畔賞黄花。

敬題守拙老人遺照公蒙古人，備兵江南，因聽雲先生一言之托，十年庇之〔一〕

一回展拜一沾襟，結草惟存處願深。公本施恩無望報，愛才心是愛民心。

【校記】

〔一〕本組詩底本共二首，其一見《續草》卷五。

題趙夫人照洞庭顧松山人室〔一〕

鷗波仙館舊傳家，雙管還開並蒂花。煮茗調琴娛永晝，明妝人坐碧牕紗。
朝朝臨鏡寫蛾眉，忙殺生花筆一枝。惹得鏡中人失笑，郎君原是虎頭癡。
玉人生性太玲瓏，繡出鴛鴦分外工。閒向花叢吟好句，一雙才子坐春風。

【校記】

〔一〕本組詩底本共五首，其四、五見《續草》卷五。

題美人脩竹圖（存目，見《續草》卷五）

梁莔林方伯賜示藤花吟館詩集即用集中留別山左吏民詩韻奉題

著述功將風會移，淵源騷雅見師資。海邦新展名臣績，講席先符往哲期。閩嶠千年沿學脈，蘇齋一室得詩規。名山廊廟無歧轍，退食委蛇有所思。

藝林根柢在窮經，六代三唐盡典刑。俯仰千秋見懷抱，指揮萬象炳心靈。真銓得處川歸海，妙諦拈時月領星。想見官齋勤點筆，直將古硯當新硎。

風清鈴閣寂無喧，依舊丹鉛朝又昏。齊楚政聲留昔詠，杜韓家法壓旁門。曾舒日觀高峯眺，細把瀛洲往事論。燕寢一爐書一卷，漸看明月上苔垣。

福曜頻移兩歲中，再來茂苑看花紅。但爲政處都根學，豈以文名倍覺工。籌海半宵心眷眷，觀河三日旆匆匆。明珠百琲光生座，喜照蝸廬四壁蓬。

題莔林方伯東南棠蔭圖卷再用前韻

星軺屢共斗杓移，保障東南事總資。欽恤皋蘇今日化，旬宣申浦古人期。岱雲萬户瞻風采，吴嶺三江奉訓規。兩地民情難盡慰，來時增喜去留思。

韋氏傳家衍一經，詩書氣可化祥刑。觀風徧得江山助，懷古非誇筆墨靈。民事總應開國事，福星原即是文星。廿年歟歷勳彌懋，依舊霜鋒新發硎。

竹馬兒童夾道喧，重來已閲幾晨昏。獨從金穀籌全局，偏爲蒼生闢福門。齊魯烟光懷舊跡，滄溟轉餫待新論。醇儒康濟原無盡，早已勳名著外垣。

記取民情祖餞中，旌旗一片夕陽紅。臨行始見居官好，遺愛兼傳得句工。幾輩攀轅增戀戀，翻嫌策馬太匆匆。帡幪深爲吳甿慶，從此寒郊息轉蓬。

爲莶林方伯題重脩滄浪亭冊（存目，見《續草》卷五）

題汪海門蜀棧圖（存目，見《續草》卷五）

一病（存目，見《續草》卷五）

春朝閨友見訪有作（存目，見《續草》卷五）

歲暮雜詠（存目，見《續草》卷五）

許淞漁明經枉和鄙章再用前韻酬之（存目，見《續草》卷五）

李碧山邑侯賜題蘭皋覓句圖次韻奉酬

如椽巨筆駭驚濤，□幹造化賅雅騷。偶拈餘藝衆辟易，偉人豈第以詩豪。明公起家進士早，紅杏一枝映芳草。翩然鳧舄下江南，折獄能驚諸父老。東南閭井十萬家，男勤耒耜女紡紗。賴有神君成愷悌，一返淳樸祛浮華。虞山吴江頌聲起，時聽樂只歌君子。非無明鏡燭神姦，依舊芳懷佩蘭芷。南衙就養卽南陔，時封翁迎養。進酒親看竹馬來。爲衆人父父爲子，庭誥諄詳聆幾回。申江下邑廛闠甚，千里帆檣環巨浸。公來惠義並時行，製錦新機出舊紝。安民先期水利滋，周迴三百里有奇。天將盤錯賦利器，終看波靜軒雙眉。畚鍤聲中饒逸韻，吟詩藉答流光運。誰料閨中瓦缶音，許將風雅源頭問。筆花灩灩開紫微，十光五色露未晞。雲情霞思飛仙骨，豈向畫圖評瘦肥。瑤箋捧到墨猶濕，藝苑南針一手執。他日期將全豹窺，人間重見青蓮集。

陳拙任山人見示詩集有贈

今代杜陵老，長鑱歸計賒。乾坤真獨立，身世悟空花。已定千秋業，何妨四海家。西風正蕭瑟，一雁叫天涯。

范愛吾茂才以青梅見餉賦贈〔一〕

水雲鄉裏共閒居，清話時還過草廬。多感羊求交誼好，黔婁夫壻太迂疎。

幽棲地僻少人經，白鷺羣飛入杳冥。玉樹成行書滿架，階前帶草鬬袍青。

纔得鷗盟隔巷居，會逢佳日款茅廬。交情似水纔能久，詩格如梅妙在疎。

【校記】

〔一〕本組詩底本共四首，其一見《續草》卷五。

壽陶雲汀中丞五十初度卽用集中丙戌十一月三十日遊焦山用借廬上人韻自壽八律元韻（存目，見《續草》卷五）

臥病三月辱香輪吳夫人過訪口占以贈（存目，見《續草》卷五）

讀韻樓學吟稿題辭吳門女子洪德琴著（存目，見《續草》卷五）

示次女慧珠（存目，見《續草》卷五）

題沈種榆夫人寒鐙課子圖〔一〕

秋衣單薄喚添棉，鐙影微茫欲曙天。屋角啼烏聲太苦，暗彈紅淚和丹鉛。
鎮日眉頭不放開，吟聲清切紡聲哀。秉將茹雪淩霜操，成就明堂清廟材。

【校記】

〔一〕本組詩底本共四首，其一、二見《續草》卷五。

雲汀中丞見儀詩句宏獎有加並欲延課女公子猥以抱恙未赴謹賦小章呈謝（存目，見《續草》卷五）

次雲汀中丞吾園觀鐙紀事八首元韻（存目，見《續草》卷五）

奉題雲汀中丞皖城大觀圖照次韻（存目，見《續草》卷五）

又次自題七絶元韻（存目，見《續草》卷五）

奉題雲汀中丞采石登樓圖照次韻（存目，見《續草》卷五）

陳梅岑先生倉山高弟今日巋然爲魯靈光蒙題倚竹小影敬賦五言二律申謝（存目，見《續草》卷五）

贈淡筠張夫人（存目，見《續草》卷五）

胡眉亭山人以移居映水樓詩見示次韻（存目，見《續草》卷五）

題程母戴節婦傳後（存目，見《續草》卷五）

題周夫人遺照魏雨原少府母也

我亦髫齡痛母亡，披圖雙淚早霑裳。丹青留下傷心蹟，節孝遺徽發古光。
森森仙桂露華滋，奕奕高風仰母儀。至行從來天必鑒，定多騏驥大門楣。
太息春暉委逝波，蕭蕭風木慟如何。惟將忠孝傳家學，卅載名場著績多。
訓子平生素願償，早教泉壤發幽光。事生事死終歸孝，請命晨昏拜講堂。
天香月影散朦朧，仙佩飄然返桂宮。吟到循陔雙淚落，卅年花下板輿空。

奉次芝楣先生上巳前一日南園即事詩元韻（存目，見《續草》卷五）

南園重建魁星閣遥題一律

飛閣臨南囿，祥光仰北躔。空中懸鐵網，暗裏驗心田。百級丹梯上，三秋皓月圓。瓣香虔供奉，永證善因緣。

又　敬題一聯

大塊文章歸隻手，中天光耀筦三才。

題顔崑谷别駕江邨垂釣圖照（存目，見《續草》卷五）

范令雨明府枉過草堂荷題倚竹小影次韻范名良霨，會稽人。乙丑進士，前官高邑令。時戊子三月十二日也。（存目，見《續草》卷五）

眉亭山人以詩訊疾次韻〔一〕

詩篇藥裹壓羅衾〔二〕，消受茶烟半榻侵。一自同心人去後，久無新句對花吟。

【校記】

〔一〕 本組詩底本共四首，前三首已見《續草》卷五。

〔二〕 『裹』，底本作『裏』，據詩意（參《再續草·病況》『抛殘』二句）改。

用韻有懷圭齋〔一〕

欲往從之道路賒，擁衾顧影獨長嗟。也知良會成千古，紅淚偷彈對落花。

【校記】

〔一〕 本組詩底本共二首，一首已見《續草》卷五。

寄呈芝楣先生吴門〔一〕

位業真靈種善因，風流韋白接前塵。畫船蕩入波心去，一朵蓮花一化身。

【校記】

〔一〕 本組詩底本共四首，前三首見《續草》卷五。

附　繡餘尺牘

寄映黎四叔父書

去歲得聞大人旋里佳音，欣喜無極。玉關迢遞，邊塞風霜，想慈體倍增勞頓。大人歷任繁劇，著有成勞，中道蹉跌，此亦家運使然耳！刻下萬里還家，聯牀聽雨，高堂數載，白日看雲，知此際倍形怡悦也。惟叔母大人先逝，帷空簟卷，未免生悲，賴諸弟學業日進，足娛蔗境。大人胷懷磊落，當弗以此戚戚也。惟是三徑就荒，草堂岑寂，清風兩袖，未知作何料理？姪女遭際迍邅，家園破碎。數年來，姑没於堂，翁喪於途，壻守一氈，了無生色。米鹽瑣屑之外，加以骨肉慘傷，以致疾病叢生，不能勤操井臼。旦夕旁皇，惟恐有負先人期望之心耳。天寒白屋，久賦無衣，賴味莊先生垂念舊交，憐才破格，數載以來得免溝壑。生涯冷淡，日從事於詞章，或作一跋，或賦一詩，藉博蠅頭微利，歲暮則索逋兼索詩而至者紛紛矣。復以伶俜弱息環繞膝前，一水迢遥，歸家日少，定省久虚，離愁日積，邇來魂夢常依依於吾父、吾叔前，未知何日再放琴水之舟，快睹高堂色笑也！

答曹夫人書

陳嫗歸，接奉瑯函，知玉體安和，深慰遠念。並承殷勤眷注，惠寄珍物，自顧菲材，蒙知己格外垂青，獎許溢分，且感且愧！陳嫗既歸，左右乏人，未知曾覓有得力人否？念甚。愚姊自别後，貧病交攻，加以筆墨應酬，不覺日形憔悴。仲冬又得一女，歲華行晚，熊夢仍虚，始悟造物弄人，顛顛倒倒，想仁妹聞之亦爲三嘆。金臺遊眺，想佳什又增幾許。家姑母朝夕過從，閨閣又添樂事，惜儀之不克追隨也。金環香佩附耳隨身，如睹芳容咫尺矣。路長紙短，不盡神依。

寄華山弟書

春間接弟手書，至今未作報音，心甚懸懸。姊自産後大病，半載以來，不能食飯，強自支持耳。奴回，承惠皮服，弟夫人推愛解衣，感何可極！但念此食貧，寸心深抱不安耳。服甚華美，長短稱身，春風送暖，已早化白鵰飛去矣。外間筆墨酬應頗繁，近織雲女史從雲間來，又添題詠之事。渠畫甚佳，因乞得一扇，以供把玩，望檢收之。

致何春渚徵君書

日前枉顧荒齋，匆匆未盡悃忱。自顧菲材，蒙長者知遇，殘稿附之集中，拙書銘諸石上，抑何愛之深而望之切耶！遂令閨閣中欣欣作千秋之想。復承厚賜纍纍，在長者有加無已，在儀實深抱愧，同在窘鄉，益切不安耳。古硯精雅異常，恨無椽筆以副之，以其端凝貴重，未敢輕易拜賜，非敢固卻也。茲蒙來諭諄諄，謹當什襲珍藏，以傳久遠。不一。

答香卿夫人書

千里神交，十旬闊別，相憶之情，筆舌難罄。常夜夢君，或花枝掩映，或曲籬圍護，總未能一
容，親訴衷曲。想因相思之切，倍形相見之難也。自握別後，一病至今，將及三月，延醫診脈，或
病，或云是孕，究莫測其端。總之，穀食久廢，憔悴不可勝言矣。追憶前此病中，屢承遺使慰問，饋
物，不勝今昔之感。端節前遣奴至署，方知吾妹之病，二兄之歸，焦悶無似，惆悵不已。知之太晚，
及片紙奉候，然無日不神往藥爐左右也。承惠珍簞，溫柔滑潤，夜寐晨興，每感故人雅誼。蘭烟到
怳憶促膝時芬芳氣味也。

復胥燕亭大令書

既披鴻製，復誦瑤華，詞翰之精妙，獎許之過情，感愧無地。新詞三復，至『一點秋從心起』句，不禁擊節。憶數年前讀大作《題蕊珠宮花史冊》三絕句，神韻風調逼真唐賢，至今猶能諷誦，固已早識仙才矣。儀學殖本薄，重以米鹽兒女之累，益復荒蕪。乃蒙大雅以『必傳』二字勖之，固當勉事學問，期副厚望於萬一耳。夫人天上神仙，女公子天姿明慧，重以家學，他日至蘇，得造鄉嬛福地，拜玉容於繡幄，聆淑誨於妝臺，後塵許步，榮幸奚如！

復吳星槎別駕書

接奉朵雲，復披雅詠。浣薇牕下，錦爛七襄；刺繡簾前，目迷五色。先生擅玉局之詩才，兼龍門之史筆，騁足青雲，公侯到屣；尋芳紫陌，花月增輝。儀久耳鴻名，未瞻芝宇，兹聆謦欬，如坐春風。輔嗣清言，元龍豪氣，兼而有之，不勝欽服。儀少小耽吟，中年多疾，永晝拈毫，藉丹鉛而蠲忿；清宵聽漏，對花月以言愁。遇味莊師提唱風騷，殷勤宏獎，感恩知己，耿耿難忘。前者偶學倚聲，過蒙先生青睞，塗鴉腕弱，說項情深。儀愧知音，先生真天下有心人也。書中推許過情，撝謙已甚，臨風三復，且感且慚。自兹以往，惟望時賜指南，俾知趨向，是則寸心所私禱者也。奉次元韻四章，藉展傾仰之忱，伏祈施之斧削，幸甚。不備。

附　來書

吳　河

河來滬城有年矣，聞夫人之名，讀夫人之詩，竊謂海上神仙，可望而不可即。而一時之學士大夫下交於河者，莫不盛稱夫人之德之才，殆可媲美於漢之班昭、晉之道韞，而近日之閨秀不足方其萬一也。河學愧蟫鑽，才慚匏落，頻年壓線，翰墨多荒。以故俚句蕪詞，亦未嘗輕達於琴書之側。蓋鷽鳩之不敢仰鵬翼，井蛙之不敢望雲虬爾。去冬除夕前一日，在不思議齋見夫人《瑤花》一闋，情文相生，辭意兼到。讀至『人間兒女，有多少花辜月負』之句，不禁擊節歎賞，黯然神傷者久之，以爲天下之有心人無若夫人者矣。適是日復軒來齋，備述欽慕之意，兼達願見之誠。乃於是日造潭請謁，蒙夫人雅意殷殷，溫詞獎借。坐芝蘭之室，讀珠玉之篇，不特言論風采令人傾服，而詩書之氣盎然粹然，蓋望而知爲仙品也。憶昔從朱石君相國遊幾二十年，皖江粵海到處追隨，凡手訂詩文莫不口講指畫，善誘循循；近復蒙李味莊觀察以通家子姪加意教誨，平生感恩知己，惟此二公。而夫人接見之下，不棄顓蒙，開我茅塞。古人一字之師，終身以之，河雖不敏，竊於夫人有厚望焉。漫成四絕，以博一粲，尚祈進而教之，幸甚！感甚！不宣。

致瑶華夫人

催夢雨多，妒花風急，掩牕兀坐，抑鬱無聊，忽接朶雲，感慙交集。儀下里之音，謬蒙夫人見賞，直以蕊珠仙客譽之，其何敢當？並承七襄下逮，眩目移情，盥手焚香，對花捧誦。至『東風吹夢欲醒時』，不禁歎絕。風行水面，乃知别具靈根，非凡腕所能仿佛也。復承夫人雅愛，有『乍喜翻嫌見面遲』之句，而儀因近有幽憂之疾，數月纏綿，幾至絕粒。復以珠桂之累，散去僕從數人，嫗泣於前，兒啼其側，我輩鍾情，尤難解脱。所恐多生緣淺，未得瞻仙子於瑶臺爲惘惘耳。

致香卿夫人書

數月以來，未奉瑶華，未知吾妹近體如何，倍深馳繫。愚姊家務紛紜，於七夕前，挈三女一婢歸省琴水，欲暫作息肩計。不意自中秋後，諸甥女及小婢俱患瘧，長甥女尤重，至今尚未起牀。此間長鬚赤脚止一二人，以致徹夜無眠，實生平未歷之境。自嘆賦命之薄，不能數日安閒，知吾妹亦聞而憐之也。頻年閨閣同調無多，回思數年來承吾妹相愛之情，體貼周旋，有逾骨肉。一旦帶水暌違，芳輝遠隔，又不禁觸緒傷情也。故園風景甚佳，芙蓉爭放，恨不手折一枝爲君簪鬢。眼前花月，助我懷思，偶成一律，藉誌離悰，用書羅帕，置君懷袖，以誌永好耳。芳蓀女兒聞我致書阿娘，瞻依之念，見於詞色，消瘦形容，迥非昨貌。天氣驟寒，欲爲料理綿衣，頗費周章。二兄大人案牘殷繁，履候何似？吾妹亦祈時惠德音，以慰懸懸。餘惟珍重加餐是囑。

復陸藕房明府

故鄉回首，會少離多。朗月空懸，天涯咫尺。離情寄流水斜陽，身世似西風敗葉。蒙先生以文字知深，過加青睞，高誼如雲，有同骨肉。乃復移玉河干，使儀何以克當，非敢踈失若是。共度台旌未必降臨，而城中諸姊妹又以一握手爲幸，聞信之下，命輿疾返，已不及瞻仰矣。何一面之慳也！又承厚賚，於是沽米二石，歸有餘糧，皆出先生之賜，感何可言。儀今歲困阨更甚疇昔，歸後逋負紛紛，莫知所措。念非詩人，何少達而多窮若是耶？

致萬廉山大令書

一隔清輝，屢更寒暑，伏稔世兄大人政祺時懋，福履日新。初領京江，再遷茂苑，德音日近，忻慰奚如！遙稔蒞任以來，定多佳勝。飄來琴韻，人驚花府神仙；吹徧春風，鳥啄訟庭芳草。兼以斑衣樂志，官舍傳經，知德門衍慶，倍多樂事也。儀米鹽累重，兒女債深，不覺日形憔悴。七夕前歸省琴水，家君山居寂寞，蔬水日供，祇可自怡，更難兼顧。儀本秋雲賦命，動輒違心，隨來三女一婢同時患瘧，呻吟一室，頗難爲懷。故園風景雖佳，徒增感慨耳！擬於旬日間挂帆歸里，秋鐙殘漏，未成九月寒衣；帆影西風，空載一船涼月。蒙世兄大人以文字之知，兼骨肉之誼，輒敢縷縷及之。

再致何春渚徵君書

朔風連日，釀雪未成；霽色新開，曉寒尤甚。未審丈人眠食若何，念念。年來仰荷高情，屢承吹植，每一思之，且感且愧。天寒白屋，清景如繪，挑鐙手製像真珠花兩枝，擬取其值，以助薪水。因思采珠女史具林下風，翩翩珊珊，雅稱此花，未知能見而憐之否？倘綠雲豐膩，尚嫌花瘦；或寶髻玲瓏，轉憎葉密。又或石氏珠多，底須魚目；或謝娘裝淡，祇御文犀，亦無庸强爲之也。瑣瑣之請，幸弗見罪。

再致胥燕亭大令書

夏杪，拜違道範，光陰荏苒，自秋徂冬。每憶雨牕賡韻，花底傳箋，方謂長聆清誨，藉識指南，何文旌之無定若是耶？抑劍氣珠光，人爭快睹，己亦莫能自主耶？儀學問譾陋，蒙先生以文字知，過加青睞，吹枯噓生，不一而足，且感且愧！故園小住，風景雖佳，情懷甚惡。女病婢頑，呻吟一室，賦命甚薄，求數月安閒不可得也。歸後逋負紛紛，莫知所措。向蒙味莊先生十年長養，一旦攝篆吳中，益復煢煢孑立。儀非詩人，何少達而多窮若是耶？賢夫人近體若何？女公子學業日進，雀屏曾中選否？念念。

致張筠如夫人書

梅信催春，東風送臘，料想玉體綏和，吟懷懋暢，訢慰無似。采筆調鉛，桃花靧面，韻事又增幾許。儀小住琴川，匆匆返棹，塵勞碌碌，箋候久疏。閨友中驚聞世有謫仙，欲託儀轉求墨梅一幅，固知非第一人不能寫第一花也。但霜風頗厲，玉指太纖，寸心實切不安耳。倘案頭有舊製，吉光片羽，雖殘缺亦不妨也。

致味莊先生書

晴牕喜鵲，屢盼旌麾。曉枕夢回，愁聞鼓角。滿擬早梅同畫舫齊開，福曜偕春風並至。多士皇皇，羣黎切切，固不獨花間問字人也。邇來想夫子壽體綏康，諸凡順適，民事勞勞，飲食起居一切能如舊否？春渚先生來，述及夫子宦況更清於水，其何以支持？聞世兄嫂扁舟南下，承歡朝夕，並免兩地懸懸，且喜且慰。儀小住琴川，匆匆返棹，西風滿鬢，涼月一船。翹首絳帷，卿雲遠隔，慨何如之！

致心芝夫人書

十載以來，追隨繡幄，月夕花晨，屢承色笑。每憶曩時試鐙風裏，剪燭傳觴，極勝遊之樂。今則靜掩綠牕，聽殘疎雨，每逢佳節，便觸離情。想夫人亦聞而憐之也。未知仙舟何日言旋？紅牕采繡，想復纍纍。小世兄近體定佳，宛轉書聲，想常和阿娘刀尺聲也！

上家大人書

數月以來，得承色笑，一旦遠離膝下，思之黯然。復以孱弱之軀，昏庸之質，遺兩大人深憂，寸心尤切不安。重勞慈訓諄諄，晨夕不倦，安貧守樸，以儉以勤。既慮其生前，復計其身後，是誠無所不至矣！雖未能語語參透，卻時時在念。隨歸兩僕，前僕即遣，後僕較優。媼即薦於本城金氏，前因諸女及婢病俱未愈，途中借彼一用，且念其遠方覓食，不忍遽遣，亦不得已也。

復味莊先生書

會逢令節，正繫離思，忽奉朵雲，如親色笑。吾師知遇之恩，長養之德，山高水深，莫名其感！惟願他生轉輪膝下，以慰寸忱耳。

附　來書

李廷敬

滬城淞浦，久宦如家。自署篆以來，忽忽八月，卽溪山花木尚繫寤思，何況吟社同人，能無馳念？昨已得遇廉使北來之信，而卽能接篆與否，猶無確耗。倘其先行入覲，則往返又須兩月，遙計攜酒南園，已在梅花零落後矣。頃接手書，深承厪注，清齋景況，可想而知。春田太守、廉山大令亦無不念及，想必皆有所將以佐歲事也。僕迂拙依然，愧不能多爲佈置，特具廿金，祈檢存爲幸。佩珊夫人近著益諸清超，而尺牘尤加雅令，臨風三復，感佩交深。惜簿書填委，排撥無才，握管躊躇，不能一屬和章爲愧耳。

致道華夫人書

江頭話別，歲序倏更，春光又到紅杏梢頭矣。蒙二兄大人暨賢姊夫人一往深情，十分雅愛，思之黯然惘然。歸裝滿載珠璣，晨昏捧誦，幾忘寢食。茫茫宇宙，似此仙才，得未曾有。惜帶水暌違，不能常奉教於几席間爲深恨耳！儀處境益艱，造愁益幻，虀鹽瑣屑，支詘百端；兒女伶俜，啁啾一室。翰墨一途，愈趨愈下，間有酬應，亦強半非意之所欲出也。邇來更爲病魔纏擾，因愁致病，因病愈愁，未知何日出茲苦海！掩牕兀坐，只覺春風冷峭，負此錦樣韶華矣！聞二兄今歲應味莊先生之聘，又可快聆指示，忻喜之至。伯母大人喪中，賢玉臺哀痛勞瘁之餘，得不至大損眠食否？念甚。不一。

上康合河方伯書

合河大人閣下，伏惟大人壽齊松柏，名並山川，以忻以慰。去秋歸省琴水，捧到大人遠賜石刻，古香滿紙，蒼秀絶倫。三復摩挲，永爲世寶。始知偉人出處，夢亦通靈，天心固鄭重若此。鴻製氣格沈雄，風神超邁，讀至『天與清和化日長』句，仰見大人精神福澤之綿遠。謹步元韻三章，不足表揚盛德於萬一，聊誌景仰之鄙忱耳。前呈《詩草》，才力單薄，愧不足當宗工鑒賞。乃蒙大人親授姬傳先生删選，抑何遭逢榮幸若斯耶？青蠅雖微，得附驥尾，遂令閨閣中欣欣作千秋之想。儀少小耽吟，中年多疾，米鹽累重，兒女債深，壻守一氈，了無生色；家君蔬水日供，勢難兼顧。竊念大人置身伊呂，於草澤孤寒尤殷提挈，況一枝小草素沐恩暉乎？刻下壻買舟白下，晉謁崇墀，倘得引而教之，感且不朽！臨啓瞻依。

復味莊先生慰問殤女書

荷風扇暑，松徑迎涼，伏稔夫子起居恬適，聚順康娱。滌采筆於冰甌，寄詩情於水月。調將綠綺，鶴亦來聽；書就練裙，鴻爭欲舞。曷勝忻慰！日者屢蒙遣紀慰問，頒賜多珍，慈懷高厚，感切五中。

儀貧居多病，復賦悼殤，拗荷不斷，引緒愈長；　作繭自圍，藏身彌窄。　間有紅閨伴侶，好語相規；　吟社親朋，投書作慰。　終未嘗一動於心，蓋質到鈍根，最難解脱。　自蒙夫子賜書，中有『小傷感』三字，不覺沈吟半晌，悟前此之過情，於夢回鐘動時細思之，恍然若失。　始知夫子用筆微妙，能超苦海而登彼岸，較如來妙諦殆有過之也。　庭露簷風，諸祈珍重。

復沈吉雲女史書

屢奉瑤華，頻承佳貺，塵緣碌碌，裁答久羈，歉何如之！　賢妹瑤宫仙子，偶謫人間，秉芝蘭之氣韻，抱冰雪之襟懷，豈區區吟風詠絮所能仿佛哉？　儀賦質既鈍，復溺愛河，愁縈病縛，輾轉沈迷，未知賢妹能一引慈航而渡登彼岸否？　恨不從君於卅載前耳。　病目致釐高懷，自謂仙緣非淺，幸何如之！　折贈黄梅，雅稱紙牕竹屋；　聞香對影，何殊親覿芳容也！

上周聽雲先生書

伏念璜與儀才質凡鈍，境遇坎坷，蒙大人憫其孤寒，憐其弱植，長養深仁，隆於山嶽。　自聞絓議之信，數月以來寢食靡安。　今又聞玉關萬里之行，海濱士庶無不深爲扼腕，不獨璜與儀之心碎神馳也。　然猶幸大人懷抱灑落，天機超曠，榮華固不足動其心，困阨亦何能移其志？　儀雖未仰斗山，而誦公文章，悉公性情，固已深知之矣。且天下事本無定局，冰霜之後必有陽和，陰雨之餘定逢開霽，況大人文望素隆，清名夙著，久爲聖主深知者乎！恩旨之加，定自不遠。儀四叔父前曾屏藩浙中，後以事謫戍，此日歸來，優遊林下已三四年，其年亦正與大人相上下也。聞大人自挂冠後日以臨池爲事，其德性堅定，不爲外物所累，已見一斑。文瀾浩瀚，加以絶域山川之助，碑板光華，流傳瀚海，鴻蒙萬古之天，得此鑿開生面，固知山靈之深以公之一至爲幸也。惟念儀向者一篇一詠，隨時可以就正几席，今者絳帷萬里，塞雁常疎，言念及此，不禁暗然欲絶。然草堂八口，依舊賴公存活，卿雲雖遠，德輝固自常留也。抑更有厚望於公者。儀少小耽吟，歷二十載，恐終淹没無聞。異日俟公歸來，錫之一序，得與謦先生並傳久遠，實平生之至願也。邇來未知道履若何？飲食得不至大減否？山川險阻，行李蕭條，策馬長途，正逢溽暑。到後風土殊絶，飲食異宜，起居寒燠，總望加意珍衛是禱！臨啓瞻依。

又（存目，見《五續草》）

附　繡餘詩餘

壺中天 重陽前三日雨牕偶成用小湖田樂府韻（存目，見《續草》鈔本）

前調 味莊先生枉和前調疊韻申謝

五花迷目，看層層、翻出驚人新意。一片天風吹海水，頃刻神山移至。剪水無痕，裁衣沒縫，占盡千秋地。耽吟珍重，晚牕風峭須閉。　卻愧愁逼毫枯，思隨腕弱，未盡纏綿致。慣向雨聲鐙影裏，寫出蒼涼身世。得句酬花，投書招月，拋卻殘膏翠。分來鶴俸，飽餐終日無事。

附　元作

李廷敬

素秋風物，盡關情、遺作畫禪詩意。佳色西園催令節，細雨偏將愁至。姑射山遙，閬風苑渺，沒個埋憂地。棋聲琴韻，還拚花院常閉。　聞道風絮吟成，月眉掃罷，更雅人深致。魏國詩篇清照筆，五百又生名世。紫陌浮雲，黃粱幻夢，不植雙峯翠。東籬送酒，莫辜陶令花事。

前調 味莊先生再賜和章三用前韻

開緘歡喜，諷新詞、語語感人真意。一種溫柔敦厚旨，此境問誰能至。文證禪心，詩通畫理，絳帳談經地。仙毫揮處，直教花月羞閉。多謝錦字頻頒，雲璈疊奏，獎慰殷勤致。落落知音當代寡，翰墨緣深前世。貴比兼金，珍同拱璧，賤卻閒珠翠。朗吟低誦，掃開多少心事。

附　元作　李廷敬

一枝柔翰，到君家、宛化連環如意。自有詞源能倒峽，妙緒如川方至。遇舊翻新，因難逞巧，活潑靈山地。著書何用，花間庭院常閉。藉甚南國香閨，拈花詠絮，競詡風人致。我識藐姑真妙相，不逐豔妝時世。海上餐霞，花間吸露，眉染仙山翠。集名倦繡，針神原是餘事。

前調 題二喬喜子圖（存目，見《五續草》）

前調題惜花圖

穠華如錦，早匆匆、開了枝頭紅杏。一種憐香心事苦，直欲將花作命。對景含愁，銷魂無語，立盡春風影。苦吟人瘦，怎禁如許清冷。還將一縷柔情，千行密字，深體花情性。劉阮當年仙福少，讓與才人管領。彩勝高懸，金鈴低繫，只祝封姨靜。新詞剛就，慢聲吟與花聽。

金縷曲次韻題傳奇補裘圖（存目，見《五續草》）

探春令花朝和韻

風扶弱柳一株株，盡是離人緒。更無心，聽梁間燕語。又那解、詞人句。白衣蒼狗難教住。去便從他去。寄幽情一縷，杏花枝上，縹緲雲深處。

前調憶幼女吳門（存目，見《聽雪詞》）

前調答閨友

陌頭紅紫鬭芬芳，動探春情緒。立花陰，立聽黄鸝語。成就了、驚人句。韶華似水難教住。遮莫匆匆去。怕柳棉如雪，東風無賴，卷入雲深處。

前調

日長人倦怯春寒，睡也無心緒。聽聲聲，簷馬因風語。抵多少、淒涼句。遣愁依舊留愁住。何處尋芳去。這愁城苦海，朝朝暮暮，教我如何處？

前調答施夫人

玉人夜夢太酸辛，惹起纏綿緒。背銀釭，向檀郎細語。又成了、銷魂句。吟來雙淚流難住。無計教愁去。嘆生涯一樣，清清冷冷，斯境真難處。

因愁造夢夢生愁，不盡春蠶緒。恁傷情，待向誰人語？且和了、陽春句。縱然無計相留住。

忍使匆匆去？這生離滋味，比君死別，更有難言處。

前調閨友以畫易詩有贈

畫禪詞筆底玲瓏，如許多才緒。寫名葩，欲笑還如語。錯換了、巴人句。居然富貴留春住。雙燕時來去。好安排筆硯，研朱滴露，日坐花深處。

鮑家小妹最聰明，藕樣玲瓏緒。芳名口共心頭語，記曾讀、香奩句。飛瓊謫向人間住。青鳥時來去。惹妝臺一笑，桃花扇上，點點鴉飛處。

唐多令題雙美圖

倦繡午晴初。還將姊妹呼。並香肩、纖手親扶。相視不言情脈脈，笑問道、是何書？時世淡妝梳。臨風曳素裾。似亭亭、兩朵芙蕖。曾向湘皋留半面，嬌模樣、有人圖。

前調

幾度喚真真。梧桐影裏人。立斜陽、滿地涼雲。信步不嫌花徑滑，微褪了、繡鞋跟。　風柳小腰身。蛾眉最善顰。罷秋千、微縐湘裙。莫是淩波歸洛浦，行一步、絕纖塵。

前調

烟雨太空濛。詩情杳靄中。蘸清波、柳間桃濃。買得扁舟輕是葉，雲淡淡、水濛濛。　歸路夕陽紅。歸心愛好風。櫓聲柔、搖過垂虹。指點前村家漸近，苔蘚護、白雲封。

南歌子題漁笛圖（存目，見《五續草》）

前調題撲蝶圖（存目，見《五續草》）

百字令題四時行樂圖（存目，見《五續草》）

長相思題畫（存目，見《五續草》）

柳梢青題香草美人圖（存目，見《五續草》）

前調題倦妝圖（存目，見《五續草》）

百字令呈祝簡田先生（存目，見《五續草》）

前調題倚竹圖（存目，見《五續草》）

前調答陳古愚姻丈仍用前韻

薰風簾幕，晝沈沈、棖觸無邊幽意。六曲屏山閒倚徧，天外采雲飛至。月到天心，風來水面，恍涉靈山地。浣薇三復，寸緘無限開閉。　堪嗟蠹蝕芸編，塵封硯匣，絕少閒情致。一種愁懷深似海，應悔托生斯世。誼比青雲，詞翻白雪，筆染吳山翠。報瓊無計，劈箋重訴情事。

如夢令題美人玩貓圖

滿院秋光如洗。一角湖山獨洗。幽思正無聊，驀地雪奴潛至。伶俐。伶俐。會得個人心事。

長相思題柳陰聽鶯圖

柳絲高，柳絲低。繫住青春莫放歸。休教作絮飛。　聽流鶯，罵流鶯，莫向枝頭巧弄聲。愁人夢易驚。

蘇幕遮和海鹽張步萱女史韻（存目，見《五續草》）

又（存目，見《五續草》）

又（存目，見《五續草》）

長相思

怕春殘，又春殘。狼藉東風不忍看。傷心下帚難。　花可憐，人可憐。算是三生花福全。美人營墓田。

憶秦娥

清宵雨。聲聲訴出秋情緒。秋情緒。挑鐙無寐，和巴人句。　詩成還把殘更數。繁聲一片來無數。來無數。琅玕幽韻，答寒螿語。

卷珠簾悼四女兼憶次女

午睡剛成愁喚起。半晌無言，悶把欄杆倚。死別生離分兩地。羅襟灑徧盈盈淚。　剩繡遺綳還在笥。觸目傷心，此恨何時已？最是雨聲鐙影裏。思量往事從頭記。

壺中天送織雲歸茸城仍用前韻

排成雁字，感卿卿、相待十分情意。一水迢迢天樣遠，容易盼將君至。冷落朋歡，倉皇心緒，嘆立錐無地。仙舟去也，小樓從此長閉。　多謝爲我傳神，笑君多事，添卻閒情致。他日對花應酹我，我已久忘斯世。此度相逢，較前瘦削，略減眉梢翠。丁寧珍重，花前霜下吟事。

又用前韻答沈瘦生明經

開緘滿紙，墨香浮、翻出層層新意。聽說逢人還說項，那更十分真至？誰憐鍾情自悮，病到膏肓地。五更風雨，雙眸開了重閉。　還羨冰雪聰明，烟霞品格，瘦得秋花致。采管一枝橫掃處，別創空明詩世。藝苑詞華，金閨眉嫵，占斷橫雲翠。經綸大才，文章猶是餘事。

又用前韻送錢師竹丈歸雲間

布帆如駛，怪西風、催動先生歸意。紫蟹黃花秋正好，載酒候門人至。竹報平安，鶴迎杖履，三徑壺觴地。南牕寄傲，雙扉雖設常閉。　卻喜有興看濤，偶來海國，領略高人致。更有散花天女降，書畫同時行世。織雲夫人同來。劍氣如虹，毫花似雪，橫掃千峯翠。掉頭一笑，名山還有多事。

又用前韻題黃西堂明經秋容淡照圖

秋光如水，借黃花、描出淡如人意。一卷《離騷》哦未盡，詩思破空而至。老圃烟霞，西風簾幕，一席名山地。人爭載酒，鹿門多恐難閉。　看取籬畔披襟，風前露頂，兩晉才人致。月白霜清花送影，認得淵明前世。溪色偏幽，山光更淡，筆染羅雲翠。濟時才大，未容長問花事。

長相思 贈筠卿夫人

聽芳名，憶芳名。隔著湘簾看不明。琅玕想黛青。　佩環聲，誦詩聲。最好依花傍月聽。聰明要讓卿。

如夢令 謝沈吉雲女史贈梅

人是多愁多病。天氣雨晴無定。折贈一枝春，助我幾分吟興。僥倖。僥倖。消受暗香疎影。

踏莎行 次顧春洲茂才韻

聽雨懷鄉，挑鐙起草。柝聲更和吟聲攪。牀頭嘖嘖鼠窺帷，書生膽比狸奴小。　一卷哦殘，八牕送曉。春泥滿徑呼僮掃。助愁風雨困人天，吟魂依著花枝繞。

百字令病起即事（存目，見《聽雪詞》）

又（存目，見《續草》鈔本）

清平樂（存目，見《續草》鈔本）

又（存目，見《續草》鈔本）

沁園春題郡伯鄭玉峯先生平戎歌後

五載從戎，洗甲歸來，回頭廿年。向旌旗影，卸將繡服，虎狼隊裏，重跨征鞍。馬首皆西，軍書向北，冒險先將虛實觀。長驅進，把紅江水吸，花白苗芟。　欣上糧積如山。歷多少崎嶇，轉運難艱。

更壯士傾心，驚看磨盾，書生投筆，偏會籌邊。天子推心，元戎使臂，又聽膚功塞上傳。君恩重，看一翎孔翠，飛上朝冠。

踏莎行 題姚行軒山人詞卷

漱玉詞工，燦花句好。錦囊貯得江山小。六朝金粉豔情多，讀殘猶覺餘音嫋。　皓月圓時，金英綻早。清歌一曲芳尊倒。鹿門花事九秋繁，比肩人指雙頭笑。

前調 題谷巨川文學柳陰垂釣圖

指竹爲鄰，與鷗同性。塵寰少此清涼境。幽人到此已忘機，遊魚底用驚鈎影？　柳妒脩蛾，波分青鏡。夕陽明滅山光映。奚童還要抱琴來，滿溪花夢愁彈醒。

如夢令 題扇

砌下幽花方吐。蛺蝶蜻蜓對舞。掩卻綠紗牕，聽徹蓼蟲悽楚。如訴。如訴。更比騷人吟苦。

摸魚兒題榕皋先生桐江秋泛圖卷

蕩輕橈、綠楊風軟，桐廬山色如繪。頻年聽慣吳娘曲，輸與越姬明慧。絲管脆。驚得那、鴛鴦鷗鷺飛成隊。臨波延佇，笑張翰歸來，樂天詠去，無此好風味。　新聲倚，一掃齊梁綺靡。紅兒歌解人意。謝公不爲蒼生起，逃入水雲叢裏。柔櫓曳。聽低語、篷牕落日山横翠。先生醉矣。正擁被微吟，披襟露頂，一枕黑甜美。

柳梢青題潯陽送客圖

江月空濛，荻花蕭瑟，隔舫歌聲。紅粉飄零，青衫憔悴，同訴三生。　更闌添酒回鐙。嗚咽處、琵琶暫停。水國棲遲，玉京迢遞，一樣離情。

鳳皇臺上憶吹簫題唐陶山刺史鬌絲禪榻圖（存目，見《聽雪詞》）

聲聲慢

柳拖新綠，桃放嫣紅，南園好片春光。憔悴而今，看花心緒茫茫。芳蹤那堪回首，漫贏得、無限情傷。難消遣，自三生夢斷，殘漏雞牕。又是清明時候，望平原、古塚易動愁腸。黄土青山，商量何處埋香。濁醪三杯兩盞，怎澆得、身世蒼涼。春將去，送春歸、天遠水長。

踏莎行春暮次語花女史二闋

鬭草無心，問花不語。一溪淺碧飄紅雨。畫梁雙燕不歸來，閒庭寂寂春將暮。番風似剪，濕雲如絮。柳絲空嫋愁千縷。綠牕排悶倚新聲，吟成笑遣雙鬟度。

選韻尋詩，背鐙無語。黄昏幾陣催花雨。陌頭芳草綠成茵，斷腸回首流光暮。短夢成烟，亂愁如絮。羅衣暗淡消金縷。燒殘寶鴨掩紅牕，三春好景匆匆度。

買陂塘葑山觀荷（存目，見《聽雪詞》）

步蟾宫 題桐江雪櫂圖

桐江花月看來慣，忽湧出、玉峯天半。披裘人去釣臺空，只柳絮、蘆花吹滿。　衡寒有客吟情淡。安放酒瓢茶盞。興酣落筆拓篷牕，差勝騎驢灞岸。

壺中天 題湖樓秋思圖

西泠烟景，卻廝稱、才子風流詞筆。寫幅丹青娱逆旅，留住湖山陳跡。鏡裏蛾眉，堤邊楊柳，相對亭亭立。樓空人去，一樓春變秋色。　看取匹練初横，遠峯如沐，吹到秋消息。湖上夕陽空翠滿，中有騷人吟魄。何事淹留，不如歸去，醉把闌干拍。曰歸歸晚，斷腸鷗鷺迎客。

水龍吟 題延翠閣主人遺影（存目，見《聽雪詞》）

百字令題金瑤岡侍讀百二十本梅花書屋照

江南春早，正雲深水闊、吹花成霧。二十年來薇省夢，飛度冷雲深處。沁雪詩腸，和羹妙手，心事同花訴。花應一笑，要東君作盟主。　聞說綠野堂邊，梅栽百廿，人壽梅花數。月上春山花弄影，愛看霓裳人舞。香國棲遲，名山著述，逸事追千古。歸田添了，錦囊多少佳句。

一斛珠送春（存目，見《聽雪詞》）

前調送張霞城夫人

送君南浦，綠波畫槳留難住。惱人更下瀟瀟雨。極目行雲，別淚傾如注。　珍重水牕風與露。一帆穩上青雲路。承歡子舍娛朝暮。此後相思，夢裏尋君訴。

長相思（存目，見《五續草》）

鳳皇臺上憶吹簫次韻答玉芬夫人

別恨如潮，行蹤似絮，客中生怕逢秋。正西風吹鬢，垂老多憂。多少鴻泥雪印，思放下、卻又難休。更闌後，對將影語，背著鐙愁。悠悠，別來消息，看魚牋密字，紅暈雙眸。悵舊遊似夢，雲散風流。無限悲歡離合，雞唱也、驀上心頭。浮雲命，憐君自憐，著甚來由。

長相思

秋風涼，秋夜長。落葉蕭蕭亂打牕。幽懷暗自傷。憶當初。悔當初，一棹扁舟泛五湖。飄零歸計疎。

雞成行，鶩成行。瘦鶴中宵清唳長。霜天夢影涼。朝焚香。暮焚香，頂禮西來大法王。天花散道場。

五綵結同心和汪籍庵廣文詠繡奩韻

描金寫豔，鏤玉鎪瓊，羨殺文心細小。縹緲吟情好，分明是、一縷柔絲風嫋。雕奩縱有新花樣，那敢與、詞人鬭巧。還生怨、情緣易懺，綺語消除未了。　金針度到顛倒，笑剪綵才疎，回文樣少。病眼朦朧，停針處、對著昏鐙懊惱。添香三復微雲句，便依韻、賡來草草。還欹枕、聽殘疎雨，直恁迢迢難曉。

大江東去用東坡韻題舒鐵雲孝廉湘雪吹簫譜

錦囊窄窄，盛得下、幾許山川雲物。久識先生才似海，只是家徒四壁。廢院脩簫，荒臺擪笛，吹滿瀟湘雪。襟懷瀟灑，古來少此人傑。　追憶蕊榜初開，嫦娥纔識面，才華風發。縱使眼中知己少，此調已難磨滅。絕塞尋花，軍門倚劍，吟鬢生華髮。妝樓寫韻，幾回同看圓月。

前調題文山公子養花圖（存目，見《五續草》）

燭影搖紅和沈女史菊影元韻

纔上銀釭，怪來秋夢生羅幌。濃於潑墨淡於烟，隔著牕兒望。誰替淵明寫像？好丰神、淩空描樣。深閨病起，搦管沈吟，先愁難狀。　色相茫茫，此生久已空情障。疎籬映月最分明，一片秋痕蕩。隔水伊人宛在，倚新聲、還勞夢想。瓣香低祝千秋度，花開玉人無恙。

沁園春題花簾填詞圖

燕掠簾波，蝶沾香雨，玲瓏一片春痕。想綠牕拈管，似笑疑顰。縱有龍眠好手，難描他、一種丰神。知多少雲思花想，絮果蘭因。　隨身左圖右史，大好湖山，錦樣韶春。有六橋花柳，消遣良辰。漫道《金荃》、《漱玉》，都輸他、筆雋詞新。真纔是，書生不櫛，巾幗傳人。

雙紅豆

酒乍醒，夢乍醒。怕聽空階絡緯聲。秋天不肯明。　剔銀鐙，戀銀鐙。零稿新來漸漸增。病餘懶去謄。

又

夜悠悠，思悠悠。漸漸微霜鴛瓦浮。遙空素月浮。　怕秋來，又秋來。風物蕭條落木哀。愁懷那得開？

虞美人題畫

飛花盡作回風舞。仙袂飄飄舉。驚鴻宛轉掌中身。恰好斜陽寫照水傳神。　含情無語沈吟又。一縷詩情瘦。漫空紅雨正紛紛。倩陣好風吹上素羅裙。

百字令龔定庵公子惠題拙集次韻作答〔一〕

萍蹤巧合，感知音、得見風前瓊樹。爲語青青江上柳，好把蘭橈繫住。奇氣拏雲，清談滾雪，懷抱空今古。緣深文字，青霞不隔塵土〔二〕。　更羨國士無雙，名姝絕世，謂吉雲夫人。仙侶劉樊數。一面三生真有幸，不枉頻年羈旅。繡幕論心，玉臺問字，料理吾鄉去。海東雲起，十光五色爭睹。時尊甫備兵海上，公子以覲省過吳中〔三〕。

【校記】

〔一〕詞題，《龔定庵全集類編》卷十八作『答龔瑟人公子卽和原韻』。

〔二〕『塵土』，《龔定庵全集類編》卷十八作『泥土』。

〔三〕『覲省』，《龔定庵全集類編》卷十八作『省覲』。

附　原作〔一〕

龔自珍

揚帆十日，正天風、吹緑江南萬樹。遥望靈岩山下氣，識有仙才人住。一代詞清，十年心折，閨閣無前古。蘭霏玉映，風神消我塵土。　人生才命相妨，男兒女士，歷歷俱堪數。眼底雲萍纔合處，又道傷心羈旅。〔二〕南國評花，西洲弔舊，東海趨庭去。紅妝白也，逢人誇說親睹。夫人適李，有『女青蓮』之目。

【校記】

〔一〕詞題，《龔定庵全集類編》卷十八作『蘇州晤歸夫人佩珊索題其集』。

〔二〕『又道』句後，《龔定庵全集類編》卷十八有『夫人頻年客蘇州，頗抱身世之感』的小注。

賀新涼　奉和淑齋師賜題拙集元韻

靈鵲簷前語。忽吹來、雲璈水瑟，鳳歌鸞舞。受德還兼知己感，難得般般皆具。更貺我、《金荃》名句。一種深情似海，是前生夙契今生遇。看涉筆，都成趣。　幽居幸傍龍門住。喜連番、程庭立雪，評今論古。弄玉飛瓊諸仙侶，題徧吳綃越紵。快賺得、珠璣無數。十載萍蹤歸未晚，坐春風、歡喜良辰度。清宴啓，醴泉煮。

附　原作　段馴

天際征鴻語。正林園、花飛六出，隨風掀舞。九九光陰還未半，沒個消寒之具。但貪看、謝家秀句。一種清妍誰得似，似疎梅竹外嫣然遇。說不盡，此中趣。　吳門又是經年住。對芳時、梧宮香徑，幾番懷古。名媛清閨爭識面，結契紛貽縞紵。更充拓、詩情無數。甚日歸來長聚首，把金針、朝暮從新度。魯酒薄，爲君煮。

金縷曲 奉次淑齋師懷金沙舊居作韻

凍合寒江渡。想當年、仙舟往返，雪掀風阻。一曲清商傳絕唱，留下鴻痕無數。悵望斷，白雲深處。雁陣驚寒聲嘹唳，抱離愁夢裏尋歸路。心上事，曲中訴。　陽春欲和還愁誤，細揣摹、珠光淚點，恁般悽楚。喬木依然無恙在，幾度迎寒送暑。好做個，湖山之主。衣錦他年營綠野，泛蘭橈、仍向金堂住。新使節，舊桑苧。

附　原作　段馴

風雪吳江渡。憶家山、無端拋撇，勝情消阻。舊事思量重記省，浪拍風翻無數。又遑評，萍蹤何處。月冷長河關塞黑，愴征鴻迷卻沙洲路。悲咽事，向誰訴？　他鄉零落歸期誤，酒醒時、思量往昔，怎禁悽楚。回憶當年棲息地，彈指遞經寒暑。嘆燕子、歸來無主。憑仗春宵蝴蝶夢，趁東風、飛去花間住。甚時候，返桑苧。

前調 奉次淑齋師湘江夜泊作韻

冷月明湘渚。記當年、弱齡隨宦，曾經遊處。讀到新詞思往事，愁比亂絲難吐。恍吹滿，清砧涼杵。存沒升沈無限感，訴將來、便比猨聲苦。燒燭短，聽殘雨。　仙舟小泊雲深處。料無眠、篷牕染翰，情深懷古。應有湘靈來竊聽，滿紙墨花飛舞。正牕外、浪翻濤怒。往事追思渾似夢，倚新聲、倦眼迷烟霧。待買個，扁舟去。

附　原作

段　馴

寥闊瀟湘渚。向秋宵、停船荒岸，荻花深處。木葉蕭蕭涼露落，江月一痕初吐。悲此夕，聽殘砧杵。天外征鴻聲不斷，聽聲聲、似訴離鄉苦。人不寐，淚如雨。　二妃魂魄知何處。道湘筠、斑斑淚點，於今如故。屈子英靈應尚在，徹夜魚龍飛舞。試聽取、風濤掀怒。往事蒼涼誰弔問，剩商船、玉笛吹烟霧。天欲曉，解維去。

前調　奉次淑齋師月夜聞笛作韻

韻繞樓高處。是誰家、夜涼人靜，調宫按羽。天上瑶姬仙夢破，唤起新愁無數。更似水，月華當户。記向露桃花下坐，和鸞笙、有個飛瓊侶。聽金箭，焚蘭炷。　羅衣太薄愁風露。最淒涼、寒蛩金井，伴人羈旅。此味年來嘗已徧，話到同心倍苦。味妙詠、冰壺玉筯。牕外雨聲鈴索響，更消魂、愁絶難成句。歌郢曲，遣誰譜？

附　原作　段　馴

幽韻來何處？聽隨風、淒淒調發，移宫換羽。正是二分明月夜，散落梅花無數。暗飄入，碧牕朱户。折柳心情渾莫辨，對銀釭、獨自懷儔侣。掩珠箔，消香炷。　花陰寂寂生涼露。到秋來、鳴蛩淒切，易傷羈旅。況是離人吹怨思，引得愁腸更苦。更難禁、雙垂玉筯。惻惻霜寒衣袖薄，倚樓人、卻憶消魂句。待閒暇，記宫譜。

前調　次圭齋妹韻

月冷蟲喧砌。悵懷人、天末一庭秋氣。粉箋留題頻展玩，生把離魂唤起。感知音，一片標題意。

翹首妝臺天樣遠，抱沈疴、筆硯經時廢。幾覿面，夢兒裏。　遙知霧閣雲牕際。吮毫尖、紅絲研小，衍波箋膩。最羨謝庭多樂事，更難得、有才如此。嗟我頻年漂泊久，和新詞、草草慚材菲。權當作，雙魚致。

附　原作

龔自璋

密雨吹苔砌。正黄梅時候，困人天氣。纔見斜陽明竹外，天半愁雲又起。便房櫳，側側生涼意。撩亂心情渾不定，把常時、針線都拋廢。但默坐，碧牕裏。　懸知畫閣薰爐際。卷疎簾、山榴火綻，庭萱烟膩。即物總應清興發，引出詩情琴思。問若個、雅懷如此。聲譽流傳吴越徧，廁門牆、自覺慚葑菲。借霜管，寫高致。

清平樂 聽雨次圭齋妹韻（存目，見《聽雪詞》）

金縷曲 新涼呈淑齋師（存目，見《聽雪詞》）

沁園春 題雙梅索笑圖

第一番風，早返冰魂，未減峭寒。訝紅紅白白，珠珠翠翠，臨風索笑，照影爭妍。豔比朝霞，清同白雪，贏得東君著意憐。閒相約，向琴牀簫局，分韻題箋。　花前姊妹齊肩。是誰倩、龍眠妙手傳。愛清眸剪水，倏蛾妒月，十分韻致，一樣纏綿。白傅風流，王郎才調，相伴同參花底禪。柔鄉好，向水雲深處，築個芳園。

柳梢青 題曼雲女士照

曲院風柔，韶華似錦，垂柳陰稠。玉骨生香，蛾眉擅秀，花見還羞。　羨他道韞風流，拈花笑、尋詩興幽。大好園林，待儂病起，來共卿遊。

浪淘沙 題紅牆一角卷子

銀漢月微茫，風露新涼。家家砧杵夜偏長。悵望碧空烟靄裏，一角紅牆。　幽夢涉河梁，仿佛仙鄉。步虛何處問宮商。依約似花還似霧，仔細思量。

摸魚兒 題許玉年孝廉孤山補梅圖卽次其韻

驀吹來、遏雲高唱，喚回當日和靖。山空鶴去梅花瘦，一縷吟魂孤冷。誰更把、玉骨冰魂，雪爪從頭認。何人繫艇。喜有個知音，補梅招鶴，傳出後身影。　嗟身世，我亦萍蹤靡定。到來塵勞初醒。風廊水榭分明記〔一〕，尚有漆園堪證。平生常夢至一所，石欄四亙〔二〕，仙鶴翱翔。嗣後徧歷名園，未嘗睹此。後至孤山，適符夢境，曾有紀事詩數章。始知人生遊歷，亦有前緣也。貪久憑〔三〕，把惝恍情懷，細訴梅花聽。斜陽半嶺。有百種低徊，絕無人語，雙鶴自相應。

乙酉秋仲，臥病兼旬，玉年先生見示《補梅圖》，並得讀《買陂塘》一闋，超邁絕倫，奉次元韻，伏枕倚聲，愧不成調，祈詞壇有以教之也。

佩珊歸懋儀拜稿。〔四〕

【校記】

〔一〕『記』，底本初作『現』，圈改。中國嘉德（香港）國際拍賣有限公司二〇一九年拍品長軸有《孤山補梅圖》歸懋儀手迹錄此詞作『現』。

〔二〕『四』，《孤山補梅圖》歸懋儀手迹作『回』。

〔三〕『貪』，《孤山補梅圖》歸懋儀手迹作『樓』。

〔四〕詞後跋語，底本無，據《孤山補梅圖》歸懋儀手迹補。後鈐有『懋』、『儀』朱文方印。

壺中天

乙酉仲夏，曹柳橋先生自杭來上，枉顧敝齋。氣度端凝，才思超越，心甚敬服。外子以一館羈身，儀亦經時衰病，兼因向平之累，每有庚癸之呼，未能稍申地主之誼。先生憫其衰頽，轉以家藏古鏡見貽，意良厚矣！第思神物必歸巨手，未敢奩中私匿，因填此闋以歸之。用誌不忘，即請顧悞。

秦時明月，訝無端、一霎飛來妝閣。不獨照人肝膽，一片古光流灼。貴比商彝，珍於周鼎，不費人工琢。殷勤持贈，感君嘉貺優渥。　還念異代流傳，如斯神物，敢向奩間拓？早送明珠歸合浦，免似龍津騰躍。才子文章，偉人手筆，廝守團圞樂。扁舟江上，影形相伴離索。

滿江紅玉年孝廉自京中遥寄新詞次韻作答

吐氣如虹，人世事、付之一笑。盡吟偏，聖湖明月，燕臺芳草。剩有奚童供硯席，更無紅袖司茶灶。勸多情莫住有情天，天還老。　才子氣，難除傲；騷人癖，偏工嘯。正風雲馳驟，歸期還早。他日恩深容乞假，堂開晝錦湖山繞。且從容、倚劍上金臺，韶光好。

莽莽乾坤，問今古、幾人稱意。算倘到，真靈位業，神仙境地。作賦定煩才子筆，點金也乏仙人技。只眼前一樣好湖山，鄉風異。　琴須對，知音理；鵬好待，長風起。縱遠山眉黛，伴他滌器。壯士高歌聊當泣，才人妙語難除綺。藉冰霜、釀出好韶華，君知未。

前調 聽雨用前韻

到眼春光，還怕見、柳顰花笑。空贏得，情懷惘惘，浮生草草。風雨飄蕭蝸上壁，虀鹽冷淡塵封灶。向亂書叢裏度年華，人空老。　浮雲態，從人傲；紙牕破，因風嘯。怪雞聲無賴，驚眠太早。曉夢半隨飛絮亂，閒愁紛若春蠶繞。只眼前、事事欠安排，如何好？

沁園春 題媚川妹湖石尋詩圖

悄坐湖山，換了春衣，可耐峭寒？正蕉心細剝，蠶絲乍引；輕拈彩管，漫試螺丸。逸興遄飛，吟情綿渺，都在眉梢眼角邊。沈吟久、喜神遊象外，句落天邊。　纏綿玉潤羨，一種清才賦自天。想聖湖水碧，申江浪暖，時縈清夢，多付紅箋。靧面詞工，望雲心切，句好還憑雁足傳。詩成後，盡秦嘉細讀，疊和新篇。

壺中天 簡寄龔蓉漵丈

客秋言别，數流光、過了試鐙時節。極目蒼茫雲海闊，萬頃洪濤堆雪。東閣壺觴，西園桃李，人境雙清絶。瑤英能事，一卮春酒親設。更喜冰署長閒，寶貓無恙，吟瘦梅花月。詠絮人來趨絳帳，離合悲歡重説。學倚新聲，恭脩短劄，爲感關情切。草堂如舊，一寒還甚當日。

前調 陶雲汀中丞枉賜詩序呈謝

杏花枝上，忽聲聲、鵲喜連朝勤報。聽説星軺臨海國，恰值鳥歌花笑。芳徑留題，高樓潑墨，到處留鴻爪。吴淞江畔，又聽輿誦聲好。自念飲露寒蟬，經霜弱草，分得藜光照。敢比《三都》增紙價，也許青雲附到。露盥香薰，紗籠錦襲，珍過連城寶。佛鐙影裏，祝公富貴壽考。

衰宗支派，久凋零、珍重荷公拂拭。省識千秋靈氣在，文字因緣種得。祠館荒凉，墓門蕭瑟，風雨過寒食。序中言及安亭震川書院。昔年堂上，記曾刊取遺墨。先君自山左歸田，曾刊《震川大全集》。長念賦命如雲，行蹤類絮，提甕還無力。蓒史研經才苦短，敢廁師儒一席？深感龍門，寬量玉尺，几硯生顔色。護根憐葉，一門同受恩澤。

前調 奉題雲汀中丞皖城大觀圖照

畫師妙手，染丹青、留住皖公山色。最喜江山佳絕處，天與偉人一席。拄笏看山，臨風懷古，揮灑如椽筆。萬家烟火，混茫帆影如織。　還上百尺高樓，孤亭獨峙，放眼乾坤闢。滾滾長江流不盡，多少英雄陳跡。山帶鄖陽，水流白下，吳楚東南坼。五年宣轍，有人珍重刊壁。

沁園春 奉題雲汀中丞采石登樓圖照

奇秀江山，到此登臨，代有逸才。向片石摩挲，仰天問月，高樓延佇，對景興懷。謝李文章，范韓事業，行部江村幾度來。憐才意、拜千祠墓，一剪蒿萊。　蒼崖挂滿松釵。頻拂拭、烟霞生面開。想采石磯邊，雲帆屢卸；翠螺峯頂，筆陣長排。對月揮毫，臨風釃酒，手摘星辰實壯哉。玄暉去、剩澄江如練，浩浩無涯。

前調 呈芝楣先生

憶昨公來，節過天中，碧沼放蓮。向春申浦口，課農行水，橫雲山外，運海籌邊。住本瀟湘，來從雲夢，屈宋才名早豔傳。風華甚、羡鬢簪紅杏，人正青年。　前緣幸遇神仙。更難得、胸涵湖海寬。感春風吹處，茅簷送暖，廉泉分到，冷灶生烟。病眼茫茫，吟聲細細，神在虛無縹緲間。何脩到、喜焦桐遇賞，青眼垂憐。

金縷曲

芝楣先生賜示《金縷曲》九闋，皆題張雲裳女士《紅白梅花》横卷作也，次韻作謝。

仙露娟娟墮，訝芳蘭、亭亭馥馥。十幅烏絲三尺絹，不改政餘清課。盡藝苑、諸公虛左。行部江村停畫舫，伴閒鷗一夕親漁火。談逸事，濺珠唾。　蘆花岸側明鐙坐，聽瑤宫、神仙伴侶，風揚月播。清角調高傳絶唱，雁叫篷牕月過。詩世界、纖塵難涴。國士逸情天女格，是劉公道韞才方可。歌郢曲，有誰和。

前調用前韻送芝楣先生返任蘇臺

驚見天花墮，繡牀前、五光十色，飛來萬朵。不改書生當年面，詞翰文章日課。大手筆、前臨班左。怕聽仙舟侵晨發，怪催人潮信如星火。還擲筆，墨花唾。　半宵擁著衾兒坐，聽簷前、聲聲鐵馬，露搖風播。太息瞻韓空留願，錦樣韶華病過。襟袖上、淚痕霑涴。重盼星軺來申浦，捧芸編問字經帷可。

還待把，錦箋和。

前調 寄文山夫人都中

遙夜思君切，正江南、綠肥紅瘦，斷腸時節。燕樹吳雲添惆悵，彈指多年隔別。況道遠、音書寥闊。堂北俄驚萱花謝，引金刀臂濺淋漓血。聞信下，倍淒絕。　當時畫閣親顔色，快追隨、神仙伴侣良月。重過轅門聽官鼓，怕見鴻泥舊跡。更老病、僅存雞骨。盼殺萍蹤重相聚，炷心香長禱西天佛。勤愛護，莫輕忽。

前調 三用前韻爲芝楣先生題雲裳女士梅花卷子

雪裏朝霞墮，怎玲瓏、胭脂萬點，染來成朶。聽説玉臺嫻吟詠，添了花工月課。訝放偏、水南山左。春暖羅浮人倚醉，怪冷香偏綻星星火。還對著，繡絨唾。　有人東閣横琴坐，忽傳來、鵝溪一幅，韻流香播。笑把冰魂生喚起，不放韶春輕過。莫只認、粉痕脂涴。當代廣平推賦手，置高齋相對圖畫可。金石調，唱還和。

前調四用前韻寄呈芝楣先生

清淚無端墮，乍凝眸、瓶中芍藥，又開幾朵。紅雨樓頭新緑滿，完了三春花課。剩雪爪、猶留座左。月榭風廊人寂寂，好良宵冷落閒鐙火。誰繼燦花唾。　掩牕倚枕連朝坐，聽風前、金鈴自語，翠翻紅播。珍重霞箋貽秀句，排悶長吟數過。肯輕放、香奩脂涴。細向新篇參妙諦，療膏肓當作金丹可。天半鶴，飛來和。

繡餘近草

稿本

繡餘近草

序[一]

洪亮吉

若有人兮，夢落雲中，居懸海上。偶拈愁句，輒寄三天。不畫脩娥，迥如初月。掩卷靜思，念鸞鶴之侶；啓戶遥矚，挹龍魚之奇。

《繡餘近草》者，非復尋常女士所及矣。憶其生自海虞，來歸滬瀆。王謝家世，烏衣悉知。童蒙賦詩，青鳥代誦。臨水鑒影，嫗嫗知其不凡；當春詠花，尊親嘉其明悟。蓋高世之格，有見於生初者焉。又生擅奇福，獲配嘉耦，有林下之風，無天壤之歎。相莊之下，時復歸寧。迢迢七夕，即無阻於星期；明明百里，曾未憂於河廣。此其所以幸也。然而高明之室，鬼瞰其貧；多女之門，盜屏其跡。罄倉中之粟，雀鼠生愁；遊釜底之魚，魴鯉聚泣。熊羆之夢不兆，雎鳩之翮仍斂。此其所以愁也。若其詩格，則又可言焉。夫中閨之所云才者，不過椒花一頌，柳絮片言，即以名滿古今，豔傳中外。今則萬言述志，百首抒懷，早已軼彼士流，並不慙於作者。又且黍室之女，殊抱隱憂；丹山之禽，時揮奇采。渢渢乎有身世之感，具民物之憂焉。暇日一編，屬爲之敘。

夫僕也，早交臣叔，忝據輩行；曾主騷壇，雅同臭味。授而讀之，未嘗不歎其語之奇，采之麗，不覺爲心折也。他日言旋言歸，永朝永夕，賭圍棋於別墅，侍絲竹於東山。得值晏閒，置之几案，則僕也雖無擲金之聲，庶可質安石之坐云爾。

【校記】

〔一〕此序見洪亮吉《更生齋文乙集》卷四，今迻錄於此。

題辭

許兆桂　等

想像仙人玉煉顔，珠胎渤海璞藏山。如來不枉稱多寶，豎指拈花示世間。
秋風不肯冷秦淮，點筆詩佳興亦佳。攢豆鐙花紅報喜，者番如意慰幽懷。

香巖許兆桂拜題。

嘉慶十四年冬月四日，虎觀邦燮拜讀於延月舫。

清絕琴川筆一枝，十年前已願爲師。今朝海上將兒到，添代門生拜絳帷。
潮去潮來歲復年，鏡中幾度換朱顔。新詩道得儂心事，姊妹何人最黠然。
壇坫東南數味莊，搜羅左鮑列門牆。愛才更有姜明府，香夢難教問海棠。

燮堂湯以晉拜題。

聞到詩仙玉作堂，絳紗弟子拜紅妝。女史爲隨園先生高弟子。春風長徧隨園草，留得琴川一瓣香。

梅花詩意好參看，風助清香雪助寒。慧業生來仙有骨，上頭夫壻怕才難。

珊漁居士蔣曾煌拜題。

歲辛未九秋，海昌查人和讀於吳門寓齋。

繡餘近草

虢國夫人早朝圖

海棠顔色共誰論，姊妹同時受主恩。人掃淡眉辭繡闥〔一〕，馬馱香夢入宫門。嬌添宿酒纖腰軟，暖護豐貂素面温。十里芳塵隨玉鐙，鈴聲人語隔花喧。

【校記】

〔一〕辭，旁改作『離』。

喻少蘭供奉見儀前詩卽作圖見贈云於海棠花下爲之口占誌謝〔一〕

傾城顔色古來難，大好風神馬上看。合蘸海棠枝上露，繪他扶夢上雕鞍。

疎簾清簟晝遲遲，試拂生綃寫豔姿。骨肉停勻肌理細，先生畫筆少陵詩。

【校記】

〔一〕　本組詩又見《續草》卷二、《五續草》。

題李是庵女史水墨花鳥卷

李因，字今生，號是庵，明海昌葛侍御徵奇姬也。徵奇字無奇，嘗云：『山水，姬不如我；花鳥，我不如姬。』卷爲毗陵趙味辛司馬所藏，題詞者都一時女士。

詩中三昧畫中參，春色秋光次第探。想見淡妝人絕代，一簾花雨寫優曇。
花格玲瓏鳥態工，凝眸半晌立東風。卷簾忙索宣城管，鉤取香魂入卷中。
管領羣芳絕豔才，墨雲幾朵護妝臺。美人原是名花影，夫壻從何及得來。
百年遺跡見應稀，墨暈猶含香氣微。最是賺儂凝睇久，防他輕燕受風飛。

詠庭中瓔珞柏呈家大人〔一〕

古柏如幽人〔二〕，蒼蒼多逸致〔三〕。霜雪不改容〔四〕，獨秉堅貞氣〔五〕。老幹迎疾風〔六〕，柔絲娲新翠〔七〕。時發太古香，綽有千秋意。高堂解組歸，卜居得斯地。南牕日寄傲，昕夕相依倚。一訂歲寒盟〔八〕，永結忘年契〔九〕。

【校記】

〔一〕本詩又見《續草》卷二、《三續草》。

〔二〕『如幽人』，旁改作『成瓔珞』。

〔三〕『蒼』，旁改作『鬱』。

〔四〕『霜雪』，旁改作『葳蕤』。

〔五〕『獨』，旁改作『緣』。

〔六〕『迎疾風』，旁改作『瘦迎風』。

〔七〕『新』，旁改作『深』。

〔八〕『一訂歲』，旁改作『如佛證』。

〔九〕『永結忘年』，旁改作『攬衣結同』。

恭和家大人詠桂元韻

幾陣濃芬撲鼻端〔一〕，青林一夜染成丹〔二〕。花繁疑向天邊落，根固如從月裏蟠。瀹茗不嫌微近澀〔三〕，調羹喜帶幾分酸〔四〕。漏長貪看扶疎影，枝上頻驚玉露團〔五〕。

【校記】

〔一〕『幾陣』，旁改作『庭桂』。

〔二〕『青林一夜染』，旁改作『成林染碧下』。

〔三〕『不嫌微近』，旁改作『芽新微覺』。

〔四〕『喜帶』，旁改作『梅助』。

〔五〕『頻驚』，旁改作『無嫌』。

三醉芙蓉

到眼俄驚軟玉融〔一〕，詩名康樂許相同。新妝剛浣顏原素，初日微烘頰漸紅。秋水一泓斜照影，霓裳三換醉臨風。錦城當日繁華甚，十里明霞漾碧空〔二〕。

【校記】

〔一〕『俄』，旁改作『花』。

〔二〕『明』，旁改作『朝』。

老少年〔一〕

閒庭花事漸闌珊〔二〕，卻喜新晴一倚欄〔三〕。嘆我窮愁頭早白，憐渠遲暮面還丹。添將秋色渾無際，照到斜陽最耐看。天意若教娛晚節〔四〕，山林點綴錦成團。

【校記】

〔一〕本詩又見《續草》卷二、《三續草》。

〔二〕『閒庭』，旁改作『不嫌』。

〔三〕『卻喜新晴一倚』，旁改作『晴喜緋紅齊壓』。

〔四〕『若』，旁改作『似』。

和小真姪韻

纖纖月印醉琉璃，悶倚欄干俯碧池。偶見好詩思學步，每逢勝景卽傷離〔一〕。鏡中顏色朝朝減，愁裏光陰故故遲。落葉打牕蟲響砌，小樓扶病獨吟時〔二〕。

【校記】

〔一〕『卽』，旁改作『怕』。

〔二〕『獨』，旁改作『面』。

逸園中秋呈家大人〔一〕

萬里金風桂子秋，家家此夕宴瓊樓。素娥捧出新磨鏡，侍女皆騎白鳳遊。

金樽釃酒慶團圞，笑語喧闐到夜闌。爲報姮娥須賀我，今宵月在故鄉看。

滿庭花氣露華浮，卻喜朝來雨乍收。萬朶采雲扶月上，有情天解作中秋〔二〕。

夜深漁火逗林端，冷浸金波竹萬竿。爲戀清暉貪覓句，滿身風露獨憑欄〔三〕。

【校記】

〔一〕本組詩又見《續草》卷二、《三續草》。

〔二〕『解』，旁改作『爲』。

〔三〕『獨』，旁改作『更』。

和毛壽君山人潭州春興元韻〔一〕

悲涼楚些古時春，風送飛花絮卷塵。萬里江山窮駿足，天涯詞賦老才人。瀟湘烟雨毫端集，屈宋精靈句裏新。聽說倚樓勞遠目，傷春杜牧髮如銀。

芳杜幽蘭徧廣庭，春波浩渺接蒼冥。側身天地頭先白，放眼郊原草又青。三峽雨雲淹楚夢，半江烟月泣湘靈。昏鐙如豆吟成候，山鬼中宵定出聽。

江岸家家酒自篘，青帘飄出樹梢頭。芳春易感懷鄉夢，勝地偏深弔古愁。短褐行吟聊自遣，長鑱歸計若爲謀。只今門掩秋光裏，穩臥元龍百尺樓。

深閨亦自感摧殘，一樣艱辛去住難。好句何當扶病讀，名花偏是帶愁看。半奩秋水驚新瘦，一秋西風怯早寒。苦念伶俜小兒女，支持弱質強加餐。

【校記】

〔一〕本組又見《續草》一卷刻本，詩題少『潭州』二字。

秋牕

秋牕夢斷感前因，浮世何能抵夢真。孤負故園花事好，西風瘦盡卷簾人。

落木蕭蕭夜向闌，半牕涼月背鐙看。秋風便怯齊紈薄，應笑詩人骨太寒。

有懷香卿夫人〔一〕

亂蟲圍定一鐙吟，把卷秋牕夜漏沈。別久不堪追往事，途窮容易念同心。緘來密字難頻寄，折得名花忍獨簪。紅袖尚留當日淚，指將潭水比情深。

【校記】

〔一〕本詩又見《續草》卷二、《三續草》。

答道華夫人送別元韻〔一〕

開緘滿紙總難愁，月色潮聲卷夢流。彷彿江天雲樹裏，有人凝望倚樓頭。

空言歸去等無家，烟水蒼茫別路賒。追逐不入雲際雁，飄零真似雨中花。

【校記】

〔一〕 本組又見《續草》卷二、《三續草》，詩題無『答』，且多第三首。

歸舟誌感仍用原韻〔一〕

暮霞散作一天愁，愁擁江潮變急流。最是不堪欹枕聽，十年前事到心頭。

西風催我又辭家，欲製寒衣願尚賒。殘月模糊鐙黯淡，夢隨汀雁宿蘆花。

【校記】

〔一〕 本詩其一又見《續草》卷二。

金畢舟茂才偕其配雲娥夫人次韻並題拙稿三用前韻

脩到神仙不解愁，琉璃硯啓墨雲流〔一〕。明聰展誦驚雙絕，湘管花開盡並頭。

芳鄰近接謝娘家，青粉牆遮路轉賒。聞道蘭幃雙弄玉，待看靧面祝桃花〔二〕。

【校記】

〔一〕 『啓』，旁改作『匣』。

〔二〕『待』，旁改作『齊』。

柬春渚徵君

小山脩竹裏，舉室想平安。佳婦勤操作，文孫奉笑歡。近題還乞改〔一〕，新著可曾刊〔二〕。調護冰霜裏，羈懷好自寬。

【校記】

〔一〕『近』，旁改作『新』。

〔二〕『新』，旁改作『近』。

題秋山逸興圖

參天松竹護柴關，琴或無絃鶴亦閒。共羡詩人清福好〔一〕，朝朝扶杖看秋山。

秋林一帶翠新鋪，點綴丹黃入畫圖。莫向亂山深處去，教奚童覓費功夫〔二〕。

眼前詩景日翻新，我我周旋趣最真。難得清才兼俠骨，黃金散盡買閒身。

蕭蕭商籟晚來生，幾道飛泉繞澗鳴。好待四山明月上，鶴聲清警和吟聲。

【校記】

〔一〕『共』，旁改作『應』。

〔二〕『奚童』，旁改作『童勤』。

題美人詩意圖〔一〕

筆自聰明態自閒，璇璣待製費循環。空廊久立渾無語，詩在春山秋水間。

鏤雪裁冰著意尋，夕陽庭院淡秋心。香閨縱有生花夢〔二〕，吟入西風瘦不禁。

【校記】

〔一〕本組又見《續草》卷二、《三續草》。

〔二〕『縱』，旁改作『亦』。

題淡巴菰圖

斜陽弄色幾分殷〔一〕，獨立秋叢見一斑〔二〕。似此亭亭花格好〔三〕，只留清氣滿人寰〔四〕。

【校記】

〔一〕『斜陽弄色幾』，旁改作『淡巴菰色十』。

〔二〕『獨立』，旁改作『老圃』。

〔三〕『似此』，旁改作『獨立』。
〔四〕『只留』，旁改作『留將』；『人』，旁改作『塵』。

題墨梅

冰前雪後訝開遲〔一〕，傍水沿籬見幾枝〔二〕。風格固應推絕代，品題那不重當時。碧紗月淡傳神瘦，素壁鐙青寫韻奇。三尺銀光留妙墨，伴他何遜坐敲詩。

【校記】
〔一〕『冰』，旁改作『風』。
〔二〕『幾』，旁改作『一』。

對雪用聚星堂韻

疎林簌簌驚墮葉，迴風卷作漫空雪。眼前景好不覺寒，醉裏詩成轉清絕。潛魚水低鬣半僵，凍雀枝頭足欲折。雲中螺髻疑有無，胷次蜃樓時起滅。迎春餞臘見幾回，暗裏流光如電掣。幾家茅屋煨濕薪，何處高樓懸素纈。閨房兒女語啁啾，鐙火黃昏聽瑣屑。晚來風定勢更嚴，掠戶敲牕任飄瞥。謝家語妙一時耳，竟使千秋豔傳說。詞場白戰誇豪雄，坡老筆鋒真似鐵。

即事三首〔一〕

帶雨鐙光淡，停針喚奈何。艱辛成我老，貧乏負人多。累到中年重，愁添病骨磨。半生真草草，容易展雙蛾。

寒雪消將盡，東風柳漸舒。時逢禁烟節，恰值斷炊初。解渴一甌茗，忘機數卷書。何須嗟濩落，造物有乘除。

竟夕推敲苦，懨懨氣力微。毫拙無藻采，語拙少天機。聊以破幽寂，終難辨是非。詩成還寄遠，珍重賞音稀。

【校記】

〔一〕本組詩又見《續草》卷二、《三續草》，題作『感懷』。

寄懷織雲夫人

鯉魚風裏送君回，惱殺韶光暗裏催。擬共海棠花底醉，相思看到杜鵑開。

極目盈盈水一涯，期君早晚泛仙槎。香閨多少神僊侶，盡卷珠簾待散花。

第四女殤罣舟茂才雲娥夫人俱以詩慰奉酬

同抱淒涼瘞玉愁，兩邊清淚隔花流。鍾情我輩俱難遣，儂更愁多易白頭。

病魔偏是擾貧家，愁裏生憎歲月賒。夢醒不知生死隔〔一〕，關心猶覓鏡中花。

【校記】

〔一〕『不』，旁改作『殆』，又抹去。句後有批語云：『是初醒光景，應仍用「不知」字，方與下句□接。』

和趙霞府表弟扇頭韻

蕭條旅館倦銜盃，落日登樓望薊臺。山色橫空銜雁斷，濤聲亂卷入詩來。月雖暫缺還重滿，桂待高攀定早開。爲恐親闈凝望切，藕花香裏挂帆回。

用前韻奉懷趙氏姨母

少小深閨共茗盃，記梳雙髻侍妝臺。比肩小院尋芳去，攜手斜陽下學來。竹幸平安常苦瘦，花真富貴喜初開。萍蹤小聚匆匆甚，悵觸前因首重回。

少蘭供奉繪玉燕重投圖見貽口占二絶

一慟連朝倦眼開，曇花重現轉增哀。劇憐諳盡齏鹽味，忍更傷心説再來。
莫教對影更尋聲，我亦愁多促去程。骨肉情緣如未盡，今生已矣待來生。

梅卿夫人遠貽墨梅繫以二絶次韻答之

蕭條荒徑繞烟蘿，泡影驚心委逝波。只恐對花花亦笑，鬢霜約略似花多。
幾重香影望中深，半壁疎鐙照獨吟。縱隔瑤臺千尺雪，一宵一度要來尋。

鳳仙

穿針時節卷珠簾，開繞雕闌五色兼。小朵摘殘金鳳翅，猩紅飛上玉纖纖。

憶荷用前韻

苦心合受水仙憐，解佩江皋憶往年。聊得夜涼成獨醒，一池香影讓鷗眠。水雲鄉裏著卿卿，絮果蘭因證舊盟。一種相思忘不得，野塘風定月微明。

題秋夜讀書圖

一重山裹一重雲〔一〕，綠滿牕前憶夕曛。誰說秋聲最蕭瑟〔二〕，朗吟人自未曾聞。疎簾淡月送清砧，罷繡鐙前正苦吟。笑我愛書空有癖，輸君能會古人心。

【校記】

〔一〕『裹』，旁改作『翠』。

〔二〕『誰說』，旁改作『任爾』；『最』，旁改作『自』。

題江山夜月圖

四山日落西風急，萬頃濤聲卷月流。聊得高吟人未寢，挑鐙聽取大江秋。

漁舟都被亂峯藏，松桂蕭槮護草堂。如此江山如此月，幽人偏是著書忙。

第四女殤後填詞二闋誌哀同儕歎賞口占

愧荷詩人青眼加，淚凝枯管不生花。那堪玉碎珠沈後，博得新詞衆口誇。

憶荷三用前韻時女殤將二旬矣

拗荷成寸最堪憐，宛轉絲抽夜似年。坐到無聊還覓夢，愁多可奈不成眠。
當時悔不學卿卿，早與如來結淨盟。欲斬情根憑慧劍，此中如玉本空明。

次碧厓丈韻

七年兩賦悼殤詞，身似三秋病柳枝。愁裏正思焚筆硯，書來偏是譽工詩。

附　原作　　祝悦霖

祝鳌生厭是浮詞，清絕琴川筆一枝。料得江城添韻事，紅閨傳唱佩珊詩。前爲蔡夫人作六十壽詩，故云。

彩霞二妹饋餠口占

入口香消玉屑團，感卿珍重勸加餐。充飢正想瓊酥味，分餉還生一座歡。

新秋和韻

秋信來何驟，先催秋思飄。紅方千朶綻，綠早一痕消〔一〕。覓句燒金鴨，何人按玉簫。新涼添睡思，引夢過溪橋。

【校記】

〔一〕『紅方』二句，旁改作『蓮紅遲尚綻，梧綠暑同消』。

立秋後二日雨和韻〔一〕

添得一分秋〔二〕，秋心帶雨幽。雲歸千樹淨〔三〕，暑散萬荷收〔四〕。離緒風前柳，詩情水面鷗。綠牕涼意滿，鐙影送新愁〔五〕。

【校記】

〔一〕本詩又見《續草》卷二、《三續草》。

〔二〕『添得一分』，旁改作『三日入新』。

〔三〕『歸』，旁改作『羅』。『樹』，旁改作『疊』。

〔四〕『散萬荷』，旁改作『溽一分』。

〔五〕『燈影送新』，旁改作『送喜肯生』。

織雲夫人和韻見寄再用前韻答之

豫園昨日探花回，花底斜陽冉冉催。惆悵對花花減色，好花須向玉人開。

銀河引領隔天涯，擬訪天孫泛斗槎。昨夜懷人剛有夢，緘開看湧萬蓮花。

七夕和韻〔一〕

盈虛消息定千秋〔二〕，拙女安閒巧女愁〔三〕。看取天孫翻樣巧〔四〕，乘龍舊例換騎牛〔五〕。

銀河悵望兩相憐〔六〕，只隔形骸不隔緣〔七〕。對面恍同千里遠〔八〕，人間卻又羨天仙〔九〕。

悲歡頃刻景全非〔一〇〕，水自東流月自西。不獨璇宮驚好夢，萬愁人怕一聲雞〔一一〕。

親薦花前瓜果茶，曝書樓啓景偏賒。天孫定割機頭錦，來換蕭娘筆底花〔一二〕。

【校記】

〔一〕本組四首及下組四首，又見《續草》卷二、《三續草》，合一題之下。

〔二〕『盈虛』，旁改作『合離』。

〔三〕『拙女』，旁改作『女拙』。『巧女』，旁改作『女巧』。

〔四〕『看取』句，旁改作『巧讓天孫夫獨拙』。

〔五〕『舊例換騎』，旁改作『未得恰牽』。

〔六〕『悵望』，旁改作『脈脈』。

〔七〕『只』，旁改作『憐』。『不』，旁改作『卽』。

〔八〕『對面恍同』，旁改作『覿面易成』。

〔九〕『卻又』，旁改作『那復』。

〔一〇〕『景』，旁改作『事』。

〔一一〕『萬愁』，旁改作『合歡』。

〔一二〕『來』，旁改作『欲』。

又

年年粟帛富三秋〔一〕，上帝還擔豐歉愁〔二〕。爲怕人間閒過日〔三〕，天孫織錦壻牽牛〔四〕。

星期一度一相憐，多少人間未了緣〔五〕。安得采橋長萬丈〔六〕，渡他平地盡登仙〔七〕。

璇宮縹渺景全非，月到良宵未易西〔八〕。聽說星期烏鵲管〔九〕，紅牆不唱汝南雞〔一〇〕。

采縷金針共品茶〔一一〕，深閨兒女鬬情賒。蛛絲也是纏綿甚〔一二〕，網出同心並蒂花〔一三〕。

【校記】

〔一〕『富』，旁改作『足』。

〔二〕『還』，旁改作『常』。『豐歉』，旁改作『下界』。

〔三〕『爲怕』句，旁改作『案戸星河閑指點』。

〔四〕此首後有批語云：『原本佳。』

〔五〕『多少』，旁改作『□變』。

〔六〕『安得采』，旁改作『不惜鵲』。

〔七〕『渡他平地』，旁改作『使人平步』。此首後有批語云：『原本自佳耳，點竄反成鈍置。』

〔八〕『月到』，旁改作『每嘆』。

〔九〕『聽說』句，旁改作『烏鵲南飛盡繞樹』。

〔一〇〕『不』，旁改作『怎』。

〔一一〕『采縷』句，旁改作『兒女深閨纔獻茶』。

〔一二〕『是』，旁改作『逗』。『甚』，旁改作『意』。

〔一三〕『出』，旁改作『細』。

爲常州臧孝子禮堂作〔一〕

孝子母病，刲股禱天。母病旋愈，人莫知也。年三十卒，左股瘢痕隱隱，難兄西成上舍私謚爲孝節處士，徵詩。

文章重根柢，至性定纏綿〔二〕。刲肉朝和藥，焚香夜告天。但求親疾愈，生怕孝名傳。身後終難諱，斑痕尚宛然〔三〕。

生離猶不忍，況復死長辭〔四〕。料得魂歸日，依然戀母時。慟添慈竹淚，哀感紫荊枝。珍重遺書緝，芳名青簡垂。

【校記】

〔一〕 本組詩又見《續草》卷二、《三續草》。

〔二〕 『定』，旁改作『尚』。

〔三〕 『尚』，旁改作『竟』。

〔四〕 『況復死』，旁改作『一死遂』。

題徐二卯上舍桃花夢影圖上舍夢前身是桃花女子作此圖

名士傾城總一家，前因笑指武陵霞。最憐絶代嬌顔色，號作東風薄命花。

不是愁城定愛河，身前身後較如何。美人豔魄名花影，怪底生來慧業多。

桃花夢影圖題句有今生不若重爲女強似王孫乞食多語讀之有感復得一絕

湖山佳氣付鬚眉，乞食何須數嘆奇。若使輪回能稱意，他生我願作男兒。

秋牕

秋牕幽夢斷，長簟暗生涼。疎雨閒門掩，蒼苔古砌荒。臨風懷往事，撫景感流光。無限憑欄意，相思雲水鄉。

何處送繁音，牀頭絡緯吟。愁多生趣淡，病久鬼情深。夢竟辭人去，詩偏繞枕尋。綠牕鐙暈小，涼影鑒秋心。

聞姜明府貽經沒於川沙感賦二律〔一〕

黃金散盡剩空囊，俯仰平生氣慨慷。旅館無聊惟覓句，風懷垂老尚憐香。當前花月愁千縷，過後繁華夢一場。收拾殘棋真草草，英雄末路太淒涼。

塵封硯匣久慵開，又爲天孫苦費才。易簀前數日猶和七夕詞。善病客難禁夜永，傷心人怕入秋來。酒添綺思和愁湧，花簇吟毫被恨催。料得海棠香夢醒，也應紅淚滿蒼苔。有海棠詞，極佳。

【校記】

〔一〕本組詩又見《續草》卷二、《三續草》。

爲子吉夫人題蔫綠梅扇

誰駿綠鳳到羅浮，滿樹春光滿眼愁。惆悵懷人空有夢，手彈清淚上枝頭。

題汪紫珊太守碧梧山館圖〔一〕

綠雲一片淨無塵，著個倉山跨鳳人。山館夜涼詩思好，秋聲吹滿月如銀。

掃眉才子句如仙，萬綠叢中好比肩。料得管花齊放處，笑拈落葉當吟箋。

枝枝碧玉壓牕扉，山影秋痕入望微。老幹日長秋日茂，佇看幺鳳作羣飛。

【校記】

〔一〕本組詩又見《餘草》一卷刻本。

送别李十四兄〔一〕

忍見瓊枝小，麻衣似雪飄。淚隨紅葉墮，魂傍絳帷銷。霄漢前程遠，關山别路遥。逢君定何日，悵我鬢蕭蕭。

也解隨行拜，啼聲最愴情。嬌憐猶戀母，勤學好師兄。囊有書千卷，家無金滿籯。古來賢達者，多半早孤成。

【校記】

〔一〕本組詩又見《續草》卷二、《三續草》。

題駱佩香夫人蘭花扇

美人渺何許，空谷幾花開。淡到忘言處，清芬腕底來。

題徐香沙學博秋江觀濤圖〔一〕

亂卷千山勢欲奔，銀濤滚滚撼乾坤。飛騰六代才人氣，震盪千秋壯士魂。日月盡從波面走，魚龍爭逐浪花吞。怪來腕底文瀾闊，一線詞源接海門。

【校記】

〔一〕本詩又見《三續草》。

題錢師竹廣文望雲思親圖〔一〕

白雲浩茫茫，遊子思故鄉。堂有遲暮親，兩鬢如秋霜。家貧無以養，負米遊遠方。道遠不得歸，心共雲飛揚。枝頭返哺烏，對之心悽惶。積思感宵夢，身逐雲翱翔。行行指故里，未及登高堂。家近情愈迫，旦夕心彷徨。俄聞訃音至，慟哭摧中腸。有身不能贖，有願何時償。雲出有時歸，此恨終難忘。

【校記】

〔一〕本詩又見《續草》卷二、《三續草》。

送織雲夫人歸茸城〔一〕

相別何匆匆，相見苦草草。周旋匝月間，把袂恨不早。君才壓鮑左，奪得天孫巧。搖筆香風生，花枝似人好。瑤華時一惠，開緘屢傾倒。嗟予賦命慳，病與愁縈繞。伶俜弱息癡，繞膝爭梨棗。營營旦暮間，坐使夢魂擾。人生百歲稀，此累何時了。今君辭我行，令我心如搗。天涯相背飛，不及成行鳥。

索我髻上花，相思見懷抱。秋風勉加餐，玉容善自保。

【校記】

〔一〕本組詩又見《三續草》。

答沈女史〔一〕

昨宵清夢繞蓬萊，曉起明珠墮滿懷。倘許掃花遊上界，願隨仙子住瑤臺。
冰雪聰明水月身，憐才一念十分真。知卿不愛凡桃李，思折梅花贈玉人。

【校記】

〔一〕本組詩又見《三續草》。

畫梅〔一〕

小閣簾初卷，中庭月正明。一聲孤鶴警，滿地瘦枝橫。韻極何妨淡，香多轉覺清。相思隔烟水，無限隴頭情。

【校記】

〔一〕本組詩又見《三續草》。

香卿夫人來海上匆匆遽别口占此詩〔一〕

逢君真意外，喜極轉忘言。舊夢還重認〔二〕，新愁欲斷魂。寒潮催去棹，急雨暗前村。後會何年續，相思霜鬢繁。

【校記】

〔一〕 本組詩又見《三續草》。

〔二〕 『重認』，旁改作『留影』。

吾園遲織雲夫人〔一〕

赤日不肯下，美人期未來。相思對楊柳，顧影空徘徊。淺沼荇長滿，幽庭花亂開。臨流照顏色，且一滌塵埃。

【校記】

〔一〕 本詩又見《續草》卷二。

題斜倚薰籠坐到明畫

閃壁鐙光一點明，薰籠閒倚過三更。暖香惹夢難成夢，別院風傳簫管聲。
雲鬟半亸眼朦朧，香夢無憑倚繡籠。怪底好花禁不得，峭寒最是五更風。

鄰姬招飲歸沈女史贈紅梅一枝戲占〔一〕

冰肌玉骨縞衣裳，忽換東風時世妝。扶醉鐙前頻索笑，一生拘束對卿狂。

【校記】

〔一〕本詩又見《三續草》。詩題「鄰姬」，作「康夫人」。

有懷襟玉夫人卻寄

官閣聯吟逸興多，河陽無事但絃歌。江南二月聽春雨，千里懷人喚奈何。
夫壻清才第一流，鄭虔三絕更無儔。閨中多恐牽鄉思，畫幅家山當臥遊。

春日偶成〔一〕

綠牕深掩度芳時，靜處沈吟暗裏思。入夢尚抛知己淚，看書爲憶古人癡。詩能損胃常忘食，花可娱心想折枝。身世蒼涼剛打疊，春光如許又興悲。

憔悴東風減帶圍，不須辟穀已忘飢。爲看花落愁成夢，漸被春寒逼入帷。願有難償期再世，詩還未就戀斜暉。剪刀風裏陰晴換，看女當牕理素機。

【校記】

〔一〕本組詩又見《續草》卷二、《三續草》。

花朝感事和韻〔一〕

一縷柔情欲化綿，懶將枯管鬭人妍。花生偏值傷心日，春好難回離恨天。魂易斷時剛破夢，淚難忍處是當筵。韶華有限愁無限，月缺何時望再圓。

【校記】

〔一〕本組詩又見《續草》卷二、《三續草》。

曉枕和韻〔一〕

枕角涼於水，終宵不肯乾。亂愁和淚湧，曉氣助春寒。慷慨捐生易，纏綿割愛難。《蓼莪》篇最苦，忍痛幾回看。

【校記】

〔一〕本組詩又見《續草》卷二、《三續草》。

用前韻答墨仙女史〔一〕

清於白雪軟於綿，詞出佳人別樣妍。楊柳綠拖樓外綫，杏花紅掩鏡中天。笑持罇酒邀仙侶，爲祝羣芳啓壽筵。最喜碧蘿牕畔月，清光盼到漸團圓。

【校記】

〔一〕本詩又見《三續草》。

題梅花帳額

槎枒滿幅瘦枝横，誰把霜毫替寫生。紙帳夜寒春寂寂，半牀香影不分明。

墨痕濃淡態横斜，清景描將處士家。枕畔亂翻蝴蝶影，夢回身裏萬梅花。

用前韻寄沈女史〔一〕

善愁人怕到更闌，會是尋常別卻難。不是相思能透骨，春風偏爲兩人寒。

【校記】

〔一〕 本詩又見《三續草》。

殘春卽事〔一〕

碧蘿牕薄逗輕颸，漸覺寒生不自持。怕惹離愁遲就枕，又扶衰病強裁詩。謀生疎懶人嫌拙，到死纏綿自笑癡。添得鬢邊絲幾縷，一鐙聽雨送春時。

雨雨風風又送春，雪泥重認去來因。深愁比酒還難醒，短夢如烟記不真。筆落總兼秋士氣，詩成慣惹美人嗔。近詞數闋，諸姊妹見之俱淚下。瓣香欲把情根懺，佛火蒲團寄此身。

【校記】

〔一〕 本組詩又見《續草》卷二、《三續草》，題『殘春』。

荷包牡丹次韻

紅絲低綴一叢叢，姚魏翻嫌樣未工。針黹故應推巧女，剪裁畢竟讓春風。緘來錦字天香裹，製出璇璣繡幄中。貯得金錢真富貴，同心解贈慰途窮。

新秋即事

愁來每倚睡爲鄉，枕簟連朝怯嫩涼。被冷想裁雲作絮，身輕合製芰爲裳。錦囊句好關心記，巧鳥聲多過耳忘。病骨怕逢搖落候，秋風幾日鬢添霜。

寒夜次韻〔一〕

西風殘照下荒亭，閃牖鐙光一點青。病起裁詩多黯淡，神虛造夢總空靈。多愁懶覓長生訣，了願思翻貝葉經。最是消魂霜月夜，數聲横笛倚樓聽。

【校記】

〔一〕本詩又見《續草》卷二，題作『寒夜三用前韻』。

用前韻〔一〕

夜深繁響起空亭，扶病敲吟鐙不青。酒爲澆愁偏易醉，書因乞米每無靈。瘦憐賈島真同調，貧過黔婁未慣經。最是殘年聞剝啄，關心先要隔牕聽。

【校記】

〔一〕本詩又見《續草》卷二，題『罣舟茂才贈詩有僮僕貧來喚不靈句愛其雅切事情因廣其意八用亭字韻』。

寄贈茗川徐秉五女史〔一〕

樓頭纖月妒脩娥，樓外風高怯綺羅。畫意詩情兩奇絕，人間合喚女維摩。

碧紗香嫋日遲遲，想得妝成出繡帷。笑掬鴛鴦河畔水，憑欄寫取並頭枝。

萬卷牙籤擁畫樓，一簾花韻控金鈎。香閨玉尺嚴如許，鄭重何年許狀頭。

【校記】

〔一〕本詩又見《續草》卷二、《三續草》。

題顧春洲茂才詩稿〔一〕

一卷新詩寄性情，虎頭三絕舊知名。看來秋水清無滓，撥到冰絃脆有聲。作客情懷鐙暗淡，惜花心性夢分明。海棠帶淚芙蓉笑，乞得仙毫替寫生。

【校記】

〔一〕本詩又見《續草》卷二、《三續草》。

題周雨蒼公子小樓春杏圖〔一〕

釀得詩情豔十分，一樓四面裹紅雲。風流原有前因在，小宋才名早軼羣。

花裹人居最上頭，花光直接到瀛洲。纔經春雨紅方鬧，好趁東風控紫騮。

霏霏薄霧弄輕冥，無數遙峯繞檻青。相見著書勤秉燭，一簾疎雨夜深聽。

幾年隨宦住吳天，每聽人傳公子賢。識得濂溪家學好，朝朝擁卷萬花前。

【校記】

〔一〕本组詩又見《續草》卷二、《三續草》，僅錄其一、其三。

題顧容堂先生五是堂詩集

昔年上苑早探芳，嘆息文星隕玉堂。萬卷藏書扶後起，十年冷宦貯空囊。鳳雛才大詩如畫，錦瑟人悲鬢有霜。鐙底翻將遺稿讀，龍泉劍氣夜珠光。

謝沈女史贈蘭

孤芳出空谷，入室感同心。香近人何遠，神交契更深。一枝初浣露，九畹乍分林。鄭重相貽意，中宵費苦吟。

題洗硯圖〔一〕

紫玉晶瑩絕點埃，墨花噴處浪花開。有時逸思如泉湧，笑倩奚奴快捧來。
弄筆西牕午夢餘，研田宿滓未曾除。自憐白腹吟情澀，不及池邊飽墨魚。

【校記】

〔一〕　李詩又見《續草》卷二、《三續草》。

僕嫗輩辭去誌感[一]

遇物呼名總黯然，去留亦係小因緣。當前未必皆如意，過後思量盡可憐。託足早求嘉樹蔭[一]，銜泥好傍畫梁邊。瀕行欲贈難爲贈[二]，檢點空囊無一錢[三]。

【批語】

〔一〕旁批云：忠厚。

【校記】

〔一〕本詩又見《續草》卷二、《三續草》。

〔二〕『欲贈難』，旁改作『聊以詩』。

〔三〕『檢點』句，旁改作『七字終難當一錢』。

香奩四詠和韻[一]

浣妝

洞房啓響小銅環，人在簾波鏡影間。掠鬢偷將雲樣巧，畫眉分得繡工閒。生成窈窕無雙質，洗盡鉛華沒點斑。妝罷含情斂長黛，丹青難貌捧心顔。

臨池

一帶銀垣翠竹環，吟聲隱隱出林間。浣妝理繡偏嫌懶，滴露研朱不放閒。拂袖便聞香冉冉，沾衣微漬墨斑斑。揮毫寫到鴛鴦字，添朵桃花上玉顔。

玩月

天涯人未唱刀環，望斷盈盈一水間。仙子貌分花綽約，美人心共月清閒。瑣牕緩緩移梅影，虛幌明明照淚斑。耐得宵寒貪久坐，嫦娥捧出鏡中顔〔二〕。

【校記】

〔一〕本組又見《四續草》。

〔二〕『捧出』，旁改作『不掩』。

折花

珊珊玉骨萬花環，鬢影釵光掩映間。蝶戀芬芳貪小住，婢窺意思暫偷閒。湘裙風過微微皺，翠袖紅粘點點斑。折得幽蘭憐並蒂，一枝斜插助嬌顔。

書信尾寄外吳門〔一〕

一點鐙光照影微，愁多減盡舊腰圍。病原可療難求藥，寒不能勝尚典衣。夢裏也知身是幻，鏡中頓覺貌全非。無聊暗把金錢卜，只望征人得意歸。

碌碌憐君又自憐，牽蘿辛苦逼殘年。生原少福難求佛，命本如雲敢咎天。燕已去巢情尚戀〔二〕，珠雖辭掌夢仍牽〔三〕。挑鐙手錄傷心句，冷到薰籠猶未眠。

【校記】

〔一〕本詩又見《續草》卷三、《四續草》、《五續草》。

〔二〕「去」，旁改作「辭」。

〔三〕「辭」，旁改作「離」。

用韻贈海鹽徐德媛女史〔一〕

想見妝成筆不停，雙蛾秀奪遠山青。綠牕淡映梅花月，時有吟聲度廣庭。

墨浪翻成朵朵雲，深閨如許幾曾聞。莫言蕭史多情甚〔二〕，我倘逢君不肯分〔三〕。

仙居合占百花洲，笑我癡情想共遊。最憶書帷鐙影裏，青蛾白髮話千秋。謂祝簡田先生。

秀州烟景勝餘杭，風月都歸鴛與央。料得管花開並蒂，一甌清茗一爐香。

【校記】

〔一〕本組詩又見《五續草》。詩題「用」作「次」。

〔二〕「莫言」，旁改作「秦樓」。

〔三〕「我倘」句，旁改作「□鳳和鳴聲莫分」。

題辭

嘉慶十有三年，歲在戊辰秋八月，香巖桂點定於金陵城之西樓。

庚午仲夏，子山蕭掄拜讀於吳門寓齋。

辛未春杪，勗齋汪進拜讀於吳門之松鶴旅社，時欲送還，因以記之。

娟秀入骨，間露雄傑之氣，吾輩自當俯首，不可以名媛目之也。海村王斯年拜讀於吳門湘痕樓。

嘉慶二十年歲次乙亥虎丘樵者誦於味無味齋之西牕。

民國二十一年四月歐陽漸獲觀於邗江旅舍。

一卷叢殘問玉臺，古今風雅幾沈埋。隨園花木都蕭瑟，誰識當年詠絮才。

赤水求珠象罔功，新詩難得碧紗籠。願將織錦回文字，收入虞山別乘中。

思昉先生以歸佩珊女士詩草屬題，卽希教正。韓國鈞止叟初稿。

昔人謂：『愛護遺編斷句，其功勝於埋殘骼。』今隨園女弟子歸佩珊夫人自書新詩一卷，竟能於萬劫紅塵中輾轉入於思昉之手，蓋非偶然矣。余觀其所爲詩，自傷遲暮，時有激楚之音。其書法秀削，亦近隋唐，宜思昉得此愛若拱璧，特書數語以歸之。

中華民國二十一年四月，鹽山張之江識於揚州何園之西樓。

思昉出示歸懋儀《繡餘草》一冊屬題。懋儀爲隨園女弟子，詩字雙美，匆匆未窺要妙，率成絶句四首，所謂唐突西子者也。戊辰暮春中旬角山居士初稿。

不附隨園萃錄中，隨園集有《女弟子詩》，無此草。忽從天外落孤鴻。流傳詠絮好才調，太僕家餘林下風。

男耕女織各平分，爲賦天孫自課勤。草中有七夕詩數首，借寓家人各勤職業意。繡出鴛鴦針指巧，前身合是薛靈芸。名詩曰《繡餘》，示所重也。

畫眉金管寫簪花，書法亦須籠碧紗。同學論交到王倩，夫人與我是通家。隨園女弟子中，吾家梅卿名倩者，最爲知名當世。

百年手澤挹清芬，一卷開時生彩雲。愧我渾將詩作畫，毛公未免辱昭君。

紅閨親寫想然脂，合比研神共互持。雪絮才華花格字，又從不櫛見歸奇。『研神記』見唐呂溫《上官昭容書樓歌》。明末人目玄恭、寧人爲『歸奇顧怪』。

夢裏隨園似舊時，蝯公越女對談詩。秋蕪綠徧龍蟠裏，誰唱當年絕妙詞。

一卷低徊感不窮，太平文物二南風。繡餘兩字分明在，未把雕文害女紅。

思昉先生屬題，辛未九秋陳延韡。

赤水珠沈世莫知，驚心象罔得來奇。霜清月白秋聲裏，如聽湘靈鼓瑟時。

思昉先生屬題，辛未九月朱黄。

烏絲細字仿簪花，風範遥存太僕家。一卷小詩灰劫外，承平無復夢乾嘉。

老輩隨園負盛名，蛾眉多少拜門生。『側身天地頭先白』，『側身天地頭先白，放眼郊原草又青』，爲一時傳誦之句。幾許吟哦好句成。

流傳河北亦云奇，故里琴川世已非。多謝叢殘爲收拾，也同蕘圃得玄機。唐魚玄機詩，千載孤本，黄蕘圃侍郎無意得之。

思昉先生出所得歸佩珊女士手寫詩草屬題，卽乞教正。江都陳懋森初稿。

佩珊女史號詩書畫三絕，思昉先生購得其手書《繡餘近草》，可謂二難並矣。聲展玩至再，不能釋手，真瑰寶也。願思昉先生以金屋貯之，何如？

民國廿一年五月十日，滄縣張樹聲識於揚州。

詩文補遺

詩文補遺

詩

抱月樓小律題辭

詩老論詩示別裁，流傳衣缽付妝臺。玉峯問字當年事，一卷親攜學秀才。
兩家門第總清華，左女聰明早歲誇。留得泥金詩扇在，一回拂拭一諮嗟。
六法工時生趣溢，四聲妙處性情傳。閨中竟有王摩詰，道韞還輸一著先。
畫難到處詩來補，詩到通神畫更奇。自詠新詩自評畫，不煩宗匠綴題辭。
鏤雪雕瓊思若何，泠泠七字應雲和。但專一體堪千古，絕藝由來不在多。
郎君才調亦清新，文史岐黄總絕倫。到底衡才難角勝，劉剛術自遜夫人。

——胡相端《抱月樓小律》，清嘉慶刻本

唱和詩七首

佛香縹緲采雲羅，幾輩吟月蠟屐過。淨土靈根分不易，空王色相現偏多。夜深瑤鶴摶風至，月好驪龍出水歌。合向擷芳安筆硯，看他天女細描摩。

其二

圓明寶相見娑羅，花底還應有佛過。習習靈風吹處滿，霏霏香雨散來多。看時早自清塵慮，到此何人敢放歌。月樣光明波樣淨，費他仙掌幾回摩。

其三

天花開到曼陀羅，偏我無緣未得過。捧到眼前珠字滿，緘來紙上妙香多。塵勞一掃挑鐙讀，涼月三更對佛歌。更喜靈光長照遠，好詩贏得手親摩。

其四

一片瑤光罩大羅，看花有福幾人過。種時早有諸天護，開到驚傳廿萠多。薝蔔香中清讌啓，擷芳亭畔漫聲歌。閉門我比枯禪寂，面壁三年學達摩。

其五

奇峯疊疊水羅羅，寶筏乘風頃刻過。塵世得來原覺少，靈山雖種亦無多。香清丈室燒鐙對，月白幽庭繞樹歌。待到佛根成慧業，此花合祇伴維摩。

其六

一朵仙雲降大羅，十年鴻爪眼中過。老人星見祥光滿，寶樹花開瑞氣多。戲采文孫香染袖，循陔佛子醉徵歌。新詩遠示如來諦，幾度含毫費揣摩。

其七

別具靈根出綺羅，玉河照影幾經過。花沾甘露春長好，人浥清芬壽最多。采管摹香朝對酒，碧天如水夜聞歌。月明風細闌干角，應有仙禽枝頂摩。

附　原作

潘奕雋

浙東佛地樹娑羅，開到幽齋客肯過。華頂一株分蔭遠，擷芳今歲著花多。檐前日暖能延佇，亭角香清可嘯歌。那得雙瞳翦秋水，名篇北海手重摩。

——潘敦先輯《佛香酬唱集》，民國十一年（一九二二）刻本

過吾園看菊

紙牕臨水啓，竹榻向花橫。不盡烟霞趣，能生嘯詠情。寒塘飛鳥集，遠樹夕陽明。女伴催歸速，新詩和未成。

壬戌季夏宿雨初霽涼飆拂襟偕外子遊吾園湍流清澈脩竹蕭森天空織雲林送繁響値笥香三弟在園煮茗相待清話移時歸賦短章奉贈且紀鴻爪云

水榭清無暑，幽人逸興多。涼風度脩竹，疎雨滴新荷。滌硯臨清沼，攤書對碧蘿。羊求心契好，載酒屢經過。返照收平野，疎星挂樹頭。清尊邀月共，好句向花酬。茅屋炊烟起，高城遠靄浮。自然饒野趣，蛙鼓當更籌。堂北萱枝茂，斑衣樂有餘。事親能養志，課子富藏書。徐淑聯新句，朝雲薦嫩蔬。山居多逸事，清福有誰如。

——以上李筠嘉《春雪集》卷一，清嘉慶七年（一八〇二）帶鋤山館刻本

重遊吾園笥香弟索題春渚曉吟圖

日落天氣清，遂造輞川居。竹樹茂而野，軒楹窈以疎。始知塵外胷，丘壑固自殊。主人適在堂，煮茗置竹壚。袖出曉吟冊，坐覺幽懷抒。名園留縮本，俯仰樂有餘。曾聞縹緗藏，已盈三萬軸。汲古志匪懈，窮幽好逾篤。餘藝寄擘窠，蘇米遥相逐。時復集名流，觴詠當絲竹。豈無纓紱榮，未肯易初服。永抱秋士襟，坐挹春林緑。

——李筠嘉《春雪集》卷二

潘恭壽臨文端容小像軸題辭

微笑拈花意態幽，冷香猶帶古時秋。空山寂寞停雲散，惟有嬋娟倩影留。鑒賞欣逢閬苑仙，玉臺好句夜珠圓。生花管詠如花貌，又結閨中翰墨緣。

芷堂先生命題，卽請鈞政。佩珊歸懋儀呈稿。

——葛金烺《愛日吟廬書畫録》卷四，清宣統二年（一九一〇）當湖葛氏刻本

掃紅亭吟稿題詞

掃紅亭上拂烟蘿，宛轉吟成《子夜歌》。南國湖山供點染，東山雲月幾消磨。曾題白壁揚貞女，也把丹心表智娥。集中有《貞女篇》、《智娥行》，極古雅。閨閣頓教生氣象，悅人詩句感人多。

——馮雲鵬《掃紅亭吟稿》，《續修四庫全書》集部第一四九一册

養浩樓詩鈔題詞

慧業前生帶得來，閨中真有少陵才。新詩一卷珍於璧，旅館挑鐙誦百回。

遲暮飄零感萬端，也知身世共心酸。憐君忽抱沈珠痛，此事應同水月看。

同調相憐最感卿，未曾覿面早關情。惜花好句剛吟就，萬朶奇花筆下生。

扁舟滿擬訪仙鄉，才短愁君玉尺量。好待來春偕舊雨，露桃花底共飛觴。

——朱庚《養浩樓詩鈔》，民國十六年（一九二七）鉛印本

題瑤岡侍讀一百二十本梅花書屋圖

置書萬卷酒百壺，翛成清福人所無。上壽恰應仙格算，名花還當喜神呼。嵇康《養生論》：『上壽百二十。』又畫家有《梅花喜神譜》。巢居閣下老屋租，清夢曾記隨林逋。冬心不作鐵生死，影疎香淡誰人摹。

——董壽慈《近代閨秀詩選補遺》，清宣統間鈔本

瑞芍軒詩鈔題詞

摘豔熏香絕世才，萬花叢裏起風雷。月明人靜琴弦細，一片潮聲萬馬來。

煉就精金繞指柔，一枝詞筆最風流。知君自抱神仙骨，合向蓬萊頂上遊。

乙酉嘉平下浣，佩珊歸懋儀拜題。

——許乃穀《瑞芍軒詩鈔》，清同治七年（一八六八）刻本

和席佩蘭寒夜喜佩珊至

亭亭水國出羣枝，雲護溪山鶴守茨。此去只愁良會少，重來何惜後緣遲。談深繡閣欣同夢，拜倒騷壇敢論詩。他日鴻泥忘不得，夕陽樓下挂帆時。

——席佩蘭《長真閣集》卷六，民國十四年（一九二五）掃葉山房石印本

歸氏義莊詩

吾伯敦至性，讀書慕古人。務農數十載，儉勤甘食貧。飢寒僅能免，苦念一本親。莫如范公法，至公無私存。手創膏腴田，用推九族仁。斯志尚未遂，積勞殞其身。祖遺三百畝，還以授子孫。親釐義莊制，臨終訓諄諄。阿母志不忘，泣血沾衣巾。同室有賢佐，共殫筋力勤。丸熊課夜讀，篝鐙繼朝曛。鳳雛日以長，文采何彬彬。田園日以廣，禾苗亦欣欣。皆賴二母勞，流澤裕後昆。金山設絳帳，子舍承親歡。三牲何足重，苜蓿旨且鮮。彌留授銀鈴，父志甚勿諼。鈴聲入兒耳，如聞父母言。昆季誓同志，旦暮矢拳拳。義田千畝拓，盛事奕葉傳。婦能繼夫志，子亦成親賢。孝友睦姻備，冠昏喪祭全。留以示雲礽，永培心上田。

——歸令望《歸氏世譜》卷四，清光緒十四年（一八八八）刻本

輓弟婦嚴孺人並唁淵若四弟

蓬池小謫悟前因，九載離鸞最愴神。善體慈心常諱疾，勤操家計竟忘身。琴瑟静好閨房樂，笙磬同音娣姒親。我有庭闈悲失養，羨君巾幗作完人。

一生秉性最柔和，洗盡鉛華薄綺羅。千畝義莊流澤遠，頻年内職贊襄多。扶牀泣血珠三顆，繞室呼娘鳳一窠。惆悵玉臺飛絮冷，安仁愁絶鬢將皤。

——歸令望《歸氏世譜》卷十八

和周曰蕙贈詩

離家纔匝月，又值禁烟時。花事渾如夢，春寒漸不支。書來憐意切，道阻報章遲。何日紅牕下，相看慰我思。

——周曰蕙《樹香閣詩遺》，清咸豐二年（一八五二）刻本

韞玉樓集題詞

不著纖塵染，天生此綵毫。七情含美滿，一卷配《離騷》。蘭雪微微灑，松風落落高。思清停夜月，才富瀉秋濤。死去留詩在，生時苦病遭。慧應成佛果，子不結仙桃。未得因緣晤，空教結想勞。題詞爲淒絕，暖玉首頻搔。

——屈秉筠《韞玉樓集》，清嘉慶十六年（一八一一）集芙蓉室刻本

奉題朗玉弟湘烟小錄即送入都

春帆桃葉渡江雲，官閣梅花月二分。每玩琴書怡翠黛，自安荊布薄紅裙。致歡顔解承堂上，侍疾身甘替女君。愁見紘秋孤館裏，鴛幃遺挂異香熏。

閨閤全才似此難，檀奴那怪淚頻彈。雙修福慧緣偏短，四載繁華夢易殘。歸棹豈知成永訣，剪鐙曾記話長安。只今風雪朝天去，誰與熏衣護曉寒。

——陳裴之《湘烟小錄》，《香豔叢書》本，人民文學出版社一九九二年影印

碧蘿吟館詩集題辭

江山滿貯錦囊中，浩蕩襟懷迥不同。北海壺觴消永日，西園翰墨想高風。壯遊慣倒三公屣，靜寄新營五畝宫。門外何妨排百甕，事見本集。主人胷次水天空。

西風庭院日將斜，一卷閒披向碧紗。琴性和平才耐聽，玉情溫潤絕無瑕。詞瀾浩瀚多奇氣，風格清蒼是大家。愧我病魔消未得，靈山偏緩泛仙槎。

——宋咸熙《耐冷譚》卷十六，清道光九年（一八二九）刻本

題湖樓請業圖

小倉詩卷久編摩，千里江流隔素波。豈料扁舟來碧海，遂教一面識黄河。雲鴻喜遞仙書至，妝閣驚聞蠟屐過。蘭槳初停便相訪，風流宏長感公多。

束脩待獻門生禮，丹槧先頒函丈書。人似蒼松臨翠壁，句還初日映芙蓉。隨緣灑落仙差近，入世圓通佛不如。今歲小春較前好，春風頃刻滿庭除。

高會湖樓傳雅繪，十三弟子在門牆。雲箋揮灑爭花豔，墨瀋淋漓帶粉香。草草妝梳常自哂，雍雍環佩許同行。品題真有三生幸，十載傾心在小倉。

未曾親炙荷陶甄，《隨園詩話》中曾采拙句。到此風光領略真。倉猝杯盤無長物，殷勤笑語等家人。聚觀早已傾同室，擁戶還看走四鄰。萬里東風更嘘拂，便教小草也回春。

隨園老夫子放棹申江，降尊過訪，並命題《湖樓請業圖》，謹擬四律恭呈訓正。受業歸懋儀謹稿。

——端方《壬寅銷夏錄》，《續修四庫全書》子部第一〇八九—一〇九〇册

題醉花圖

休問黃粱夢短長，人生快意最難忘。等閒肯放青春過，月地花天醉幾場。
衆香國裏任盤桓，酒壘詞壇境界寬。九十春光濃似錦，名花最好醉中看。
花影朦朧月影涼，醉鄉滋味淺深嘗。紛紛桃李輕開落，好向春風種國香。

——孫兆溎《花箋錄》卷十二，清同治四年（一八六五）刻本

題笏齋吟草

幾度含毫興邈綿，芙蓉初日鬭芳妍。儘教才藻追摩詰，別有襟期契樂天。風雅一家傳盛業，珠璣千首唱清筵。詩壇文陣均無敵，看到高秋桂月圓。

——陸紀泰《笏齋吟草》，清嘉慶十四年（一八〇九）刻本

珠來閣遺稿題詞

春晝初長倦欲眠，無聊閒倚綺牕前。青分菱鏡凝脂滑，一夕芳魂欲化烟。
此君高致本風流，棖觸秋心一點愁。除卻姮娥誰作伴，與花同夢到羅浮。
人是前身萼綠華，劇憐春色占羣花。檀心自與梅同潔，玉蝀翻飛莫漫誇。
點點金英綴玉枝，美人環珮欲來時。廣漢宮闕分明在，那不關心怨別離。

絲難續命，魂返無香。僕本恨人，偏憐同病。硯塵筆蠹，嗟巾幗之時衰；兔死狐悲，嘆慧心之命薄。載披錦句，又賦短歌，倘沁香夫人香魂有知，當不笑豐干饒舌也。

粒粒珠璣誦百回，樓空人去掩妝臺。生前謀面緣偏淺，可有詩魂入夢來。
已把芳詞集錦成，前將遺作集四絶句。還將遺稿再歌賡。女郎福薄才何用，我亦聰明誤一生。

題大悲咒

慈雲大士慣低眉，救苦尋聲恰爲誰。憫彼貪嗔癡不醒，誓將甘露灑楊枝。
海角天涯願力深，圓通無礙大悲心。披圖載展陀羅句，如對靈山紫竹林。

——以上朱萼增《珠來閣遺稿》，清道光六年（一八二六）刻本

倚雲女士以吟稿寄示題句奉呈

泠然吟思極清寒，又見仙娥吳綵鸞。詠到梅花詩數首，嫣然一笑倚闌干。卷中梅花詩極佳。

——吳椀桃《綠牕吟草》，清道光五年（一八二五）刻本

奉和淑齋師金壇掃墓贈珠泉夫人

錦厓繡浪華陽路，仙舟遙指仙鄉樹。檣燕檣烏報客來，佩聲飛到談經處。絳帳人言姊妹花，紅塵一謫青春誤。竹節松貞閱歲寒，冰霜歷盡顏如故。卅載存亡骨肉情，好詩如畫寫來真。蕭蕭風水無窮淚，話到庭闈百感生。門楣故相遺風在，課子娛親經幾載。褒典煌煌史冊垂，瀧岡阡表他年待。人生榮瘁等浮雲，難得芳名遠近聞。十載萍蹤新識我，半生苦節倍憐君。尊前偏我頭先白，斜陽漸漸籠簷卷。寡鵠聲酸和淚聽，慈烏啼苦銷人魄。大抵中年事事非，三人一例憶慈幃。荒村夜雨孤帆泊，淺水蘆花雙雁飛。重提往事聲嗚咽，談深畫燭頻明滅。別久重逢無限情，從今莫再輕言別。

——段馴、龔自璋《金壇段女史龔太夫人遺詩、仁和龔女史朱太夫人遺詩》，鈔本

洞庭緣題詞

憐才難得使君偏，列宿常看聚綺筵。有客月明吹玉笛，醉吞滄海製新篇。

風鬟一賦詎能忘，狼藉羅巾醉草狂。合有仙姝配名士，桃花源記未荒唐。

柳嚲鶯嬌蝶亦癡，窺簾聽譜合歡詞。冰綃玉尺分明在，絕勝探花上第時。

湖山憐才贈佩瑲，酒狂纔遣又詩狂。琳宮有願終能到，莫悵神山路渺茫。

新聲幾處帶離聲，賦罷閒愁賦送行。一樣兩行知己淚，英雄兒女總牽情。

頻番風信倦匆匆，贏得清詞蜀錦籠。寄語河陽仙令尹，又聽新曲藕花中。是日，又演廉山大令《護花幡》傳奇。

何記能消萬古愁？琴河曲曲憶前游。《秣陵秋》老宮商換，重見江花結蜃樓。祁生向有《秣陵秋》傳奇之作。

歸棹爭迎八月潮，重來南國採風謠。新銜兼署輶軒使，敕賜鈞天碧玉簫。

味莊師招看《洞庭緣》新劇，次祁生自題韻，常熟女史歸懋儀。

——陸繼輅《洞庭緣》，清光緒六年（一八八〇）刻本

詩并跋

前身本是許飛瓊，吹下天風環佩聲。班誠七篇成誦早，垂髫人已羨聰明。
陌上花開走鈿車，盤根仙李好聲華。鸞皇文采輝朝日，鍾郝當年未許夸。
綰綬并州德政傳，贊襄兼賴少君賢。太行月色千峯朗，恰射妝樓玉鏡前。
左家嬌女秀成行，聯袂花前捧玉觴。試聽雙聲傳繡閾，蕙芳雅韻雜蘭芳。
喜見龍駒膝下生，天風快入四蹄輕。早知頭角非常相，轉瞬騰驤萬里程。
傳聞壺德早傾心，遠水遥山寄慨深。何日高樓同剪燭，玉梅花下一題襟。

丁丑新秋，余來白下，晤蓉村小阮，知其將往山右，往謁舅氏。因述舅氏德政之美及親情友情之篤，半由金閨襄贊所成，因屬余作詩以誌其美。爰賦小詩六章，寄呈隴西賢姊大人芳政。值余有遣嫁之事，匆匆握管，未足闡揚於萬一也。愚妹佩珊歸懋儀。

——張中行《負暄瑣話》，黑龍江人民出版社一九八五年版

題畫詩

舞罷迴風日轉廊，雪兒紅線競新妝。助他晚圃秋容好，雙卷珠簾勸舉觴。

月澹風柔寫韻幽，滿庭清氣露華流。檀心一點嬌無邪，留得餘春殿晚秋。

味莊夫子大人清鑒，受業懋儀。

——輯自『盛世收藏』網站（http：//bbs. sssc. cn/thread-1555977-1-1. html）

詞

調寄壺中天

五銖衣薄，颺天風掃盡，遙空雲氣。仙觀咸宜聊寄跡，詩帶烟霞滋味。月滿瑤壇，花明玄圃，好個焚脩地。香清茶熟，此中多少真意。　誰料慧業難消，佳人薄命，鋤草蘭同死。頭白龍眠揮采管，生把香魂扶起。宋本刊詩，唐風寫怨，小印重重記。後來真賞，直教珍護如此。

潘奕雋有跋云：蕘圃得《幼微道人集》，倩秋室學士圖像於前，復索拙句。自慚荒劣，不稱是題。代索女弟子歸佩珊填《壺中天》一闋，置之《漱玉集》中，蓋不能辨也。七十九翁奕雋又觀。

——《唐女詩人魚玄機詩》，中華再造善本

過吾園筍香弟折贈玉蘭一枝輒調瑤花一闋

芳園春好，小謫飛瓊舞，霓裳香烈。清筵啓處，驚照眼、一片琉璃光徹。主人愛客倒金尊，時霏玉屑。起憑欄、衆賓沈醉，樹底聽調鶯舌。　深閨盡日垂簾，對錦樣韶華，偏是愁絕。一枝折贈，應念我、緊閉緑牕岑寂。多慙倚玉，更那得、清詞翻雪。還想著、扶病而來，踏碎瑤臺明月。

——《春雪集》卷二

調寄清平樂題橫橋吟館圖

吟風話雨，慣踏橋邊路。午夜一鐙人共語，數載雞牕同住。　幾人蓬島先游，升沈同抱離愁。感舊登樓作賦，仲宣暫客荊州。

——以上許乃穀《橫橋吟館圖題詠》，清光緒十二年（一八九五）刻本

倚自題原調並和韻按，原調爲高陽臺

骨挾飛仙，神涵朗月，坐花界逼青雲。萬朶玲瓏，清宵勾起吟魂。渾忘玉漏聲聲徹，鏤清思、徐裊

金鐙。玩横斜，細寫前身，詞綴華星。　平生也有耽吟癖，只對花覓句，負了瑶簪。余亦舊有『梅花影裏夜哦詩小影』。怎比伊人，梁溪秀色平分。句成幼婦幽香遞，有空山、老鶴潛聽。倩仙毫，貌取吟懷，傳徧江城。

——顧翎《綠梅影樓詩存》，清光緒十四年（一八八八）刻本

倚東風齊著力（題惜春）

山盡雲生，波迴風颭，小立斜陽。亭臺窈窕，此地舞霓裳。收拾丹青粉本，霜毫吮、歷歷形相。沉吟處，鑪烟靜裊，紅袖微颺。　姊妹鬭新妝。閨閣裏、萬花簇擁難忘。巧生惠質，圖畫襲芬芳。莫道妝成別樣，銷魂也、國豔無雙。園林暢，年年寫照，同醉流觴。

——改琦《紅樓集豔》，上海崇源藝術品拍賣公司二〇〇五年拍品署『佩珊女士儀填詞』，鈐『懋儀』白文長印和『佩珊』朱文長印

文

得珠樓箏語題辭

曩讀《花間》、《草堂》諸集，頗多名媛之作，而李清照尤爲詞家之選。今獲此卷，雖所著不多，要皆丁當清逸，悱惻芬芳，緣情綺靡，不傷乎雅。婉孌多姿之外，仍有幽閒貞靜之風。老病久廢筆墨，麻姑狡獪，一念不生，讀此輒不禁爲之腸回，如復見《花間》、《草堂》時；《漱玉》一集，不得專美於前矣。

道光戊子日長至，佩珊內史歸懋儀題。

——陸惠《玉燕巢雙聲合刻》，清道光七年（一八二七）刻本

小維摩詩稿序

余聞碧岑夫人之名將二十載矣，欽之慕之而不得一見爲憾。辛未初夏，半客先生貽外子書，並《小維摩遺稿》一帙，特屬予綴弁言，始知夫人已賦仙遊。嗚呼！天何吝我兩人一見乎！憶前者屢欲買舟相訪未果，及余來吳下，而夫人已先我而去矣！昔海上康起山孝廉曾拜夫人於青綾帳下，盛稱夫人之才品，有名士風，無巾幗氣，實當代閨中之名彥。今讀夫人之詩，清真淡遠，媲美前人。半客先生，吳

中名士，當代巨公爭相羅致，壯遊日多。夫人事舅姑，操井臼，井井有條。設宣文之帳，鳴蘇蕙之機，吳中名媛受經執贄者不一而足。夫人善屬文，通經學，半客先生客遊，常課諸郎，慈母若嚴師然。並喜博覽載籍，晨夕不倦，卒以此致疾。夫人之遇，與余大概相同，集中有『斷無貧賤可長生』語，讀之泫然。夫人本不欲以詩名，半客先生傷其早逝，匯而梓之，俾閨中林下奉爲典刑，留爲佳話，以垂不朽也。先生亦可稍慰哀忱已。琴川愚妹佩珊歸懋儀拜序。

——江珠《小維摩詩稿》，清嘉慶十六年（一八一一）刻本

澄懷堂詩集題辭

小雲公子爲雲伯先生之肖子，羽卿夫人之孝子，佳偶允莊女士博學工詩，爲海内閨秀第一。若小雲者，亦才人中國士無雙者也。余嘗爲羽卿夫人撰楹帖云：『碧城花海尊前話，玉女金童膝下人。』見者以爲雅切。讀《澄懷堂詩》，因並記之。歸懋儀佩珊書。

——陳裴之《澄懷堂詩集》，清道光九年（一八二九）刻本

題虞山文學屈君子謙遺集

虞山季都轉之女孫曰蘭韻，字湘娟，嫻雅吟詠，命不副才，二十而寡。戊寅冬，余歸寧琴水，聞湘娟

之名，卽欲往訪，而湘娟已至矣。相見握手，歡若平生，殆有前緣。且請爲詩弟子，余辭不敢當。感其意，喜其風雅，悲其境遇，翊日往答寫韻樓，始得讀湘娟著述。感慨沈鬱，至哭姑一章，不禁淚下如雨。又出一冊示余，曰：『此夫壻詩也。壻青年好學，以孝行聞，至性純篤，不幸早夭。詩雖不工，願夫人題之，庶不沒其篝鐙呵凍之勞，感且不朽。』語次哽咽不成聲。予作而嘆曰：『有是哉！古來女子之詩，多藉其夫以傳，近世爲甚。若夫身爲男子，或執三寸管，抒一尺紙，躡雲霞，捧日月，名滿天下，流及後世；卽或懷抱道德，抑鬱而逝，而一二門人故友，收拾楮墨，重若千金，愛之傳之，亦足以不朽。又或子孫振起，發祖先之潛德，傳其詩文。此人生雖不遇，死而有名，其視生有遭際一也。今屈君不獲位公卿，使天下士嚮風而稱說。其身又夭，傳其作者，非子孫，非師友，乃在閨門弱質婉娩未亡之人，藏之弆之，抱之悼之，謀所以傳之。嗚呼！事雖細微，古今之所無也，彌足悲已！』卒讀之，深沈而清遠，不爲鞶帨之言，是孝子之詩，非僅才子之詩。又見屈君可傳者自在，而非徒其婦之欲傳之也。仁和龔公子定莽，爲今代人倫之鑒，嘗舉此語質之，則曰：『其然。』且曰：『予讀盡古書，未見有以婦人而題男子之詩。夫人允湘娟之請，創未曾有，兩可以傳矣。』因附述之。

嘉慶己卯早春日，同里女士歸懋儀謹跋。

——屈頌滿《墨花仙館遺稿》，清道光二十七年（一八四七）

聯語並題識

惟靜能安，果然和氣致祥，禮法並師鍾郝美。

有秋共慶，難得同心勰力，兒孫都似紀羣賢。

斗文四兄世好，營別業於蘇城朱家園，以居其次室曹、任兩夫人。曹夫人字靜婉，任夫人字肖秋，故顔其堂曰『靜秋』，寓同力合作之意。兩夫人持家有道，式好無尤，俾君得内顧不憂，一意於事業功名之進取，舉凡親知朋好莫不羨之。異日繼繼繩繩，雲仍踵接，不第舊家陰德，故當容駟馬高車，即鄭公通德之門，荀氏高陽之里，權衡今古，亦不能專美於前。於斯時也，君與兩夫人之顧而樂之者，又當何如？頃以苟美苟完，索作廳事楹帖，爲撰三十四言，並加長跋，幸一笑正之。

歲在彊圉赤奮若，律中蕤賓之月端陽前一日，虞山女史歸懋儀。

——北京保利國際拍賣有限公司第四十九期精品拍賣會拍品，見https://auction.artron.net/paimai-art5160014094/

韞玉樓集評語

《木芙蓉》：專取遠神。

《暑雨》：次句（「花意如欣算雨來」）曲體物情。（以上卷一）

《中秋夕》：評別允當。（「天孫那及常娥好，獨抱清光照影多。」）

《殘春雜詠》其八：癡情亦是韻事。（「爲憐一刻千金夜，悄喚荼蘼夢幾聲。」）（以上卷二）

《題季靜玉繡餘詩藁》：切繡餘。（「解識詩篇通繡譜，知君一定擅神鍼。」）

《盛子昭琵琶行圖》：起手超忽。（「不是香山夜泊船，琵琶彈殺恨難傳。」）

《卽事和歸佩珊夫人懋儀韻》：六句押萍字，新穩。（「幾多長日惟消茗，何限浮雲只似萍。」）

《蘭皋覓句圖為佩珊題》其四：歸結到圖，奇趣橫生。（「吟得幾多佳句在，誤人半晌畫中聽。」）（以上卷三）

《壬戌花朝》其二：惜春意自在言外。

《晴牕》：清雅溫麗，何減義山。

《菊》：是譽是諷。

《秋葵》：善於運古，巧不可階。（以上卷四）

《雙荷葉·折荷美人圖歸佩珊索題》：不盡。（以上詞鈔）

——屈秉筠《韞玉樓集》，清嘉慶十六年（一八一一）刻本

附録

附録一　歸懋儀生平資料

余名朝煦，字升旭，號梅圃，爲昭簡公第三子。凌太夫人年十八，生余于京邸，乾隆丁巳年十二月初五日辰時也，時方早朝，故名朝煦……乙亥十二月，就婚上海李氏……適開豫工事例，外舅梧州守柳溪李公來京，脱囊中金，助余捐布政司經歷。乙酉冬十月，選任廣西，時余居無寸椽，李恭人攜一子一女暫依外家，擬便道挈眷而行，孰意臘月二十四日，余至上海，恭人卽於是夜逝世。丙戌正月營葬於八千圩之昭穴……丁亥四月，余兼轄之陽萬分州，地方沈溺滇銅，思恩蔣守委土州判岑某打撈而檄余督察，因岑掛彈章，委余兼署。越七月，始得交替。時外舅劄來，知禄兒以痘殤……戊戌，侍妾聞人氏生子懋修。初，李恭人之卒也，適上海李氏長女懋儀僅四歲，有聞人嫗爲撫養之，嫗有女過笄未嫁，余念其服勤有年，買之，卒，亦葬於新阡之旁……自甲寅旋里後，宛平張刺史以白金三百見遺，爰僦居翁氏荒園。軒屋數楹，竹木環抱，背有曲池，可魚可荷。軒前早桂十二，老幹連蜷。當秋，花發不數金粟洞天。每與山朋溪友作竟日之會，肴蔌出廚，老妻督具，爲真率，爲耆英，一任他人目之，余恒樂而忘倦也。唯念年已中壽，歸田以來貧且多病，平生立身行己，上下交際，往往不輕告人。爰是撫今追昔，詳敘顛末，以示我後人云爾。

嘉慶庚午春日，梅圃老人自述，時年七十有四。

——歸朝煦《梅圃老人自述》，《歸氏世譜》卷六

浙江布政司使歸朝煦妻李氏，名心敬，字一銘，宗袁女。耽吟詠，年僅二十九。朝煦官貴，已不及見。所著有《蠹餘草》。女懋儀，字佩珊，詩才尤敏，所著有《繡餘草》。卽歸其弟心耕之子監生學璜。心耕嘗合刻其姊與媳之詩。

——宋如林《（嘉慶）松江府志》卷七十一，《中國地方志集成本》

李氏，名心敬，字一銘，宗袁女，適浙江布政常熟歸朝煦。耽吟咏，年未三十卒。朝煦貴，已不及見。著有《蠹餘草》。女名懋儀，字佩珊，卽歸弟心耕子國學生學璜。詩才尤敏，著有《繡餘草》。心耕嘗合刻其姊與子婦之詩曰《繡幕談遷》。後又有《繡餘續草》、《三草》及《聽雪詞》，安化陶澍、鄂渚陳鑾、固始吳其泰爲之序。

——應寶時《（同治）上海縣志》卷二十六，清同治十一年（一八七二）刻本

《繡餘草》、《繡餘續草》、《繡餘三草》、《聽雪詞》，俱歸懋儀撰。懋儀，字佩珊，常熟歸氏女，李學璜室。鄂渚陳鑾、安化陶澍、固始吳其泰、雲和魏文瀛序。

——應寶時《（同治）上海縣志》卷二十七

李心敬《蠹餘草》、《繡幕談遷》，女懋儀同撰。心敬，字一銘，上海李宗袁女，常熟歸朝煦室。見

《(同治)上海縣志》……歸懋儀《繡餘草》、《繡餘續草》、《繡餘三草》、《聽雪詞》,朝煦女,上海李學璜室。

——李銘皖《(同治)蘇州府志》卷第一百三十九,《中國地方志集成本》

《繡餘草》、《繡餘續草》、《繡餘三草》、《聽雪詞》,並國朝歸懋儀著。案,懋儀字佩珊,常熟觀察朝煦女,適上海李學璜。

——博潤《(光緒)松江府續志》卷三十七,《中國地方志集成本》

歸懋儀,號佩珊女史,常熟人。浙江布政使朝煦女,上舍李學璜妻。其母名心敬,字一銘,李宗袁女,心耕姊也。耽吟詠,嫁歸氏後早卒,著有《蠹餘草》。佩珊承母訓,工詩詞,調逸而語醇,其志趣卓然得風人旨。生平詩稿不下千餘首,金壇段友白選其尤者付梓,名《繡餘草》、《繡餘續草》、《繡餘三草》、《聽雪詞》,並爲序。閨幃傳誦,名滿江右。嘗題《虢國早朝圖》,有『馬馱香夢入宮門』之句,見賞於隨園。晚年居吳下,爲女師,信從者眾。隨園門下有女弟子著名,而佩珊獨爲女師著名,非古所謂豪傑者歟!王叔彝題其遺稿云:『難得佳人能享壽,相隨名士不妨貧』,蓋實錄也。佩珊女史詩畫書法並擅三絕,曾在鶴沙爲人作《醉花圖》,題三絕句於上云(引詩略)。

——王鍾《(民國)法華鄉志》卷六,《中國地方志集成本》

歸懋儀，字佩珊，河道朝煦女，上海監生李學璜室。母李心敬，字一銘，梧州知府上海宗袁女。工詩，著有《蠹餘草》，年僅二十九卒。懋儀自號虞山女史，嘗受學於吳縣潘奕雋，往來江浙間，爲女塾師。善畫，工詩，受業隨園，著有《繡餘小草》、《聽雪詞》。丁祖蔭撰詩跋，參《松江府志》、惲珠《閨秀正始集》、黄蕘圃《年譜》。

——丁祖蔭《（民國）重修常昭合志》卷二十一《才媛傳》，民國三十七年（一九四八）鉛印本

歸懋儀字佩珊，自號虞山女史。運河道朝煦女，適上海監生李學璜。

《繡餘小草》一卷，見《才媛傳》。一作《詩草》。

《繡餘續草》五卷，道光中刊本，陶澍等序。又《繡餘續草》一卷，附《詩餘》。錢塘諸以敦跋，周莊諸氏藏稿本。《繡餘續草》一卷，席佩蘭等題詞，上海王氏藏稿本，詩多不同。

《繡餘再續草》一卷，祝德麟題詞。《續草》詩多重見。

《繡餘三續草》一卷。

《繡餘四續草》一卷，以上三種，初園丁氏藏手稿本。

《繡餘五續草》一卷附文。上海某氏藏稿本。

《聽雪詞》一卷，《閨秀詞鈔》刊本。見《才媛傳》。

——丁祖蔭《（民國）重修常昭合志》卷十八《藝文志》

蔡鋼妻朱氏，居周浦，名庚，號愛秋。幼工詩，鋼亦負儁才，于歸後夫婦賡唱如友朋。時上海有歸

氏佩珊，爲隨園女弟子，朱與之抗，浦東西各樹一幟，足徵閨闈風雅之盛。

——《（光緒）南匯縣志》卷十七《人物志五》，《中國地方志集成本》

歸懋儀，字佩環，號□□，江蘇常熟縣人。適上海岳州守李心耕之子學璜，著有《繡餘小草》。

——汪啓淑《擷芳集》卷五十三，清乾隆五十年（一七八五）刻本

歸懋儀，字佩珊，江蘇常熟人。巡道朝煦女，上海李學璜室。著有《繡餘小草》。佩珊爲女史李一銘女，楊蘋香子婦，一堂受授，詩集與母氏合刻曰《二餘草》。

——惲珠《國朝閨秀正始集》卷十四，清道光十一年（一八三一）紅香館刻本

余曾見一便面，繪五色蝴蝶，神采栩栩，後書此詩（按，謂《五色蝴蝶》），細膩熨帖，手錄存之。嗣吴甄甫太史示以代訪詩筒内亦有此，云係歸佩珊作，合併誌以備考。

——惲珠《國朝閨秀正始集》補遺

歸懋儀，字佩珊，江蘇常熟人。歸朝煦女，上海李學璜室，著有《繡餘小草》。佩珊母姑皆嫻吟詠，一堂授受，繼繼承承，詩集與母氏合刻曰《二餘草》。

——許夔臣《國朝閨秀雕華集》卷九，鈔本

歸懋儀，字佩珊，號虞山女史。江蘇常熟人。巡道朝煦女，上海諸生李學璜室。著有《繡餘小草》。按，懋儀，一作長洲人。

——黄秩模《國朝閨秀詩柳絮集》卷二，清咸豐三年（一八五三）刻本

歸女史懋儀，字佩珊，號虞山女史，江蘇常熟縣人，巡道朝煦女，上海諸生李學璜室，著有《繡餘小草》。

——蔡殿齊《國朝閨閣詩鈔》第八册卷六，清道光二十四年（一八四四）刻本

松江李硯會刻其亡姊一銘心敬及子婦歸懋儀佩珊二人詩，號《二餘集》，曹劍亭給諫爲之作序。一銘嫁常熟歸氏，早卒；懋儀乃一銘所生，仍歸李氏。集中《晚眺》云：『垂柳斜陽外，如眉媚態生。因憐雙黛薄，羞對遠山横。』懋儀《贈玉亭四姑于歸》云：『聞道雲英下九天，翠蛾新掃倍生妍。定知茂苑無雙士，始配瑶華第一仙。玉鏡曉妝花並笑，金樽夜泛月同圓。徵蘭他日符佳夢，應見雲芝茁玉田。』『詠絮清才擬謝家，神爭秋水貌爭花。雞晨問寢常攜手，雨夜聯詩共品茶。君在瀟湘吟水月，我歸江海玩烟霞。萍蹤重聚知何日？回首鄉關感歲華。』《夜泊》云：『曠野秋清夜寂寥，明星幾點望迢遥。雙輪歷碌才停響，又向江頭聽暮潮。』《送糧艘出海》云：『無事量沙成萬斛，但聞挾纊徧三軍。』雄偉絶不似閨閣語。

——袁枚《隨園詩話補遺》卷五，人民文學出版社一九八二年版

上海歸佩珊懋儀《題史閣部像》云：『六宫爭學舞，四鎮自稱兵。』《小病》云：『晝爲無聊卷，書多和睡看。』《秋霽》云：『木落空餘山骨瘦，風高遥送雁聲寒。』《感懷》云：『愁似有憑連夕至，鐙如無力向人明。』《秋病》云：『弱骨苦寒需被早，小牕經雨得秋先。』《春盡》云：『緑蕪有意延春色，紅雨無聲送夕陽。』《絕句》云：『添得描金新匣子，半藏詩稿半藏花。』《春遊》云：『水繪河橋淡淡春，春衫初換兩肩輕。』並清婉可誦。佩珊，李復軒秀才之室也。

——法式善《梧門詩話》卷十六，《續修四庫全書》集部第一七〇五册

上海女史歸佩珊懋儀詩名偏江浙間，近時閨閣中無此才也。頃見其題古芸《碧蘿吟館詩集》云：『江山滿貯錦囊中，浩蕩襟懷迥不同。北海壺觴消永日，西園翰墨想高風。壯遊慣倒三公屣，靜寄新營五畝宫。門外何妨排百甕，事見本集。主人胷次水天空。』『西風庭院日將斜，一卷閒披向碧紗。琴性和平才耐聽，玉情温潤絕無瑕。詞瀾浩瀚多奇氣，風格清蒼是大家。愧我病魔消未得，靈山偏緩泛仙槎。』又見其冊後附録《石門道中作》云：『征途偷得幾朝閒，小艇夷猶雲水灣。生怕悄寒侵病骨，篷牕擁被看青山。』『密密編籬短築牆，野梅零落剩餘香。從知簡樸鄉風好，不種垂楊只種桑。』『天光雲影照人明，才近西湖水便清。日日扁舟橋下過，橋多偏不記橋名。』

——宋咸熙《耐冷譚》卷十六，清道光九年（一八二九）刻本

松江歸珮珊女史詩畫書法久已名著江南，先君在鶴沙時得其筆墨甚多。余幼時取而藏之，後南北遷徙，不知何人竊去，殊可惜也。近見其題《醉花圖》三絶，録之：『休問黄粱夢短長，人生快意最難忘。等閒肯放青春過，月地花天醉幾場。』『衆香國裏任盤桓，酒壘詞壇境界寬。九十春光濃似錦，名花最好醉中看。』『花影朦朧月影涼，醉鄉滋味淺深嘗。紛紛桃李輕開落，好向春風種國香。』

——孫兆溎《花箋録》卷十二

上海閨秀歸佩珊，工於詩，孫少遷明府誦其佳句云：『愁多天地窄，情重死生輕。』惜未見全稿。

——袁潔《蠡莊詩話》卷九，《清詩話三編》，上海古籍出版社二〇一四年版

廣文陳古愚學淦，浙江海寧人。曾爲上海觀察幕友，與佩珊最熟。余偶晤於利津署中，古愚出示所藏詩箋數紙，始悉佩珊名懋儀，其女爲古愚寄女。佩珊《致古愚書》云：『風雨無情，微聞花嘆；燕鶯有恨，催送春歸。詞客耽吟，旅人多病，其如之何？儀偶拈銀管，未識金針。頻叨月旦之評，許附風人之席。復以弱蘿徑尺，托蔭椿林；小草一枝，幸栽蘭砌。賡酬訂文字之緣，兒女附神仙之眷。豈意飄風忽來，浮萍頓散。恨隨流水，猶繞申江；跡逐閒雲，暫棲吴苑。會逢羽便，幸惠素書；倘艤仙舟，願臨茆舍。』詩云：『長亭折盡緑楊枝，恰值芳園花落時。念我瀕行還走送，感君扶病又裁詩。風前萍聚原無定，壑裏雲歸未可知。一曲青琴一回首，滿牕明月漏遲遲。』又《柬古愚》云：『征途念風雪，珍重尺書裁。愧我無新句，知君最愛才。病中攜藥到，道遠索詩來。消受難爲報，思量感極衰。』

『天涯逢歲晚，客子感何如。落葉和愁積，西風掃病除。徐娘裁錦字，驥子談藏書。處士高風好，梅花放故廬。』他如『詩因呵凍吟還少，梅爲經寒放也遲』，『酒爲送春須痛飲，花因惜別也消魂』，『三生文字緣還淺，一霎山林日易昏』，『濛濛細雨船頭坐，莫把詩翁認釣翁』，皆佳。

——《蠡莊詩話》卷九

閨秀歸佩珊之詩，余已錄得數首。陳古愚在天津以書來，又寄佩珊詩數紙，囑爲採入。《菊影》云：『烏帽客來簪不起，白衣人到襲無香。』《聽雨》云：『小院落花春欲暮，幽牕微雨夢生涼。』《徐香沙新室落成》云：『草長勻鋪三徑翠，花深長裹一樓紅。』《贈浣香夫人》云：『仙貌不嫌妝束素，瓊花一朵月中看。』《吳門》云：『金閶自古繁華地，黯淡人來未許遊。』

——《蠡莊詩話》卷九

李松潭農部繪《觀姬人繡詩圖》，歸佩珊女史題句云：『青蓮詞采五雲蒸，洛下徒誇紙價增。昨夜新詩初脫稿，看人早繡上吳綾。』又云：『繡到錦囊得意句，停針低誦兩三聲。』又云：『從此香閨忙不了，題詩還贈繡詩人。』俱妙。

——《蠡莊詩話》卷十

在蘇州曾見歸佩珊詩一帙，有『小院落花春欲暮，幽牕微雨夢生涼』之句。余最愛其《感懷》詩云：『攲枕夢頻驚，殘燈暗復明。愁多天地窄，義重死生輕。浮世原知幻，諸魔未易平。秋蟲爾何苦，斷續和悲鳴。』『羣動有時息，蠶絲日夕縈。常深知己感，每抱不平鳴。受惠非初志，酬恩矢再生。無聊背燈語，惆悵到深更。』本籍嘉定，適李某，拙於謀生，一切俱佩珊是賴。讀其詩，其志亦可悲矣。寓蘇之攝園，余因家掖垣庶常星煥以禮見，見即誦其詩。李傍喈曰：『人謂汝詩好卽笑。』其拙繆乃爾。佩珊雜作尤工，惜未及采錄云。

——張晉本《達觀堂詩話》卷二，清同治十二年（一八七三）刻本

余在蘇州，偹滄浪亭，（沈）採石爲余再三作畫，並再三賦詩。有句云：『美政餘閒宜韻事，勝區偹復必詩人。』時先室鄭夫人五十初度，採石邀同吳中名媛，如歸佩珊、朱竹眉、吳香輪、陳筠籥、徐佩吉輩，各獻詩介壽。

——梁章鉅《閩川閨秀詩話》卷四，《續修四庫全書》集部第一七〇五冊

仁和陳牧祥慶熊，諸生應廷鍔室，著有《牧祥學草》。《春日》云：『風和日麗一塵無，小院春來似畫圖。柳帶薄烟花帶霧，礙他歸燕也模糊。』牧祥與歸佩珊、段淑齋太夫人唱和詩甚多，此首尚非其得意者。

——沈善寶《名媛詩話》卷五，《續修四庫全書》集部第一七〇六冊

瑟君昔侍尊人閶齋觀察上海署中，延歸佩珊授詩。故佩珊集中附刊《鐙花》二首，未著姓名。《正始集》選佩珊詩並及圭齋，注云：『未詳里居姓氏也。』圭齋母段淑齋太夫人，詩筆卓絕，余常笑謂圭齋云：『子非羲之、獻之乎？』然家學親承，正復相似。

——《名媛詩話》卷六

琴川歸佩珊懋儀，著有《續繡餘草》行世。聞佩珊風神美秀，頗類其詩。惜余生晚，未獲締交。《繡餘續草》僅全稿中十之二三耳，詠古諸作氣韻深沈。五律《詠梅》云：『小閣簾初卷，中庭月正明。一聲瑤鶴警，滿地瘦枝橫。韻極何妨淡，香多轉覺清。』相思隔烟水，無限隴頭情。』《驛柳》云：『如此風流說贈行，客懷蕭瑟怕牽情。聽殘玉笛剛三弄，送過陽關又一程。古渡月明春有影，長堤風定浪無聲。郊原日暮行蹤少，斜拂青簾緩緩迎。』『半是愁絲半淚絲，對他那更說臨歧。旗亭客散春歸後，灞岸驪歌月墮時。瘦到可憐何忍別，青還無際況將離。饒他一種纏綿態，頻觸樓頭少婦思。』《春草》云：『年年披拂賴春風，高下淒迷接遠空。滿目亂愁帆影外，十分生意雨聲中。埋將靈氣千秋碧，染出芳心一寸紅。今日故園荒徑裏，踏青曾記過吳宮。』《昭君》云：『斜抱琵琶淚暗傾，天山硉矹雪風生。一言定使青襟笑，失意翻贏萬古名。』《憶荷》云：『娟娟合受水仙憐，解佩江皋憶往年。料得夜涼成獨醒，一池香影讓鷗眠。』佳句五言，如《舟中》云：『霜氣壓篷重，潮聲卷夢寒。渡口人呼急，雲頭送雨來。』《感懷》云：『愁多天地窄，情重死生輕。』《海棠》云：『嬌多渾似醉，豔極豈無香。』七言，如《秋草》云：『絕塞清笳悲牧馬，西風殘照弔王孫。帶雨何人鋤斷岸，履霜有客度長橋。』《白桃花》云：『雲迷玉洞春何淡，花到仙源色是空。』《蘆花被》云：『一枕詩成湖海氣，半宵夢繞水雲邊。』《寄玉芬夫人》云：『天寒翠袖依脩竹，古屋青鐙映女蘿。』《和毛山人春興》云：『萬里江山窮駿足，天涯詞賦老才人。側身天地頭先白，放眼郊原草又青。』《登紅雨樓》云：『滿徑緑陰濃似染，一樓紅雨墮無聲。』《題看劍圖》云：『總是難消才子氣，諒無恩怨到胷中。』佩珊母李一銘心敬，觀察歸朝煦室，著有《繡餘草》。姑楊蘋香鳳姝，號茸城，吳門人，知府李心耕室，著有《鴻寶樓詩鈔》。一銘《寄外》云：『客路三千里，相思一寸心。帆隨春浪駛，情寄海雲深。未遂青山約，聊題紅豆吟。征途慎寒燠，雙鯉慰佳音。』蘋香《讀史》云：『奇哉一婦人，可制億男子。唐也倏爲周，怪事那有此。煌煌太宗業，樹立同山峙。傾覆不須臾，豈復數呂雉。古者母后賢，乃與周召比。地道本無成，宣仁未足美。衆雌而無雄，不卵亦云已。』佩珊親承家學，薰染已深，故爾不凡也。

——沈善寶《名媛詩話》卷十

海寧朱蓮卿淑筠，諸生查冬榮室，妹菊卿淑儀俱工吟詠，後歸查爲妯娌。蓮卿《哭歸佩珊》云：『人本如花弱，詩真似水清。』恰切其人。

——《名媛詩話》卷十一

《正始集》末卷載《五色蝶》詩五章，不知作者姓氏，余讀歸佩珊全集，始知佩珊所作。細膩熨貼，工麗非常。詩云：『青陽初轉見來稀，忽訝林間一葉飛。拾翠暗翻遊女袖，采藍新染侍兒衣。春晴花細銜須瘦，瑣闥苔深側翅肥。香徑未迷河畔草，尋芳時見柳梢歸。』『黃金散盡菜花稀，猶傍芳畦貼貼飛。村裏來時分菜色，枝頭梢去誤金衣。穿從香徑魂俱定，舞入秋林體不肥。勝似蜜房諸伴侶，經營花事不曾歸。』『赤闌干外見依稀，誰剪明霞片片飛。階藥枝頭酣曉夢，火榴花底焰侵衣。自饒香豔胭脂濕，不愛青酸梅子肥。一抹紅妝芳草路，夕陽影裏逐塵歸。』『白粉牆邊風信稀，趁晴時見一痕飛。亂飄柳絮難尋跡，細舞梨花不觸衣。夢裏仙姝全縞素，眼前公子笑輕肥。南園草綠香塵暖，紈扇頻搖晚未歸。』『黑甜鄉裏世情稀，栩栩誰教兩翅飛。入夢爭看園是漆，探花偏仗鐵爲衣。沙堤影拂烏紗貴，妝閣香憐鴉鬢肥。欲繼元嬰親潑墨，爲君寫照早言歸。』

——《名媛詩話》卷十二

歸佩珊詩已錄前卷，其未刻者尚多。如《花事十詠》，風致嫣然，錄八。《護花》云：『懶將花事課花奴，辛苦搘教手自扶。惆悵廿番風信緊，一春妨卻繡工夫。』《祝花》云：『步幛金鈴百寶闌，清尊圍坐慶團圞。人無離別花長好，錦樣韶華歲歲看。』《囑花》云：『經年離別費相思，把酒相看能幾時。識得憐香心事苦，開時宜早落宜遲。』《酬花》云：『滿酌瓊花月下陳，替花爲壽祝長春。月娥含笑花無語，宴客翻教醉主人。』《覺花》云：『惜花每自體花情，一樣纏綿賦性成。偶向鏡中雙照影，頓教彈指悟三生。』《餞花》云：『百計留春恨未能，將飛還住意難勝。香魂莫逐東風去，吹上瑤臺第一層。』《誄花》云：『芳菲轉眼已成塵，悄立閒階暗愴神。彷彿月明深樹裏，有人釃酒喚真真。』《溯花》云：『當時紅紫競芬芳，玉鏡臺前伴曉妝。今日相思忘不得，夢回紙帳月如霜。』《寄茗川徐秉玉女史》云：

『碧紗香嫋日遲遲，想得妝成出繡帷。笑掬鴛鴦湖畔水，憑闌寫取並頭枝。』《南園訪杏》云：『入耳惟聞鳥雀喧，水雲深處暫停車。薄寒未減春猶淺，扶病還來看杏花。』

余前秋不幸抱西河之痛，偶讀佩珊《悼殤》一律，爲之涕下。詩云：『搔首鐙前念念灰，轆轤腸轉百千回。風飄弱絮應難住，絲吐春蠶苦自催。夢假尚貪中夜聚，情癡空望再生來。看花勉受同儕勸，清淚無端墮酒杯。』時閨友爲予排悶，悲從中來，不能自持，益覺是作之佳也。

佩珊詞，情致纏綿，《南歌子・題漁笛圖》云：『水國秋涼早，幽人逸思深。漁鐙隱隱夜沈沈，瞥見橫江一鶴度遙岑。　長笛飄來遠，扁舟何處尋。四山風急老龍吟，吹得一丸涼月墮波心。』《柳梢青・題倦妝圖》云：『仙貌如花，柔情似水，以月爲家。盈盈二九年華。小顰蹙，愁耶病耶。倦繡心情，暮春天氣，珍重些些。長爪支頤，香羅覆額，雲鬢欹斜。』《金縷曲・和淑齋夫人月夜聞笛韻》云：『韻繞樓高處。是誰家、夜涼人靜，調宮按羽。天上瑤姬仙夢破，喚起新愁無數。更似水月華當戶。記向露桃花下立，和鸞笙有個飛瓊侶。聽金箭，焚蘭炷。　羅衣太薄愁風露。最淒涼、寒蛩金井，伴人羈旅。此味年年嘗已徧，話到同心倍苦。況妙詠、冰壺玉箸。牕外雨聲鈴索響，更銷魂、愁絕難成句。歌郢曲，遣誰譜。』《踏莎行・春暮次語花女史韻》云：『選韻尋詩，背鐙無語。黃昏幾陣催花雨。陌頭芳草綠成茵，斷腸回首流光暮。　短夢成烟，亂愁如絮。羅衣黯淡銷金縷。燒殘寶鴨掩紅牕，三春好景匆匆度。』《鳳凰臺上憶吹簫・次玉芬夫人韻》云：『別恨如潮，行蹤似絮，客中生怕逢秋。正西風吹鬢，垂老多憂。多少鴻泥雪印，思放下，卻又難休。更闌後，對將影語，背著鐙愁。悠悠，別來消息，看魚箋密字，紅暈雙眸。悵舊遊似夢，雲散風流。無限悲歡離合，雞唱也，驀上心頭。浮雲命，憐君自憐，著甚來由。』《清平樂·十六夜聽雨次圭齋春月韻》云：『夕陽西下。月向簷前挂。香靄空蒙花夢惹。此景宜詩宜畫。　輕寒一縷穿寮。夜深沈水添燒。樺燭清樽昨夕，昏鐙冷雨今宵。』

——《名媛詩話》續集上

歸懋儀，字佩珊，昭文人。適上海李學璜上舍，夫唱婦和，名噪一時。松江人呼爲歸先生。倩相慕云久，每以未睹其詩爲恨。客歲在表妹王繡玉家，見有《寄圭齋夫人十憶詩》，倩讀之，因記其七首云：

正是輕寒乍暖時，春風吹面動相思。憶君羅襪纖纖步，行過花叢蝶不知。

幾陣尖風吹嫩涼，濛濛淡月下回廊。憶君一種天人致，半舊羅衫勝豔妝。

恨我平生酒力微，相逢痛飲醉忘歸。憶君一種詩書味，愛聽尊前玉屑霏。

遠勞青鳥到連番，風雨蕭蕭白屋寒。苦憶荒廚珍味少，盤飧頻餽勸加餐。

十分哀毀費眠餐，自失慈幃淚不乾。憶得縞衣長慟處，梨花一樹雨中看。

知己深憐范氏貧，憶君推解最情真。婦人也帶鬚眉氣，不吝千金贈故人。

靜穆閨門息是非，幾生脩得到青衣。憶君生就和平性，歡喜長多嗔怒稀。

其三首則予忘之矣。

——張倩《名媛詩話》，清道光十二年（一八三二）刻本

歸懋儀，字佩珊，昭文人。濟東泰武臨道歸朝煦女也。幼適上海李學璜上舍，刺繡之餘，夫婦倡和，人擬之爲神仙中人。余癸未在上海猶及見之，年已六十餘矣。家甚貧，孜孜於詩，竟能忘倦。余索觀《繡餘吟草》，最愛其《十憶詩寄圭齋夫人》，云(下略)

——謝堃《春草堂詩話》卷四，《中國詩話珍本叢書》，北京圖書館出版社二〇〇四年版

上海李安之學璜，與室人歸佩珊，有趙凡夫、陸卿子之目。晚歲悼亡，困頓以終。其題《佩珊小影》云：『孝經小學誦如泉，望古常懷鍾郝賢。今日流傳風絮句，掄君淑德是詩篇。』『兩家門第舊豐腴，轉眼瓶無兩日儲。總爲腐儒生計拙，牽蘿賣盡篋中珠。』『梁鴻忘卻青氈苦，轉把青氈累孟光。吳門吳愈愚孝廉所贈句。佳話流傳愈增痛，思君那不淚沾裳。』『半生俯首伴書傭，衰病年來倦汲舂。留得詞壇題贈什，抵他一軸紫泥封。』『外孫虀臼附羣英，應是吾家宅相成。誰料鑒衡堂上語，江南女士亦垂名。』其外孫張桐雋河南省試，房考知爲佩珊所自出也。

——楊鍾羲《雪橋詩話餘集》卷七，民國十五年(一九二六)刻本

隨園女弟子虞山歸懋儀佩珊，詩名甚著。讀陳雲伯贈詩：『絕代青蓮筆，名媛此大家。幽懷清到雪，仙骨豔成花。』其詩品可想見矣。佩珊爲友人歸杏書君之曾祖姑母，杏書舊藏其未刻之尺牘若干通，近錄副見惠，寸璣尺璧流落人間，寶貴爲何如也！急錄之以實吾書。(按，其後共有《寄映藜四叔父書》、《答曹夫人書》、《寄華山弟書》、《致何春渚徵君書》、《答香卿夫人書》、《致胥燕亭大令書》、《復

吳星槎別駕書》，俱見《繡餘尺牘》，文繁不錄。）

——王蘊章《然脂餘韻》卷四，《民國詩話叢編》本，上海書店出版社二〇〇二年版

常熟歸佩珊夫人工詩詞，有女青蓮之目，龔定盦題其集云：『一代詞清，十年心折，閨閣無前古。』又云：『紅妝白也，逢人誇說親睹。』今觀其《聽雪詞》，凡二十首，清而不肆，疏而未密，非擅世之才也。至其和定盦《百字令》一首云：『萍蹤巧合，感知音，得見風前瓊樹。爲語青青江上柳，好把蘭橈留住。奇氣拿雲，清談滾雪，懷抱空今古。緣深文字，青霞不隔泥土。　更羨國士無雙，名姝絕世，仙侶劉樊數。一面三生真有幸，不枉頻年羈旅。繡幕論心，玉臺問字，料理吾鄉去。海雲東起，十光五色爭睹。』氣甚充盈，而集中未載，然則世所流傳，固未得其全矣。

——佚名《閨秀詞話》，《時事彙報》第一號（一九一三年）

常熟歸佩珊夫人，工詩詞，有女青蓮之目。龔定庵題其集云：『一代詞清，十年心折，閨閣無前古。』又云：『紅妝白也，逢人誇說親睹。』所著《聽雪詞》，傳世者凡二十首。如《鳳凰臺上憶吹簫·題瘞花圖》云：『芳草黏天，垂楊蘸水，聲聲啼鴂催春。把玉人驚覺，鏡裏眉顰。昨夜紅牕風雨，知多少，墮溷飄茵？相憐甚，花真儂命，儂是花身。　紛紛。掃來還滿，將紅袖輕兜，不放沾塵。向水邊林下，築個花墳。讓與鶯兒燕子，寒食候、好替招魂。湖山背，何人聽來，悄搵啼痕。』《邁陂塘·葑山觀荷》云：『問江妃，爲卿來者，賞音千古能幾？蘭橈蕩入花深處，先愛撲襟清氣。人乍起。更難得、紅

妝新掃眉山翠。倩風扶住，看帶露盈盈，淩波渺渺，宿酒殢殘醉。　凝眸處，花亦銷魂無語。萍鄉相對延佇。横（塘）不是仙源路，可許舊遊人渡。時欲暮。漫想到，愁紅怨緑迷烟霧。離愁正苦。怕荻岸秋高，鷗波夢冷，心事和誰訴。』皆清新俊逸之作。然又有和定庵《百字令》一首云（引詩略）。氣甚充盈，而集中未載，然則世所傳佈者，固非全豹也。

——雷瑨、雷瑊《閨秀詞話》卷一，民國五年（一九一六）掃葉山房石印本

虞山歸佩珊、閩縣汪淑兩女史，均有《詠五色蝶》詩。細膩熨帖，見者歎賞。近見趙佩雲女史《澹音閣詞》，亦有《詠五色蝴蝶調寄蝶戀花》，讀之覺與歸、汪諸作，異曲同工，殊堪方駕。詞云：（略）。女史名友蘭，一字書卿，其詞與《花簾詞》並稱。

——雷瑨、雷瑊《閨秀詞話》卷三

歸佩珊與席道華，皆常熟人。才名相埒，爲閨中畏友，時相贈和。嘗題《虢國夫人早朝圖》，有『馬馱香夢入宫門』句，極爲隨園所賞。負詩名數十年，往來江浙間，爲閨塾師。曾客蔣氏蒹葭里，爲西溪蘆花最勝處，秋容如雪中，扁舟縞袂，出沒烟靄間，倚槳吟詩，有絕塵之致。王叔彝題其《繡餘遺稿》云：『難得佳人能享壽，相隨名士不妨貧。』足以概其生平……佩珊與道華，皆鴻廡相莊，唱妍酬麗，視孫雲鳳、雲鶴之抑鬱殊矣。

——俞陛雲《清代閨秀詩話》，《同聲月刊》第二卷第二號（一九四二年二月）

女課師，非素所深知真實閨閣、有品有學、齒德俱尊者不可。自弟之世嫂歸佩珊老女史沒後，今無其人矣。

——王曰申《摹刻硯史手牘》（庚子年九月十七日），中國美術學院出版社二〇〇〇年版

詩人少達而多窮，不獨士林已也，即閨閣中亦或有之。吾鄉近日如織雲之抱痾雲間，佩珊之寄食吳下，論者動以爲歡愉之言難副，愁苦之音易工也。

——張慕騫《養浩樓詩鈔序》，民國十六年（一九二七）鉛印本

長洲歸懋儀字佩珊，適上海李馥軒秀才。著《繡餘吟》，與母夫人詩合刻。趙謙士太僕題曰《繡幕談瀰》。其佳句如《偶成》云：『晝爲無聊展，書多和睡看。』《寄王梅卿女史》云：『花好莫教和露折，月明須早下帷眠。』梅卿亦能詩，山陰人。

——吳文溥《南野堂筆記》卷十二，清嘉慶二十二年（一八一七）刻本

閨閣能詩，每多假借，故一稱未亡，往往焚棄筆硯，實乏捉刀人也。其真能出自己手者，如常熟歸珮珊、錢塘汪小韞、元和高湘筠外，不能多見。

——王汝玉《梵麓山房筆記》卷六，《叢書集成續編》本，上海書店出版社一九九四年版

歸懋儀佩珊女史，國學監李復軒先生之室，著有《繡餘集》行世。嘗覽其《詠史》諸章，雄思健筆，非復巾幗。士大夫工吟翰者，咸得其詩以爲榮。某林下箋氣屬和，歸手書答之，其略曰：『公真無敵，排山倒海而來；余奚能爲，棄甲曳兵而走！』餘都類是。非女名去，莫敢道也。復軒博學能文，而數奇不偶，人以是悲其遇，李夫婦晏如焉。豈造物忌才與？以名者去其福乎？

——黄本銓《小家語》卷三，清光緒二年（一八七六）上海申報館鉛印本

女史歸佩珊懋儀，常熟人，歸上海李復軒上舍。夫婦俱工詩，紙閣雙聲，頗極閨房韻事。佩珊初不甚知名於時，後以詠五色蝶詩爲某監司所賞，名遂大噪。士大夫之工吟詠者，咸以得其詩爲榮。後監司退居林下，猶時以牋封相贈答。佩珊嘗手書答之，其略曰：『公真無敵，拔山倒海而來；余奚能爲，棄甲曳兵而走。』氣勢磊落，頗不似閨閣中語。顧性多抑鬱，兼之時值坎坷，轉綠迴黄，時時見諸吟詠，未及中年，遽爾萎化，詩稿亦無力梓行。豈造物忌才，豐其名，轉嗇其遇耶？其略，族伯沐三先生已載《小家語》中，余爲之復道其詳，亦猶《觚賸》之已記雪遘，而蒲留仙又有《大力將軍傳》也。

——黄協塤《鋤經書舍零墨》卷三，清光緒四年（一八七八）上海申報館鉛印本

前假娑羅花冊子，中間佳句不勝搜采，謹已全行鈔出……常熟女史歸懋儀和章最多，警句亦不少。中有『塵世得來原覺少，靈山雖種亦無多』二語，與吾兩家所有恰合，奉去素紙，請兄書成楹帖。

——吴雲《兩罍軒尺牘》卷七《與潘順之（遵祁）書》，清光緒十年（一八八四）刻本

若乃閨中之秀，江左爲多；林下之風，禺陽最盛。席道華之才情福慧，雅潤居宗；歸佩珊之耀豔溫恭，英華彌縟。或冠衆芳於羣玉，或標冷豔於遺珠，殺粉咸書，然脂競寫。倘合三家之作，並登《七録》之書，定應下掩劉、徐，上追班、左。

——陳文述《頤道堂集》文鈔卷四《屈宛仙韞玉樓遺詩序》

宜人姓龔氏，仁和人。初名潤，字雨卿，後名玉晨，字羽卿……宜人中年以後醉鄉歲月居多，雜佩之好惟李晨蘭、歸佩珊兩夫人。晨蘭交尤密，兩人先後去世，閨友中久無知己，今則惟袁夫人耳。

——《頤道堂集》文鈔卷十三《先室龔宜人傳》

僕搴芳江表，擷秀雲間。歸佩珊詞宗擅勝，吟詠尤工；廖織雲畫院名家，題篇更富。合之兩美，不媿三家。

——《頤道堂集》文鈔卷八《胡智珠女史抱月詩序》

歸佩珊，名懋儀，常熟人，李復軒茂才室，工詩，善畫，嘗爲余子婦汪端寫《黄娘供硯圖》。甲帳分明擁繡襦，采鸞寫韻鳳將雛。滿庭梅樹盈牕月，惆悵當年供硯圖。

——陳文述《畫林新詠》卷三，民國四年（一九一五）西泠印社鉛印本

碧城仙館女弟子詩序

閨閣多才，由來尚已。玉晨著籍武林，移家茂苑。玉臺新詠，歸佩珊之繡幕吟香；彤管仙才，李晨蘭之茶烟煮夢。九天珠玉，欽繡口以論交；十載佩環，結芳心而永好。閨中之秀，林下之風，斯爲賢已。

——龔玉晨《序》，陳文述《碧城仙館女弟子詩》，清道光二十二年（一八四二）刻本

柔兆執徐之歲，百花生日，宛仙夫人招集女史十二人宴於蘊玉樓，謀作雅集圖以傳久遠，患其時世妝也，爰選古名姬按月爲花史。以江采蘋愛梅，梅花屬焉；蘭有謝庭之説，以屬道蘊；梨花本楊基蛾眉澹掃之句，以號國當之；牡丹有一撚紅本，以太真得名；榴花屬潘夫人，爲處環榴臺也；西子有采香涇，蓮花繫之；秋海棠名思婦，花開於巧月，采蘇蕙若蘭故事牽合之；麗華有嫦娥之稱，以之司桂；賈佩蘭飲菊酒駐顔，宜令主菊；芙蓉稱蜀主，錦城最盛，故屬花蕊夫人；惟子月山茶絶少典要，以袁寶兒爲司花女屬焉；水仙則凌波仙子，盈盈微步，其洛神乎？分隸既定，作十二鬮，各拈得之。自正月至十二月，爲謝翠霞、屈宛仙、言彩鳳、鮑遵古、屈宛清、葉茗芳、李餐花、歸佩珊、趙若冰、蔣蜀馨、陶菱卿、席佩蘭，長幼間出，不以齒也。爰命畫工，以古之裝寫今之貌，號《蕊宫花史圖》，兩易寒暑乃成。重集畫中人置酒相祝，命余題詩以紀其事。

——孫原湘《天真閣集》外集卷六《蕊宫花史圖序》

屈宛仙爲隨園女弟子，饒才思。嘗以百花生日，邀閨秀十二人，集於所居藴玉樓，謀作《雅集圖》，選古名姬，按月爲花史： 梅屬采蘋，蘭屬道覲，梨屬虢國，牡丹屬太真，榴花屬潘夫人，蓮屬西子，秋海棠屬若蘭，桂屬張麗華，菊屬賈佩蘭，芙蓉屬花蕊夫人，山茶屬袁寶兒，水仙屬洛神。拈鬮分得之，自正月至十二月爲： 謝翠霞、屈宛仙、言彩鳳、鮑遵古、屈宛清、葉苕芳、李餐花、歸佩珊、趙若冰、蔣蜀馨、陶菱卿、席佩蘭。命畫工以古裝寫今貌，號《蕊宮花史圖》，歷兩載乃成。重集畫中人，置酒相祝。

——郭則澐《十朝詩乘》卷十一，民國二十四年（一九三五）刻本

過江風急片帆催，離恨今生第一回。涕淚瓊瑰俱化血，肝腸錦繡驟成灰。舟發胥門，姬望余去遠，一慟嘔血。比至杭州相見，病已不支矣。詩樓舊稿邀重勘，《瘦吟樓集》，金纖纖夫人所撰。花市清遊約共來。張望湖宜人，歸佩珊、王梅卿兩女史，約以菊花大放，重集寓園。不信名山先永訣，洞雲終古鎖妝臺。

——吳嵩梁《香蘇山館詩集》今體詩鈔卷七《聽香館悼亡詩爲岳姬綠春作》

朗玉仙館者，陳小雲、汪小韞夫婦所居。作圖者閨秀歸佩珊，作記者閨秀席佩蘭，題弓首者閨秀曹貞秀也。

兩小齊名已自佳，三家競爽更清才。老夫媿乏徐陵筆，爲展花箋著玉臺。

——曾燠《賞雨茅屋詩集》卷十七《題朗玉仙館供硯圖》，《續修四庫全書》集部第一四八七册

吾人潑墨等閒耳，落手烟雲無一是。那及閨中靜者心，四格端端契宗旨。吳興女士翩如仙，有筆能生山水妍。粉盔拈馨梅瘦逸，綠牕寫韻竹便娟。由來天性關聰慧，祖硯留遺女孫替。仙蝭分明見夙緣，太常夫壻紅絲繫。最工蛺蝶。小年苕霅賞芳辰，隨宦揚州古月新。椶樹芙蕖溪水媚，畫船簫鼓縣花春。掌珠能事丹青授，不獨針神擅絺繡。鏡影周遭護玉義，墨痕狼藉翻羅袖。披芸尺幅貌脩蛾，題詠名媛秀句多。南去看山歸梓里，北來聽雁渡金河。河聲嶽色郵籤數，畫境妝臺一時補。雙管傳神舉案莊，六花鬪豔因風舞。硯香常博亦善畫。曩余海上棹舟還，曾采新詩到佩環。歸佩珊夫人。今日擬裁好東絹，會求彩筆仿荊關。

——張祥河《小重山房詩詞全集·詩舲詩錄》卷三《潘冰蟾女史讀畫圖》，《續修四庫全書》集部第一五一三册

（嘉慶）九年甲子，七十歲。去年不孝預撰《太孺人七十述》，乞言於海内賢士大夫。至是以詩古文辭來壽者踵相接。不孝輯《貞壽乙集》，使婦錢、耀遹婦李分日爲太孺人誦之。有用三遷事者，太孺人驚起離坐，呼不孝曰：『我何人而妄以孟母比？詩之失誣乃至此邪！他日我死，汝輩作狀，慎毋緣飾，遺地下羞。』惟於常熟歸懋儀詩『列鼎而養，不如一饘。非母矯情，懼有盜泉』吟諷數四，曰『歸夫人知我』。

——陸繼輅《崇百藥齋文集》卷二十《先太孺人年譜》，

凡詩，目中一過，久而不忘，必佳句也……女士金纖纖逸云：『小雨未來斜照淡，落花猶得片時紅。』歸佩珊懋儀《題看劍圖》云：『自是難消才子氣，料無恩怨到胸中。』王梅卿倩《鄧尉雜詩》云：『夜深老鶴來尋夢，踏徧梅花一寸深。』類此尚多，更當續記，以資吟諷。

——陸繼輅《合肥學舍劄記》卷一，《續修四庫全書》子部第一一五七册

李學璜，字安之，號復軒，上海人。監生，有《枕善居詩賸》。復翁潔學樸行，一介不苟。年未冠，即與室人歸佩珊女士杜門倡和，世人以趙凡夫、陸卿子目之。翁刻苦，工制義，雖屢試不售，顧好之不倦，年逾耋耄，猶赴省試。惟拙於治生，晚歲悼亡後境益困頓，至憔悴以終。予嘗以少作就正於翁，翁貽書曰：『足下秉資亮特，作文頗有興會，較諸詩筆，尤爲警拔，是科名中人，毋徒以詩人自畫也。』感翁屬望如此，今年過三十，乃故我依然，錄翁遺詩，不禁淚涔涔下也。

——王慶勛《可作集》卷一，清道光二十九年（一八四九）刻本

歸懋儀，字佩珊，常熟人，上洋諸生李學璜室，善畫工詩。（耕硯田齋筆記）

——彭蘊璨《歷代畫史匯傳》卷六十六，《續修四庫全書》子部第一〇八三—一〇八四册

陸紀泰，字子卿，諸生，詩派雅近南宋，著有《笏齋吟詩》。時海上人才正盛，如曹霱人、顧春洲皆與往來贈答，以子卿廁其間，如驂之靳，遊屐所至，於金陵爲最久。録其《江城》一詩云：『久住江城已慣經，閒門兩板任常扃。流光似水愁無賴，好夢如雲悔易醒。細雨輕寒春料峭，孤鐙薄醉客伶俜。吾曹自分無能爾，小草新詩滯畫屏。』頗稱清穩。常熟歸佩珊女史題其詩卷云：『風雅一家傳盛業。』蓋笏齋父子俱以詩名。

李學璜，字復軒，上舍生，爲心耕子。學問淵博，爲名場耆宿，著有《筦測》及《枕善居詩剩》。娶婦於虞山歸氏，曰佩珊女史。夫婦俱工詩詞，閨中唱和，爲里閈所豔稱。

——王韜《瀛壖雜志》卷三，清光緒元年（一八七五）刻本

歸懋儀，字佩珊，李復軒上舍之室人也。工詩詞，著有《繡餘吟草》、《續草》、《三草》及《聽雪詞》。佩珊本出自李氏，其母名心敬，字一銘，宗袁女，心耕姊也。最耽吟詠，嫁歸氏後早卒，著有《蠹魚草》。心耕嘗合刻其姊與子婦之詩，曰《繡幕談遷》。其詩清婉綿麗，斐然可誦。與席佩蘭爲閨中畏友，互相唱和，傳播藝林。嘗題《虢國早朝圖》，有『馬馱香夢入宫門』之句，見賞於隨園。晚年卜居滬上，所居有復軒、一鐙雙管草堂諸勝。王叔彝題其遺稿云：『難得佳人能享壽，相隨名士不妨貧。』亦可謂實録矣。

佩珊女史詩畫書法並擅三絶，曾在鶴沙爲人作《醉花圖》，題三絶句於上云（引詩略）。

——王韜《瀛壖雜志》卷四

歸懋儀，字佩珊，常熟人。巡道朝煦女，上海李學璜室，有《繡餘小草》。《詩話》：『佩珊詩清婉綿麗，與席浣雲爲閨中畏友，時相唱和。嘗題《虢國早朝圖》，有『馬馱香夢入宫門』之句，隨園極賞之。負盛名數十年，往來江浙，爲閨塾師。曾館西溪蔣氏蒹葭里，西溪蘆花勝處也。晚年結廬滬上，有復軒、一鐙雙管草堂諸勝。平生所爲詩凡千餘首，王叔彝題其遺稿云：『難得佳人能享壽，相隨名士不妨貧。』足括其平生。

——徐世昌《晚晴簃詩匯》卷一百八十六，《續修四庫全書》集部第一六二九—一六三三册

吴江汪宜秋女士《題郭頻迦水邨圖》云：『深閨未識詩人宅，昨夜分明夢水邨。』卻與圖中渾不似，萬梅花擁一柴門。』頻迦因之更請叔美畫《萬梅花擁一柴門圖》，名家題辭甚衆。同時閨秀著名者，吴門有金纖纖、王梅卿、曹墨琴，黎里有吴珊珊，常熟有席佩蘭、歸佩珊，上海有趙韞玉，浙江有方芳佩、孫令儀，毘陵有錢浣青，皆卓卓可傳者。相傳乾嘉之間文昌星掃牛女度，故閨秀詩詞極一時之選。

——徐康《前塵夢影録》卷下，《續修四庫全書》子部第一一八六册

有偷兒潛匿李復軒家中堂之長案下，復軒見之，不明言，與其婦歸佩珊在堂中吟詩，迭相賡和。夜半，復軒令偷兒出，邀之食粥。偷兒大駭，叩頭不已。復軒給以錢二百文，戒之曰：『此後當爲好人。』

偷兒感之，後遂改行。

——徐珂《清稗類鈔·雅量類》，中華書局一九八四年版

歸懋儀，字佩珊，上海人李學璜妻，擅詩書畫，有三絶之稱。爲人作《醉花圖》，甚妙，並自題三絶句於上。著有《繡餘草》、《續草》、《三草》、《聽雪詞》。

——盛鐮《清代畫史增編》卷二，民國十六年（一九二七）上海有正書局鉛印本

《蠹餘草》一卷，《繡餘小草》一卷，清李心敬及其女歸懋儀撰。心敬字一銘，江蘇上海人，父宗袁，曾任梧州知府。心敬喜讀書，耽吟詠，歸常熟歸朝煦爲室。懋儀，其女也，亦工詩詞。心敬早卒，有《蠹餘草》詩集傳世，汪啓淑《擷芳集》謂心敬著有《小牕雜詠》，考其書，未見傳本，各家著録亦未見《小牕雜詠》之名。乾隆五十六年辛亥，心敬既卒之後，乃弟硯會爲刻遺集，卽是編也。汪氏所云，實不知所本。其女歸懋儀，字佩珊，自號虞山女史。得母氏之教，亦博學能詩，入隨園爲女弟子。嘉定元年丙辰，《隨園女弟子詩選》問世，懋儀亦與其選。歸李硯會之子學璜爲室。學璜乃母心敬猶子也。于歸之後，嘗往來江浙間，爲閨中塾師，名媛閨秀爭師事之。所著《繡餘小草》之外，有《繡餘續草》五卷，道光二年壬辰所刻。又《繡餘草》一卷、《聽雪詞》一卷，道光三年癸未所刊。是篇則李硯會爲心敬刊行遺集之時所附刊也。其書一名《二餘詩草》，凡爲二卷，李心敬《蠹餘草》一卷，歸懋儀《繡餘小草》一卷。二集皆不編年，不别體，各存詩數十首。曹劍亭、李硯會等序附焉。按，心敬之詩，從容閑雅，落筆遠

俗，直抒性情，不事櫛比字句；爽雋清快，不涉綺靡之音，風格筆調頗不類閨秀所爲。至於懋儀之詩，風格雖近乃母，而吐屬遒健，氣機頗壯，意之所至，一瀉無餘。蓋勁爽有餘，精煉不足，不免味薄耳。

——《續修四庫全書總目》（稿本），齊魯書社一九九六年版

李一銘女士，梧州知府上海柳溪宗袁女，吾邑山東運河道歸朝煦室也。女佩珊，適其姪學璜。姑陸氏亦善吟詠，一門風雅，兩邑稱之。《歸氏譜》載：『一銘著作尚有《小牕雜詠》，不得見。佩珊《繡餘續草》，前年從吴江諸氏鈔得，至此始成完本。他日當並梓而傳之。』壬戌首夏，初園記。

——丁祖蔭《二餘詩草》鈔本跋語

吾虞歸佩珊女士，巡道朝煦女，上海諸生李學璜室也。自號虞山女史，往來江浙間，爲女塾師。受業隨園，著有《繡餘小草》。此《續草》一卷，乃周莊諸宏肅舊藏，字體妍秀，蓋係手稿。乙卯長夏，從金天翮處假録一過，俟覓得《小草》，當任彙刊之役。虞山閨秀俊逸之才如女士者，已等鳳毛麟角，零脂剩粉，什襲猶香，彌可寶也。初我記。

——丁祖蔭《繡餘續草》抄

歸佩珊女史詩有丈夫氣，七律尤佳，與席佩蘭女史異曲同工。

——張祥河《關隴輿中偶憶編》，清道光刻本

予初娶於俞，次娶於鮑、於徐。當徐之未嫁也，痛父卒於粤西官舍，扶病歸予，經年未離枕席。吾父知其不起，命擇汪姬副焉。壬午初秋二日，吾父七十有九壽辰，稱觴之夕，夢庭棲白鳳數十，一墮予懷而醒。時虞山歸珮珊夫人館於巢園，夫人姬師也。謂姬曰：『若孕矣，夢兆必得佳兒！』明年秋，爲吾父大耋之慶，戲綵三日，子坦生。

——蔣焜《跋》，蔣坦《花天月地吟》，清道光刻本

歸佩珊名懋儀，常熟人。工部尚書昭簡公女孫，歸上海李復軒學璜。佩珊自幼即喜博覽，初學吟詠，秀句間發。既適李，切磋相長，伉儷間若師友，益肆力於篇章。復軒十試鄉闈，凡六薦，終不售，舉業既不廢。而佩珊尤樂此不疲，一燈雙管，徹夜吟哦，相與唱和，爲藝林佳話焉。所著有《繡餘草》、《繡餘續稿》，集外尚多佳什，茲錄其《歸寧琴川舟中雜詠》十首云：『忽忽小住又辭家，行李無多一擔賖。添得描金新匣子，半安詩稿半盛花。』『唱罷陽關解纜行，風前愁聽鷓鴣聲。一雙天外浮屠影，船尾船頭遞送迎。』『薫風力薄夏初交，滿地楊花似雪飄。遠樹微茫雲黯淡，吟魂多向此中消。』『川原風物望中舒，遠景青蒼畫不如。半嶺雲濃半嶺淡，一村樹密一村疎。』『青山隱隱暮烟浮，新月娟娟挂樹頭。十部蛙聲青艸路，分明鼓吹伴行舟。』『四圍緑樹間邨莊，小麥青青大麥黄。一種田家隨唱樂，農夫負耒婦提筐。』『江天一色水瀰漫，白鷺群飛過蓼灘。兩岸緑陰人不見，溪頭閑卻釣魚竿。』『數聲牧笛訴斜陽，水面清風送薄涼。開謝百花春已去，野田胡蝶尚尋香。』『聽得船頭笑語譁，自開鈿匣檢簪花。舟人指點

三叉路，好趁潮平直到家。』諸詩均情致藴藉，耐人詞誦，惜已遺其一矣。

——徐枕亞《枕亞浪墨三集》卷二『續冰壺寒韻』，清華書局一九二六年版

附録二　諸家唱和酬贈

一、男性文人酬贈

袁　枚

題歸佩珊女士蘭皋覓句圖

仙人謫下瓊瑤島，生長朱門讀書早。寫就簪花妙格妍，詠來柳絮清才好。客春曾見衍波箋，詩比芙蓉出水鮮。已把名香熏什襲，還將佳句付雕鐫。今來小泊申江渚，曳杖隨風扣仙府。蒙卿一見老袁絲，喜上春山眉欲舞。自言十載奉心香，俠拜甘居弟子行。一朵琪花天上落，也隨桃李傍門牆。白頭意外蒙矜寵，三日三來不停踵。卷袖親將鳩杖扶，抽簪還把茶甌捧。手贈雙銖金錯刀，更分雜佩解瓊瑤。束脩多是裝奩物，探出羅襟香未銷。匆匆潮落催回槳，惜別牽衣情怏怏。但願衰翁似白鷗，青溪黄浦頻來往。誰畫蘭皋覓句圖，仙姿蘭氣頗能摹。何妨添個西河叟，常許昭華問字乎。

——《小倉山房詩集》卷三十六，上海古籍出版社一九八八年版

歸佩珊女公子將余重赴鹿鳴瓊林兩宴詩以銀鉤小楷繡向吳綾見和廿章情文雙美余感其意愛其才賦詩謝之

三尺吳綾字數行，累君纖手費裁量。買絲想繡平原久，先繡《霓裳曲》廿章。

鏡檻風和鬢影斜，稀針密線不教差。遙知小婢私相訝，不是尋常慣繡花。

珍藏合把戒香薰，當作天孫織錦文。誇向河汾諸講席，門牆可有薛靈芸。

閨閣如卿世所無，枝枝筆架女珊瑚。將儂詩獨爭先和，領袖人間士大夫。和章千里寄來，而城中紳士尚無一人和者。

李蓍明歲試金鼇，千佛名經手自操。我勸唐宮針博士，替他留巧繡宮袍。郎君李安之。

——《小倉山房詩集》卷三十七

趙　翼

宗室公思元主人虞山女史歸佩珊各以詩來乞序同日寄到感賦

銀潢貴胄金閨媛，同日詩來乞齒芬。海內猶推識途馬，誰知老已不能文。

題女史歸佩珊繡餘集即寄

施嫱以美傳，誰識春風面。惟有才女吟，脱口易傳徧。一片靈妙心，世遠人尚見。所以閨閣姝，能詩務研煉。虞山歸佩珊，高門烜江甸。學從母氏授，情偕夫壻倩。慧業夙世深，晨夕事筆硯。閉門不見人，獨與古人戰。貽我繡餘集，兩詩乘韋先。氣兼鬚眉雄，學窮騷雅變。清芬空谷蘭，潔白澄江練。盥手一披尋，雋味耐咀咽。劉楨敢平視，杜牧但驚羨。有客持迂談，謂此太自炫。梱言且不出，況露文采絢。豈知絕世才，孰能作喑雁。解圍青幛紗，織錦回文線。風流自千古，壓盡青雲彥。何須女道學，塞嘿守庭院。愛名本同情，掞藻有獨擅。行看《玉臺詠》，增入《列女傳》。

——《甌北集》卷四十一，上海古籍出版社一九九七年版

味辛自松江歸述庵侍郎珮珊女史俱寄聲存問並知珮珊能背誦拙詩如瓶瀉水各寄謝一首

騷雅中誰識苦辛，正難物色向風塵。豈期白首新知己，翻在紅顔絕代人。繡出弓衣傳唱遠，拂來羅袖愛才真。拙詩背誦如流水，多恐汙君點絳脣。寄佩珊。

——《甌北集》卷四十七

龔自珍

寒夜讀歸佩珊贈詩有删除藎篋閒詩料湔洗春衫舊淚痕之句憮然和之

風情減後閉閑門，襟尚餘香袖尚溫。魔女不知侵戒體，天花容易隕靈根。蘼蕪徑老春無縫，薏苡讒成淚有痕。多謝詩仙頻問訊，中年百事畏重論。

——《龔定庵全集類編》卷十七，中國書店一九九一年版

百字令蘇州晤歸夫人佩珊索題其集（存目，見《繡餘詩餘》）

洪亮吉

讀歸方伯景照猶女佩珊詩冊率跋一首時聞方伯已從戍所旋里卽以寄之

每詡嬌兒筆陣遒，憶偕臣叔戍西鄆。李騰空仙不旋踵，段秀實歸仍戴頭。種樹經曾攜萬里，方伯在

塞外蒔菊，種至數百。簪花格已定千秋。東山絲竹真堪慰，各有深閨待唱酬。

——《更生齋詩》卷八，《洪亮吉集》，中華書局二〇〇一年版

再跋佩珊女史繡餘詩草

白髮詩人上玉京，謂許寶善侍御、吴蔚光祠部。詞壇今屬許飛瓊。豪吟偏欲關身世，積軸翻嫌錮性情。大海魚龍呈幻景，滿溪鷗鷺訂幽盟。自慚何福承拈線，不繡平原繡更生。客冬承親繡荷囊及詩筒見寄。

——《更生齋詩續集》卷一

壺中天 和女史歸佩珊韻即寄令叔方伯伊犁

從天試問，恁詞華、只付掃眉才子。百歲含愁容易過，經得幾番彈指。未盡名心，先抛世味，且復營書史。回看海水，比來清淺如此。　猶憶絕塞歸來，君家癡叔，憔悴何能死。寥落雁鴻千萬里，憑寄阿兄數紙。并說中閨，尤憐嬌女，詩思清如水。比來相見，怪他風味都似。

——《更生齋詩餘》卷一

陳文述

琴河女士歸佩珊謂余神似隨園感而有作

小倉山下萬株梅，想見山翁手自栽。江左文章寓公筆，人間花月謫仙才。名場壁壘誰千古，宦海波瀾又幾回。媿說風情似臨汝，西溪漁隱未歸來。

——《頤道堂詩選》卷九，《續修四庫全書》集部第一五〇四—一五〇六册

嶽祠西院題簡齋先生像

嶽祠西畔古花宫，人說桃源有路通。名小桃源。久以詩名推水部，今從畫像識山公。百年裙屐皈依後，六代江山嘯傲中。我是詞壇後來者，品題虚說李騰空。駱佩香、歸佩珊諸女士言余神似先生。

——陳文述《頤道堂詩選》卷十六

佩珊將旋雲間過訪湖樓有詩見貽賦此奉答

我正秋聲聽故鄉，君因羈思泛歸航。一堤烟樹羅裙濕，小閣雲山翠袖涼。閒詠青蘿依古岸，靜看

黄葉下斜陽。尊前莫更談天寶，惆悵麻姑鬢上霜。

——《頤道堂詩選》卷二十二

挽歸佩珊夫人

寒女神仙謝自然，青冥鸞鶴去如烟。殘山剩水江湖夢，斷粉零脂翰墨緣。桃李穠華留小影，華芸卿、黄蘭蕙，皆夫人詩弟子。蓬萊清淺感流年。何人解序絃歌集，一曲蒼涼話水天。

——《頤道堂詩選》卷二十七

答歸佩珊女史並勸移家吴門

十年前讀海棠詩，繡幕微吟想見之。《靜女》三章取彤管，碩人之賦此蛾眉。月能留影應呼姊，風解吹花合唤姨。只是雲容未曾見，碧天如水夢如絲。

頻年憔悴惜芳蘭，茅屋牽蘿翠袖單。水榭吟風雙管瘦，小樓聽雨一鐙寒。郎君文藻憐司馬，眷屬神仙憶采鸞。曾乞朝雲寫花葉，朱絃疎越起微嘆。

春江魚素泛桃花，密字珍珠寫韻紗。畫裏果然人似玉，妝成想見鬢如鴉。謝娘才語留新詠，班女能文是大家。一卷《金荃》數行墨，憑闌讀到夕陽斜。

海隅蕭瑟易悲秋，知爾眉痕不解愁。偕隱此間堪賃廡，學仙仍不礙居樓。春山大可香車度，緑水偏宜畫舫遊。我愧陸機稱地主，尚能掃徑待羊求。

——《頤道堂詩外集》卷六

佩珊有移居吳門之意有尼之者以詩見寄輒爲答之

烟波魚素翦鐙開，辜負閒庭掃亂苔。緑水不浮蘭槳至，青山虚望鈿車來。一編詩補題襟集，雙管花憐作賦才。惆悵江南花月夜，碧雲天際悵徘徊。

——《頤道堂詩外集》卷六

題戴瑤珍女士秋鐙課子圖蘭英

紅淚丹鉛刻意吟，青琴絃絶起哀音。新詩祗有嬋娟好，能寫嫦娥一片心。圖中詩以上海女士歸佩珊爲冠。

——《頤道堂詩外集》卷六

二月二十四日將去吳淞留别送者其二

已有雲帆待去津，且從宦海暫抽身。鶯花情重如留我，琴鶴裝輕恐累人。絳帳字勞攜酒問，童子范洵年十二，文章斐然。玉臺書寄隔江頻。謂上海女士歸佩珊。十年浮客南州路，鴻爪匆匆感夙因。

——《頤道堂詩集補遺》卷三

十四日過佩珊一燈雙管草堂用見贈韻奉答

女蘿門巷鎖青苔，花徑延緣爲我開。席屈之間參一座，女士家本琴河，花史圖中未列，意欲補之。蕊蘭而外此奇才。閑情花氣靜中覺，仙語月明空際來。同向試燈風裏坐，碧雲日暮各徘徊。

——《頤道堂詩集補遺》卷四

嫺卿女史過訪湖樓

補屋牽蘿翠袖寒，空山勞訪古袁安。多君高誼燕臺重，念我衰齡蜀道難。踏月女來尋畫苑，掃花人去冷詩壇。謂碧梧。琴河舊侶分明似，黃葉隨風殘釣灘。昔寓黃葉樓佩珊過訪。

——《頤道堂戒後詩存》卷四

弔歸佩珊夫人

黃葉樓頭問著書，舊游迴首美人湖。記曾蕊佩迴華袖，賸與文簫話繡襦。玉骨已埋香冢未，琅函曾入錦囊無。蓬萊淺淺揚塵日，嗟我黃粱夢未蘇。

玉女金童膝下有，『碧城花海樽前話，玉女金童膝下人』，歸佩珊夫人贈先室楹帖也。佳兒佳婦說無倫。如何先後同驂鳳，頓使悲歌感獲麟。余爲宜人小傳中有云：『宣尼絕筆於獲麟，若宜人者，亦余家之麟也，雖欲不絕筆而不可得也。』繼室管靜初以措辭過，嘗刪之，所見良是。然悲慟未有已也。一代高名冠同輩，廿年前事慰重親。墉城仙傳嘔心作，老淚琳琅更滿巾。

——《頤道堂戒後詩存》卷十

謝上海女史歸佩珊餉梅花水仙啓

月明林下，時見美人；烟暝江皋，慣逢仙子。翠羽羅浮之夢，明珠洛浦之遊。碧蘚偕白石同盟，暗香與清泉並遠。某林家舊隱，閉戶雙清；山谷新詩，出門一笑。羌亭亭以獨立，翩姍姍其來遲。藐姑射之幽姿，分明玉骨；萼綠華之小影，是此花身。花飛羌笛，江城黄鶴之樓；韻入湘弦，水榭白鷗之舫。

——《頣道堂文鈔》卷十一

蒹葭里懷歸佩珊

佩珊名懋儀，琴河閨媛，工詩，適上海李復軒秀才，往來江浙，爲閨塾師，若黄皆令、卞篆生也。曾館西溪蔣氏蒹葭里，西溪蘆花最深處也。

蒹葭深處讀書堂，一角紅闌對碧湘。風遞花香飄硯匣，月移松影上琴牀。坐來鶴渚疎烟暝，吟罷鷗波夢雨涼。我亦西溪舊漁隱，半灣秋雪憶斜陽。

——《西泠閨詠》卷十四，清光緒十三年（一八八七）刻本

蕭　掄

贈陳碧城

豪宕襟情瀟灑姿，果然標格似袁絲。美人月旦君何忝，歸佩珊夫人謂君神似簡齋，予亦云然。前輩風流我所思。此日碧城同翦燭，當時柳谷記談詩。替人終出西湖上，如此江山信是奇。

——陳文述《頣道堂詩選》卷九附（原無詩題，茲擬）

陳　基

李復軒招同康起山小集研餘書屋送劉杏垞歸楚次起山韻

石尤風急夜潮深，小集高齋暢素襟。楚塞烽烟歸客夢，江天涼月故人心。酒杯似海劉伶醉，詩扇如花衛女簪。佩珊夫人有詩扇贈行。偏我旅中頻送别，陽關三疊不堪吟。

——《味清堂詩補鈔》，清道光三十年（一八五〇）刻本

姚天健

秋牕和女史歸佩珊原韻

天籟發清音，牕前萬葉吟。紅蕉涼影卷，碧蘚晚烟深。病劇同秋瘦，愁多懶遠尋。金徽彈一曲，明月照人心。

秋江觀濤圖和女史歸佩珊題徐香沙學博原韻

我昔揚舲萬里奔，東南奇跡半乾坤。秋連衡嶽雁横塞，濤撼長江人斷魂。浩蕩金焦浮一氣，混茫日月欲平吞。展圖猶憶曾遊處，幾度聞鐘到海門。

——《遠遊詩鈔》卷六，清刻本

梁章鉅

題歸佩珊女史懋儀對梅小照

妝閣對寒花，春生道韞家。吹香風瑣碎，寫影月横斜。苔古入詩格，霜晴開畫叉。不須銅井路，千樹帶明霞。

——《退庵詩存》卷十三，清道光刻本

陸繼輅

滬城雜別

紅闌曲曲映波光，認得蓮華趙氏莊。溪鳥雙眠荷並蒂，聯吟人坐水中央。謂李安之、歸佩珊夫婦。

——《崇百藥齋文集》卷三，《續修四庫全書》集部第一四九六——一四九七册

仙蝶謠

錢通守文維喬、李兵備廷敬、祝編脩堃、林上舍鎬、孫孝廉原湘、劉孝廉嗣綰、徐孝廉準宜、舒孝廉位、樂孝廉鈞、孫孝廉爾準、莊上舍曾儀、屠主簿湘、改山人琦、徐明經碊、劉秀才珊、周秀才濟，女士席道華、歸佩珊，方外鐵舟、韻香同作。

仙蝶仙蝶好顔色，茘子分紅梅染碧。翩然一片羅浮雲，江南鶯燕羞青春。春光苦短看不足，平遠山房夜燃燭。當筵誰曳畫裙來，卻扇神光朗於玉。曼聲一轉花亂飄，春魂如絲隨蕩摇。金爐無烟玉樽冷，羅袖動香吹酒醒。不知可是蝶前身，三匝纖腰助嬌影。君不見，清溪靈蝠餐紅蘭，化爲玉女垂雙鬟。又不見，昆侖玄鶴學童子，丹砂在頂遨人間。清宵豔絶師雄夢，萼緑曾邀聽三弄。忍俊山靈更不禁，春駒偶解青絲鞚。千疊雲山十丈塵，伶俜空與護芳辰。故山自有雙

棲侶，莫向江南作雁賓。

——《崇百藥齋文集》卷四

潘奕雋

題蘭皋覓句圖爲歸佩珊女史

繡餘蘭徑日初長，佩珊有《繡餘詩稾》。小憩微吟坐石牀。花韻一欄詩脱稿，不知是句是花香。

——《三松堂集》續集卷一，清嘉慶十六年（一八一一）刻本

答歸佩珊女史見贈之什卽次原韻

寫韻樓高遠市塵，一枝斑管燦生春。評量不少詩書畫，贈答惟應形影神。垂老光陰須自惜，已涼鐙火漸堪親。人間歧路真無限，莫向長沮更問津。

三生一誤落紅塵，汩汩悠悠七十春。閉戶未妨如學子，攤書不是慕經神。早知夢覺渾無據，來詩有『自愧三生無覺性』之句，故用莊子語意。試問身名果孰親。活水心源憑自取，莫將斷港認通津。

——《三松堂集》續集卷二

佩珊用歸字韻見示對雪之作疊韻答之

飛絮簷前急，餘寒未肯歸。因之絕塵想，可以悟禪機。集葉松枝亞，封條梅影肥。草堂入畫裏，誰是陸探微。

三徑最岑寂，樵青踏凍歸。蟲猶甘蟄伏，鳥似慎樞機。冬釀盈尊湛，江魚入饌肥。無言僵臥冷，耳息正清微。

——《三松堂集》續集卷五

石韞玉

和歸佩珊女史歲暮雜詠八絕句

臘八粥

不須美酒宴嘉平，活火甘泉粥味清。野果山蔬任淩雜，齏鹽淡泊稱書生。

春餅

韭芽寸斷膾成絲，翠釜煎來仗餅師。留與吳均深夜說，補天妙技有誰知。

年餻

楚國餦餭舊制傳，親鄰饋問慶迎年。詩人今敢題餻字，只爲周官有鄭箋。

歡喜團

桃花米熟蔗霜寒，纖手摶成大小丸。老我欲登歡喜地，尚嫌骨肉未團欒。

祀灶

神道聰明正直先，王孫能媚亦徒然。不辭煬者來爭席，歲暮山廚未擊鮮。

掃室

一室塵埃淨掃除，幽居處處是精廬。不須大廈連雲起，但取明牕好著書。

爆竹

星星微火忽相催，一片喧騰似疾雷。賺得路人驚走避，不知俄頃卽成灰。

跳灶王

索室驅邪仗鬼雄，大儺元是古人風。老夫心已安禪久，恥效昌黎送五窮。

黃復翁見示與潘榕皋舍人暨歸佩珊女史疊韻唱酬之作見獵心喜戲和其韻

當代詩鳴者，開宗萬法歸。琴心三疊曲，錦字九張機。興假尋芳遣，辭因食古肥。波瀾推不竭，妙理總淵微。

佩珊見和東坡生日之作三疊前韻奉酬

寶蘇成故事，昔翁覃溪先生每有東坡生日之宴，因名其齋曰『寶蘇』。餐勝信如歸。天與生花筆，人傳織錦機。貧隨榮叟隱，詩較浪仙肥。聊效三松老，賡歌疊五微。

佩珊和前詩見投多獎飾之語依韻報之七疊八疊前韻

善作梁鴻婦，此生得所歸。食貧甘撤瑱，勸學故停機。慧業徵心妙，儒餐厭齒肥。舊家王謝盛，世緒嘆中微。

舉世談風雅，誰能識指歸。激昂揚士氣，清妙啓天機。菜豈容求益，瓜應笑市肥。即今班大家，詩學獨通微。

佩珊之壻李生學璜與婦各以詩篇見贈再答計十二疊前韻

九峯三泖地，有客嘆無歸。求友思張翰，論文就陸機。海魚同菜賤，鹽豉助蓴肥。經史如田好，休嫌祿入微。

劉綱夫婦好，白首慶同歸。道在貧而樂，心藏善者機。枯腸盡搜索，傲骨異癡肥。坦坦幽人吉，奚煩避險微。

再和佩珊十四疊前韻

儒雅閨中秀，當時衆論歸。宛然金在冶，應有石支機。心藴天生巧，身緣道勝肥。卻憐皋廡下，此日賞音微。

詞源真不竭，學海定知歸。獨抱淩雲氣，常爭掣電機。草看書帶長，筆埽墨豬肥。遥指銀河畔，明星近少微。

——《獨學廬稿》四稿卷二，《續修四庫全書》集部第一四六六—一四六七册

和歸佩珊女史九日之作與三松老人同賦

少年此日每登高，筋力今衰氣不豪。扶老常須笻竹杖，畏寒早御木棉袍。佩萸勝厭三災石，煮棗香生九烈餻。一紙新詩探律髓，迥殊時手隔靴搔。

鼎鼎年光總有涯，閨門風雅興偏賒。碧苔盡費吟詩紙，黄菊爭呼益壽花。幸有高賢真賞在，豈虞空谷德音遐。頽齡更要分陰惜，莫放飛騰暮景斜。

——《獨學廬稿》四稿卷三

舒位

題女士歸佩珊懋儀蘭皋覓句圖

分明翠袖倚風裁，佳句蒼茫拂緒來。占盡人間詩境界，萬山深處一花開。

儷雪青琴一曲閒，湘人門巷月彎環。定知得句還家早，夢到都梁縣裏山。

——《瓶水齋詩集》卷十二，清嘉慶二十一年（一八一六）刻本

孫原湘

李安之歸佩珊夫婦過訪下榻長真閣

昨夜鐙花報我開，雲中雙鶴果然來。留賓合取文君酒，埽榻愁無弄玉臺。會促難停長短漏，情多各注淺深杯。未妨守盡寒爐火，同撥心香未死灰。

酒花香雜墨花鮮，騰笑全家盡廢眠。歡喜眼前無俗溷，商量身後有詩傳。閨房跌宕奇才子，烟火韜藏古謫仙。鬭罷剡溪藤百幅，一星如月挂東天。

——《天真閣集》卷二十，清嘉慶五年（一八〇〇）刻本

送別安之伉儷

閣上雙星竟夕留，難傾海水注蓮籌。傳書預屬迎潮鯉，阻轍翻思喚雨鳩。童婢也知良會惜，神仙原要宿緣脩。蓬門一角雞棲地，曾作吳家寫韻樓。

——《天真閣集》卷二十

寄歸佩珊

雙棲何處睹梧桐，猶喜皋橋有伯通。一代才華奩鏡裏，十年滋味藥爐中。人原貧也非爲病，詩以窮而轉益工。寄語比肩樓上月，漫流清影照吟紅。

——《天真閣集》卷二十二

供硯圖

宋詩人王元婦黃娘亦有才思，元中夜得句，黃輒起然燭供硯以俟，好事者繪圖美之。陳小雲秀才與其配汪小韞夫人琴彈瑟應，較之王黃奚啻倍蓰。歸佩珊女士爲作供硯圖，屬予夫婦爲之題詠。

窈窕牕深月浸紗，起來雙笑對梅花。憐他繡被鴛鴦夢，孤負詩情十萬家。
推枕重吹寶炬然，一牀恰有兩詩仙。端溪璧友辛勤甚，也廢琉璃匣底眠。
蘆簾雙管鬬生春，衙濕香寒露似塵。僥倖翠奩鸜鴿眼，終宵長對比肩人。
我有讕言欲語君，筆花誰似左家芬。花前好捧紅絲硯，泥把簪花教右軍。
金鈴風瘦玉繩低，吹落吟聲小閣西。驚起翠禽香夢穩，梅花枝上一雙啼。

——《天真閣集》卷二十四

念奴嬌

殘臘赴上洋，訪李安之、歸佩珊伉儷，見示新詞，丁當清逸，使人歎李易安復見矣，輒和一首。

乘濤載雪，浪花中、搖盪扁舟詩思。借取春風，先十日、吹我飄然而至。縹緲雙臺，玲瓏一鏡，海色當牕起。詞仙妝閣，玉梅都帶仙致。　剛值柳絮吟安，黃花比瘦，響落琴邊脆。鏤雪團香才半幅，包得英雄清淚。玉管裁雲，銅弦彈月，輸與蛾眉翠。天寒孤倚，幾竿脩竹增媚。

又

下榻雙管草堂，與安之、佩珊煎雪敲冰，客愁若洗。明朝挂帆欲去，便將計偕，鞭絲塵轍，不知重溫清夢當在何時，用前調識別。

梅肥月瘦，弄清寒、閒鎖壺中幽翠。老鶴盤空，秋不語、也助停雲離思。墨雨香濃，簾波綠淨，此後思量地。霜風如翦，碧天彈與清淚。　他日錦字眠蠶，瑤函劈繭，何補今宵事。就使重來來亦去，爭似今番休至。鷗外沙涼，鴻邊雪盡，有夢如何寄。一帆行也，海波明鏡千里。

——《天真閣集》卷三十三詞一

王　曇

寄歸佩珊夫人懋儀兼柬奉長真閣内史席道華夫人並示内子

舊年滬瀆舟次，以太夫人合刻詩集及手書所制長短諸調新詞見贈。憶六七年前，虞山孫子瀟書來，謂長真閣内史席道華夫人欲與内子相見虎丘而不果。舊年虞山元日，曇見道華於長真閣下，時内子在西湖，卽欲爲兩夫人作《虞山清曠圖》而有所待。今年元日，重繹兩夫人詩，如雲璈仙奏，因屬内子爲《三逸圖》。憶前歲法時帆祭酒寄《三君詠》詩，以鐵雲姨丈、子瀟、曇爲江左三君，其事殊逸。兹詩所寄雖不足以紀彤管之盛，實爲《三逸圖》作先唱也。

鸚鵡樓頭一桁春，青綾幛下當朝真。神仙墮落爲名士，見帝莊嚴失寡人。粗品官銜加學博，史載女學士、博士等官。聰明菩薩變男身。相逢紫府高閒處，手版呼名一搢紳。

人號先生宋若華，若華在宮中稱學士先生云。韋姑絳帳隔層紗。宣文兩部齊《論語》，子婦同堂漢大家。

老子講幃嚴是母，秀才巾幗面如花。一門詞賦遷談在，安得諸兄筆硯誇。

海虞山下女相如，同擅清華賦《子虛》。紅粉闈圖前進士，簪花元白兩尚書。內家旗鼓龍門似，逸少鬚眉弟子居。難怪鍾嶸《詩品》少，一朝能得幾班徐。《詩品》謂漢五言不過數家，而婦人居二，謂班昭、徐淑也。僕謂近日閨彥又不翅數十家，而佩珊、道華無與爲比。

全把書生玉局掀，女媧天子勸臨軒。上官玉尺詩才子，及第金釵畫狀元。南國大羅三鼎榜，江東寒士女文園。來生我亦男身換，伏奏東皇萬萬言。

——《烟霞萬古樓詩選》卷二，《續修四庫全書》集部第一四八三冊

吳騫

常熟女史歸佩珊惜花小憩圖二首

賣餳天氣曉風和，綺陌初經社雨過。莫怪林間成久立，惜花人少妒花多。

謝家省識春風面，柳絮才高怨亦深。畢竟桃華生命好，《周南》傳詠到如今。

——《拜經樓詩集》續編卷三，《續修四庫全書》集部第一四五四冊

謝　堃

贈歸佩珊夫人

樓頭玉尺知名久，瀣上龍門識面新。夫人適上瀣李復軒先生。一代風騷數枝筆，千秋巾幗幾傳人。秦嘉夫婦原仙侶，班史才華有夙因。愧我歸帆歸太促，未從雪後見陽春。

——《春草堂集》卷四，《續修四庫全書》集部第一五〇七册

余　集

水仙子小令歸佩珊填詞圖後

緘幽懷，雲錦織回紋。脩恨譜，眉峯損翠痕。賦新愁，《漱玉詞》風韻。淡濛濛，牕戶陰。冷森森，不櫛書生。娲殘烟，銀鴨冷。敲雁柱，寶釵分。這次第，費幾許沈吟。

——《梁園歸棹録》，《續修四庫全書》集部第一四六〇册

馮培

題佩珊女史梅花影裏夜哦詩小照歸名懋儀，常熟人，工詩，上海李學璜室

清影動清吟，瑤華是寸心。花明疑不夜，來照瑣牕深。

才聚一門擅秀，體兼六代流葩。唱酬香染毫素，玉臺忙煞秦嘉。

繡倦尋詩耐薄寒，恰逢梅信到闌干。一時好句爭傳寫，人立蒼苔雪未乾。卽用其《繡餘詩草》中句。

——《鶴半巢詩續鈔》卷五，清嘉慶刻本

李林松

題歸佩珊女史懋儀詩稿後兼懷素如女弟

光威哀後見英靈，傾蓋題詩眼倍青。可惜依劉女王粲，年來書劍亦飄零。

秦嘉徐淑共敲詩，莫道多愁上鬢絲。知否五松秋夜雨，有人惆悵説班姬。

酬佩珊女史

不遣窮愁上筆尖，吟聲往往出重簾。遊經俗地人愈瘦，偷到詩囊賊頗嫌。儘有鬚眉計溫飽，自知癥結遲針砭。如何唧唧秋蟲語，猶費寒閨甲乙籤。

和佩珊女史韻

藥裏茶烟已半春，離懷猶惹病中身。江淮風雨孤衾共，海角鐙花客夢真。尚有綈袍堪買醉，爲誰金線恰忘貧。只愁鶴骨支離甚，又費裁詩一晌神。

春夢迷離我奈何，雨霖鈴後更蹉跎。遥知夜泊江干客，定有詩從醉裏哦。新曲《伊》《涼》驚入破，舊交羊左恐無多。皖公山色青青在，好付閨中作揣摩。

疊前韻酬佩珊

偏是詩人不耐春，伶俜潭影樹邊身。卻看稚子毛錐鈍，未必他生慧業真。家有蘇娘堪織錦，世無鮑叔況知貧。命宫磨蠍甘同劫，敢道文章昔有神。

著述戔戔算幾何，卌年壯志已蹉跎。書淫徹夜鐙先燼，筆秃經時口未哦。同病似君嫌病少，莫愁遇我怕愁多。和詩不覺鉛刀澀，坐有良工爲刮摩。

——《易園集》卷六，清道光十八年（一八三八）刻本

吴蔚光

歸懋儀字佩珊梅圃長女也適上海李公子近日來寧以繡餘草見示爲題二絶

琴水虞山女秀才，比年姓字噪妝臺。最清超席韻芬圓靈屈婉僊，鼎足今添老手來。

斷如蝯復慘如鷳，第一傷心夜雨篇。識字人生憂患始，是言誠不獨坡仙。

蘭臯覓句圖爲佩珊題

今古文章境日開，清機麗藻萬千材。天公儘放詩人覓，不是聰明覓不來。

縹粉濤箋紫玉池，濡毫捉管重遲疑。一分微似拈花笑，已到吟成得意時。

——以上《素脩堂詩後集》卷五，清嘉慶十八年（一八一三）刻本

佩珊以即事二首來因次其韻

善病長愁景倍匆，休從樹底覓殘紅。葵榴豔當三時節，梅麥凉餘四月風。舊事總如香已過，新詩還與繡同工。無邊情緒無窮味，蓄在簪花字格中。

次佩珊逸園即目韻送歸上海

來時飛絮去開荷，歸棹松江翦水波。家到真貧憂亦枉，人經中歲事原多。葛衣薄浣過黄鳥，兔筆新題帶綠螺。倘見白頭徐孝嗣，玉崖觀察。康彊爲問邇如何。

——以上《素脩堂詩後集》卷六

許乃穀

和歸佩珊夫人懋儀秋夜偶成二律韻

霜嚴風急九秋天，繞郭家家采木棉。老去令暉貽墨妙，伴他任昉枕書眠。新詩慷慨心如訴，舊稿商量手自編。莫嘆年來頭似雪，歲華瞥眼走雲烟。

午夜蕭蕭木葉聲，曲高屬和句難成。蹉跎歲月慚書劍，期許風雲愧友生。鴻爪留痕尋舊夢，辛巳冬曾遊滬上。鶴心警露守殘更。紅鮮轉漕勞當局，卻喜波濤海上平。

歸佩珊夫人寄和禮闈引避二律疊韻奉酬

得失雞蛩笑偶然，羲和白日漫加鞭。半生入世慚無用，千里深閨獨見憐。那有文章答知己，幾曾耕耨獲逢年。淄塵如霧人如海，辜負明湖水月緣。

孤山梅萼萬枝連，花接山光水接天。有鶴白雲籬畔立，伴儂香雪海中眠。回頭舊夢尋無跡，結屋前盟訂早堅。何日一鞭南澗路，岑樓覓句坐松顛。余舊題松顛閣詩，辱和者再。

——以上《瑞芍軒詩鈔》卷二，清同治七年（一八六八）刻本

熊士鵬

酬歸佩珊女史

風行秋水月臨潭，苜蓿清吟老學庵。借得美人詩筆好，流傳屈宋滿江南。

一船明月兩蘆花，佩珊有句云：『蘆花兩岸雪，明月一船霜。』半鑄黃金半護紗。聞說琴川窮更甚，何堪我亦

老天涯。

——《東坡詩集》，《清代詩文集彙編》第四四四册

吴鼒

辛未九既望子千子命酒梵福樓下索詩識之適女弟子歸佩珊以詩贈抑庵夫婦因次韻二首一謝子千子一呈伽音夫人

早聞金屋住神仙，望見仙都亦有緣。清和㶁聲今夕雨，涼催酒事晚秋天。初衣對客仍三沐，廣廈何時借一椽。欲展重陽佳句少，題餻才盡更堪憐。

慧心無礙本靈臺，日諷金經懺綺才。七寶座因清淨設，五香水爲吉祥開。樓下顔日清淨界，陳古器名花，搜羅奇祕都餘事。指點虛無自別裁。夫人能詩，深於禪理。多少芙蓉江上怨，幾生脩得倚雲栽。

——《吴學士詩文集·詩集》卷四，《續修四庫全書》集部第一四八七册

陳裴之

上海歸佩珊夫人懋儀以詩稿屬與允莊商榷爲題一律

愁說西風翠袖單，朝來芳迅報平安。美人香草逢秋瘦，仙子梅花耐歲寒。彤管才華傳不易，名山

事業定尤難。一編珍重千秋想，重與閨人剪燭看。

——《澄懷堂詩集》卷五，清道光九年（一八二九）刻本（又見《澄懷堂詩外》卷一，題作《珮珊以新舊吟稿屬與允莊商榷竟日而畢爲題一律歸之》）

陸紀泰

和佩珊曉起豫園觀荷韻

芙蕖迎曉日，如畫絢晴空。綠浸一池水，香搖四面風。玲瓏藏腕碧，縹緲妬顔紅。好句忽飛到，憑闌眺望中。

佩珊夫人用春洲花朝韻題贈拙藁即依韻奉謝

簪花詠絮致纏綿，脂粉香和墨瀋妍。慧眼直窺羣玉府，前身合住大羅天。春開畫閣誇雙管，復軒、佩珊吟詠處有一燈雙管草堂額。名噪詞壇驚四筵。拙草自慙還自幸，賜題語更比珠圓。

——《笏齋吟草》

何琪

題琴川女史歸佩珊蘭皋覓句圖

不獨多才福慧賒，唱酬況復得秦嘉。李公子復軒亦工詩。日長繡罷渾無事，吟遍湘南九畹花。

畫堂簾卷出神仙，笑我居然似昔賢。贏得歸來重惆悵，無由覓寄夜飛蟬。杜甫每朋友至，引見妻子，韋侍御見而退，使其婦送夜飛蟬以助妝飾，見《妝樓記》。

末學紛紛重玉臺，一篇擬古見心裁。若貪繪句雕章美，那愛龍門清妙才。女史論文，酷嗜遷史，《擬古》云：『我讀古人書，其文渾渾爾。吁嗟三代還，日誇雕繪美。』最爲心折。

何緣知己得閨人，豈有驚才邁等倫。賦贈新詩勝平解珮，笑他交甫不須論。時以詩扇見贈。

——《小山居稿》卷四，清嘉慶刻本

林鎬

安之招飲賦謝兼呈佩珊夫人

酒人一月不飲酒，夜夢酒星飛入口。故人折柬果見招，火傘撑空出門走。華堂瀟灑太守家，披帷先謁徐昭華。談鋒滿坐不敢起，卻愁步障施青紗。簾櫳晚來清露洗，銀燭無烟光潑水。朱盤四走紺珠圓，擎出來禽及青李。玉壺買春琥珀紅，掀髯一笑千觴空。天風不來渴虹渴，願吹海水添金鐘。人生快意惟良友，況對能詩兩仙耦。高歌痛飲足共豪，富貴浮雲亦何有。歸途缺月隨我行，飄飄兩袖涼飈輕。衙齋人靜官鼓歇，醉聞隔屋焦桐聲。

佩珊女史以小詩見貽疊韻六首

尚覺暑未退，誰知秋已深。殘燈聞旅雁，涼雨病貽禽。得酒開愁抱，聯牀慰客心。謂祁生。共憐妝閣裏，擁髻瘦眈吟。

小雨散還密，新涼淺復深。井梧時墮葉，園柳尚鳴禽。寥落中秋節，蕭騷獨夜心。姮娥知避客，水調莫長吟。

妙得風騷旨，從知醞釀深。詞源三峽水，文采九苞禽。月伴伶俜影，鐙憐宛轉心。渾將佳節忘，徹夜貴清吟。

羅衣應怯薄，秋到洞房深。詩思生涼雨，書聲動瞑禽。菱花寒映臉，蓮子苦同心。不忍抛團扇，長吟復短吟。

簿書官閣少，燈火客帷深。寶匣藏龍劍，雕籠貯海禽。易抛秋士淚，誰識暮年心。況復逢搖落，中宵萬葉吟。

工愁原善病，莫遣入秋深。好自和中藥，憑誰戲五禽。愛花休托命，覓句漫鏤心。倘比芙蓉瘦，如何尚苦吟。

——《雙樹生詩草》，清同治刻本

尤興詩

題歸佩珊表妹懋儀繡餘續集二首

燈下工餘暇，新詩又續成。天衣雲錦織，仙骨露蓮清。我最賡歌久，君原福慧並。休嫌覆瓿具，聲價重連城。

一卷先行世，迢迢二十春。初集壬子歲開雕。藝林多折節，閨閣有傳人。高擷虞山秀，爭鈔洛紙珍。當今女學士，寧獨號鍼神。

——《延月舫丙集》卷一，清嘉慶刻本

得佩珊表妹寄詩

彩雲一朵繞山隈，織就新詩費剪裁。子夜鐙殘螺墨淡，申江謂上海春申江。風送雁聲哀。寒淒髡柳霜鋪案，音賞牙琴月滿臺。笑我枯腸酒戶窄，懶窩拳曲撥鑪灰。

——《延月舫丙集》卷五

喬重禧

題佩珊夫人蘭皋覓句圖遺照即書繡餘續稿後

拈花隊裏女維摩，詠絮班中老付波。萬首詩傳閨閣少，七旬人總病貧多。傷心未薙當門棘，皸手曾牽補屋蘿。此後難抒莊叟達，老懷誰慰鼓盆歌。謂復軒丈。

——王慶勳《可作集》卷四，清道光二十九年（一八四九）刻本

王慶勳

題歸珮珊夫人遺稿

掃空粉黛格清新，觸處毫端露性真。難得佳人能享壽，相隨名士不妨貧。一編儻許分牙慧，十載偏遲識面因。愿乞天孫機上巧，七襄雲錦自超塵。

——《曙海樓詩鈔》卷三，稿本

劉樞

次韻答歸珮珊女史

步幛談經輒解圍，製書可食已忘飢。二分明月仙爲侶，一樹寒梅夢入幃。襪線應慚量玉尺，霞箋又喜到柴扉。瓣香試向針神祝，何處容窺錦字機。

殘春即事和珮珊夫人韻

紅卷珠旛颺薄颸，東風無力替扶持。人緣多累難成佛，病可消魔只有詩。到眼繁華春竟老，沾泥心跡夢仍癡。早知此日添惆悵，悔看花開到謝時。

——《西澗舊廬詩稿》卷一，清同治十年（一八七二）刻本

二、閨秀酬贈

龔玉晨

喜歸佩珊夫人見過並謝見贈之作

知是湘娥與洛神，重勞佳句贈清新。碧城花海尊前話，玉女金童膝下人。見贈句。弱柳生姿嬌入畫，名花含笑語生春。謝庭風絮才無匹，媿我尊前試效顰。

抱孫謝佩珊見贈之作夫子官奉賢雙玉如意復還名以如意因詠其事

如花人早慶含飴，見贈句。多謝嬋娟絶妙詞。纔是秦庭歸趙璧，真如蓬島採華芝。三生有幸因緣在，四代同堂里鄙知。有約來朝湯餅會，更期佳語祝佳兒。

——《璧月樓詩存》，清道光二十一年（一八四一）刻本

胡相端

口占寄佩珊姊

香車有約過蓬門，一卷新詩待共論。不見珮環花外至，累儂佇立到黄昏。

偕佩珊姊過玉松太守涵碧樓留題

十二紅牕面水開，琉璃浮碧淨纖埃。一宵雨過春波長，無數驚鴻照影來。
四圍只與萬花鄰，景色更番到眼新。昨夜月明渾似畫，吹簫定有倚闌人。

十九日偕佩珊姊重過涵碧樓小集以長女淑賢寄漱霞夫人膝下再呈四絕句

神仙夫婦共憐才，容我論詩拜玉臺。指點花津一灣水，兩番挈伴蕩舟來。
花下瓊筵泛碧觴，玉梅早綻水仙香。拈花各賭藏鉤巧，不覺沈沈漏點長。
拂面東風雨脚斜，春鐙尚鬧萬人家。不嫌今夕雲遮月，爲有樓前火樹花。

隨行稚女太嬌癡，偏荷垂憐阿孾慈。小草自慚根太弱，寄生許附最高枝。

——《散花天室稿》卷一，清刻本

季春十日偕佩珊姊暨珠林同硯遊南園諸勝歸成三絶

風光又是暮春初，百卉芳菲一雨餘。宛轉流鶯隔牕喚，踏青同上七香車。

名園相接徑逶迤，差喜尋春不算遲。綠護曉烟紅滴露，牡丹恰好半開時。

畫□□沼新亭榭，怪石奇松古洞天。游遍城南更回望，□□黃煞菜花田。

——《散花天室稿》卷二

答歸佩珊夫人六首

心香遥奉十多年，問訊頻思託寸箋。忽喜九天珠玉墮，臨風合掌拜花前。

學吟偶取一編呈，多感題詞費品評。好句勝他皇甫序，從今轉恐負虚名。

閨閣篇章近代工，繡餘妙句更玲瓏。蘐闈自有相傳譜，超出蒼山女弟中。

奇才休說少人知，萬口爭傳詠古詩。想到草堂花月夕，一鐙雙管苦吟時。

清貧爭得百無憂，茂苑吳淞往返遊。水曳羅裙山掃黛，年年慣趁美人舟。

一面緣慳注想殷，連宵夢繞海邊雲。妝樓許結清吟侶，開到桃花定訪君。

——《抱月樓小律》，胡文楷鈔本

沈菉

題歸佩珊女史懋儀詩集

閒倚晴牕展一編，那禁讀罷思悠然。不能問字妝臺畔，自笑癡生十六年。

靈秀偏教鍾一身，才多命薄也前因。盈胷錦繡貧難救，一度吟來一愴神。

未曾識面早心知，不是尋常弄粉脂。渾厚清新無慷慨，真堪壓倒等閒詩。

——《小停雲館詩稿》，稿本

王倩

丁巳孟夏偕竹士外子就館上海得晤歸佩珊夫人一見情深三生因在訂金蘭譜證文字緣既憐同病以贈言試擘短箋以誌感

居然針芥兩心投，絮語依依水閣頭。情重忍教三日別，詩成冷帶一分秋。生涯侶我真同病，少小憐君未慣愁。甚欲傾盂相慰藉，不禁棖觸淚先流。

讀徧人間書五車，愁磨病累負年華。駐顏那覓君臣藥，憶遠休栽姊妹花。剪燭論心知己少，擁衾尋夢覺寒加。從今我欲誇閨伴，得共姮娥共一家。

午日孟心芝夫人招同佩珊香卿兩女士宴集也是園水閣

玉女招邀宴碧池，羅衣剛換浴蘭時。踏青好鬬宜男草，剪綵爭纏續命絲。水鏡綠搖雲鬢影，酒痕紅上石榴枝。無端觸起他鄉感，菩薩低眉笑我癡。

題繡餘續草後

詠絮吟椒字字新，天花吹不墮紅塵。讀書那肯沾牙慧，玉尺衡量到古人。

思親憶妹棹歸舟，是自情多易惹愁。想見玉臺勤覓句，日高簾幕未梳頭。

推袁御李共皈依，當代清才似此稀。慚愧儂家仙骨少，翻勞龍女夜傳衣。時以春衣見贈。

和佩珊題美人折花拜月曉妝春睡四圖詩

好花欲折意遲遲，費盡芳心只自知。插鬢料量宜稱否，忍寒仰偏最高枝。
玲瓏裙帶遠拖烟，親爇旃檀碧檻邊。癡向月娥含笑祝，郎歸休缺去休圓。
曉妝無力整雲鬟，鏡裏脩蛾綠一彎。刪卻尋常眉譜樣，別翻新稿畫秋山。
枕安琥珀帳流蘇，春夢沈沈入畫圖。忽地玉顔成一笑，睡鄉情況蝶知無。

次韻佩珊詠所居室同竹士作

未夜窺簾有月光，客居情況試評量。鐘和鈴柝喧變夢，人與琴書共一牀。簷淺雨常飄鏡濕，坐深茶爲改詩涼。破愁賴有同心侶，笑語相聞隔短牆。謂香卿。

次韻奉酬佩珊雨夜見懷之作

那有聽吟絕妙詞，試妝無力卷簾遲。春風別後情懷懶，小病懨懨瘦到詩。
想見拈毫倚畫樓，相思奈此夜悠悠。無眠癡向殘釭問，照盡人間幾許愁。

題佩珊弄花香滿衣小影

陰陰楊柳護亭臺，深院尋芳日幾回。才折一枝花在手，怪他蝴蝶亂飛來。
開殘桃李景芳菲，拂袂沾襟片片飛。卻怪金閨諸女俗，只將篤耨徧熏衣。

夏日心芝夫人招同佩珊仁姊香卿仁妹再集也是園時味莊師亦宴幕下諸君子於水榭詩以紀事同竹士作

愛才當代有先生，士女雙招宴碧城。近水簾櫳消暑氣，隔花絲竹帶蟬聲。羣仙飲罷知誰醉，勝地重來恰有情。新月替人留客住，晚涼庭院越分明。

新秋夜露坐有懷佩珊

蟲語淒清夜未央，半簾秋意夢瀟湘。短牆螢定露華濕，小院月明人影涼。消渴最宜茶味苦，深談不厭漏聲長。遙知畫閣枕吟客，應倚欄杆望雁行。

佩珊仁姊臥疾經旬屢欲詣問以病眼不果寄懷二首

惆悵同心侶，如何病也同。拚將雙目瞑，那便萬綠空。花好疑遮霧，簾疎怯射風。此情誰與訴，真似可憐蟲。

玉漏遲遲滴，金鈴細細聞。鐙昏深院雨，人臥曉牕雲。笑我難成寐，知君瘦幾分。連宵相憶苦，不爲惜離羣。

竹士歸自清江知隨園老人舊病頓瘥詩以誌喜並寄佩珊

一片歡聲逼耳來，驚傳杖履去江隈。急將寢食從頭訊，聽到平安笑口開。一紙新詩收涕淚，有告存詩見示。幾宵遠夢繞樓臺。拈毫先報閨中侶，共轉彌陀百八回。

病起詣別佩珊仁姊兼酬贈行之作

漫說情如海，情還比海深。青鐙前夜夢，紅豆一生心。歸去非秦贅，詩成有越吟。知音難再覓，斫碎伯牙琴。

偶抱維摩疾，勞君苦費思。對花增別恨，研淚和新詩。猝爾歸何忍，翻叫病誤期。相逢愁轉甚，此會是分離。

別後寄謝佩珊

揮手上孤舟，申江水急流。廢餐端爲別，工病況當秋。悲極翻無語，情深各自愁。知君含淚送，不敢再回頭。

得佩珊抱病消息詩以奉懷

傳來消息恨何如，抱病無端旬日餘。最憶擁衾人臥久，藥香薰透繡牀書。

抛殘筆硯舊生涯，刀剪中宵月半斜。移竹試看屏菊影，可憐人瘦不宜花。

——以上《問花樓詩鈔》卷二，清嘉慶刻本

次韻答和佩珊雨牕感懷

吳儂苦把錦囊搜，棖觸離懷恰有由。殘醉未銷容午睡，輕陰不散弄春愁。頻頻裁簡惟封淚，草草傾襟感聚漚。偏是浮雲遮遠目，海天何處望妝樓。

暮春寄懷佩珊

何處清歌怨落梅，落梅風裏強登臺。相思恰與爐烟似，綰就同心解不開。
明明期約證相逢，可奈仙源少路通。連夢也愁難得到，春來夜夜是東風。
乍暖還寒近麥秋，小牕聽雨下簾鉤。春陰似夢花如睡，天與離人畫出愁。
一語丁寧寄錦鱗，須教珍重苦吟身。月明深院休貪坐，露重花涼最損人。

夏夜寄懷佩珊即次豫園春遊見寄元韻

小閣玲瓏倚碧雲，疎簾滑簟淨塵氛。相思入骨人千里，照影當頭月九分。棲樹烏歸涼夢覺，隔溪花語妙香聞。攤書偶撿新書劄，愁緒離言總不羣。

答和佩珊夏日見懷之作即用元韻

小字銀鉤反復看，情深一往古來難。新詩便是清涼散，那用冰桃沁齒寒。

伶仃賴有姊相憐，索處偏教二豎纏。我已無家郎作客，催歸兩兩負啼鵑。

暫來芸閣擘鸞箋，時歸寧一梧齋中。偹竹高梧別一天。最好卷簾清似水，綠雲滿地枕琴眠。

蕩槳池塘思悄然，小鬟喧笑畫橋邊。折花莫折青荷葉，留蓋鴛鴦作對眠。

去年九月初六日與佩珊話別上海署齋今又屆是期矣撫今追昔不能無詩

又見東籬月，驚心是此宵。淚痕猶在袖，風影不聞簫。贈遠搴黃菊，吟秋剪綠蕉。催人何太急，惆悵晚來潮。臨行時爲潮所促，匆匆而別。

贈李復軒再用佩珊豫園春遊見懷詩韻

曉夢吹來海上雲，謫仙居處遠塵氛。三重障撤容儂拜，一石才多許壻分。最好玉臺消福慧，合將妙果證聲聞。自憐恰似雙飛燕，未得常依鸞鳳羣。

——以上《問花樓詩鈔》卷三

久不得佩珊書聞其愁病纏綿入秋彌甚詩以寄之

聞道秦樓侶，秋深病未蘇。怯從來雁問，瘦侶去年無。懶展新裝卷，近以頻年見寄書劄詩幅並裝潢成卷。愁披舊贈繻。可堪離別淚，滴地變蘼蕪。

小閣雨冥冥，驚寒語玉玲。詩從誇落絮，風不聚浮蘋。仙藥從誰覓，牙琴記共聽。相思中夜苦，夢斷一鐙青。

——《問花樓詩鈔》卷四

元夕得佩珊書卻寄

百年禁得幾風波，紅鯉傳箋喚奈何。聽雨已拼負元夕，懷人無奈隔銀河。也知儂命三生薄，不信君愁一石多。同調誰憐又同病，唾壺擊碎和悲歌。

畫梅寄贈佩珊並繫以詩

憔悴祇應老薜蘿，天寒翠袖怯淩波。美人莫問春愁樣，恐比繁花一倍多。

寫成小影寄情深，定累妝臺費苦吟。酒醒鐙涼渾作伴，相思休遣夢來尋。

秋日重登分宜城樓寄懷佩珊

畫棟居然據上遊，重來難認舊林丘。青山四合雲埋郭，黃葉無多樹變秋。結伴鷗盟叢荻渚，望鄉人戀夕陽樓。相思漫說愁如水，迢遞何曾到海流。

題芍藥扇贈佩珊

劇思難消婪尾杯，濃香熏夢近羅幃。一枝寫贈君應識，莫似春風草草歸。

——《問花樓詩鈔》卷七

清平樂雨夜寄佩珊

沈沈夜雨。夢也難尋去。留得殘釭和影語。香冷藥烟一縷。　隔牕花漏遲遲。替人暗續相思。央及紅鱗六六，莫將病訴伊知。

——《問花樓詞鈔》

季蘭韻

歸佩珊懋儀夫人以詩稿見示率呈一律

傾襟十載仰才華，奈隔横塘一水斜。此日幸親林下范，春風徐拂後堂花。量材可借昭容尺，授業甘搴宋氏紗。安得追隨妝閣裏，移來桃李女兒家。

佩珊夫人以琅琊女史葬花詩見示命次原韻

薄病情懷高閣中，連朝雨雨又風風。傷心欲向東皇訴，底事花開便落紅。
悵望殘英淚滿腮，一番收拾一低徊。可能把我愁千縷，同瘞深深淨土來。
惜春心緒自年年，怨海情波詎可填。願得零香兼剩粉，齊歸蓬島作飛仙。
情天欲補乞靈媧，今古茫茫願望賒。悼惜芳魂兼自悼，一生薄命不如花。

——以上《楚畹閣集》卷二，清道光二十七年（一八四七）刻本

寄佩珊夫人

三日追隨願已償，一番離緒又茫茫。聚時詩恰相酬答，別後情方見短長。才拂春風沾雅化，又從落月想容光。此身不及紅襟燕，且得翻飛到畫堂。

——《楚畹閣集》卷三

己卯秋佩珊夫人以圓硯雲箋玉約指繡羅襪見贈今倏五載矣偶檢來函率成二律

渺渺伊人隔遠天，朵雲珍重墨痕鮮。春風噓拂曾三日，舊雨迢遙倏五年。手足許聯慚倚玉，夫人欲與余訂姊妹盟，贈約指、羅襪，取手足之義也。詩書俱拙愧題箋。知君贈我團圞硯，要共心堅翰墨緣。

又屆西風落翠晨，紅萸不稱伴愁身。得邀過譽情非假，難慰相思恨莫伸。鴻爪雪泥惟跡剩，畫梁明月當顏親。不知此日題餻字，憶否樓中寂寞人。

——《楚畹閣集》卷四

寄佩珊夫人卽次見懷詩韻

前聞小病繫愁腸，臨發匆匆意渺茫。相隔竟如千里遠，無眠深苦幾宵長。才華誰足傾斯世，恨事知難問彼蒼。手疊瑤箋寄妝閣，又添君淚兩三行。

——《楚畹閣集》卷五

題黃紉蘭女史二無室吟草次歸佩珊夫人韻

崇嘏丰神展卷親，得消清福爲安貧。妝臺觸我孤吟況，藥裹憐君善病身。卅載持家心力瘁，一篇述祖性情真。女史有《述祖德》詩。遙知椎髻拈毫處，紙閣蘆簾絕點塵。

——《楚畹閣集》卷六

晤方叔芷若衡夫人知佩珊夫人已於去歲卽世檢閱其所貽詩劄愴然有作

浮生聚散等摶沙，驚聽紅閨失大家。我感深情思往事，傾心不獨仰才華。

相親三日許聯盟，一別堪憐竟隔生。鐙下重將遺墨展，數行清淚爲君傾。海內才名重玉臺，才能憎命不需猜。精魂若再臨塵世，需要雙脩福慧來。佩珊貧而無子，晚年窘況殊甚。

——《楚畹閣集》卷七

前聞佩珊夫人即世並作挽歌今聞夫人尚在不能無詩漫成二律

妝閣靈光殿，才名仰大家。無端傳錯誤，不禁起諮嗟。一卷裝唐韻，連篇唱楚些。君知休失笑，奇事類杯蛇。

亦有前緣在，交因翰墨深。多君情款款，使我意欽欽。流水高山曲，千秋萬古心。紅閨同調少，知己最難尋。

——《楚畹閣集》卷九

題佩珊夫人所貽書劄後

絕代聰明筆一支，瑤華展閱動離思。言愁畢竟貧非病，論福從來慧讓癡。夫人無子且貧甚。累我頻彈知己淚，感君苦作憶儂詩。今生文字姻緣好，只有蓮臺古佛知。

——《楚畹閣集》卷十

汪端

詠古四首和琴河歸佩珊夫人懋儀

郭汾陽

力平燕寇和回紇，兩使唐家社稷全。一代威名邁光弼，千秋知己屬青蓮。惟憑忠信銷饞口，聊藉笙歌遣暮年。翻書良弓高鳥案，不須身上五湖船。

張睢陽

宿將潼關盡棄兵，江淮保障在儒生。空倉鼠雀充軍實，落日風塵聽笛聲。殺妾臧洪同義烈，上書李翰表忠貞。南雷共殉孤城沒，曾否君王識姓名。

李鄴侯

未許衡山卧白雲，立譚河朔靖風塵。勳參郭令才原大，跡似留侯術更醇。忠諫兩朝全太子，苦心數語保功臣。休譏暫佐江西幕，自古神龍善屈伸。

文信國

小樓冀北臥三年，正氣長留天地間。滄海君臣冤魄冷，空坑將士血花斑。何勞生祭王炎午，尚有同心謝疊山。柴市捐軀本無恨，黄冠肯望故鄉還。

琴河歸佩珊夫人懋儀過余白環花閣酌酒焚蘭言歡竟夕且出示所著繡餘續草因書四律於卷首奉答見贈之作

料得前身住十洲，湖山清氣一編收。春風鶴市新吟館，夜月琴河舊畫樓。拔俗詞華偏迕俗，悲秋心事怕逢秋。怪來筆底無金粉，嵩岱曾爲萬里遊。

列戟門庭記謝王，虞山聳翠海山蒼。蠹餘遺墨珠璣麗，君母李夫人著有《蠹餘吟草》。鴻寶新編蕙芷芳。君姑楊夫人著有《鴻寶樓集》。文淑才名並卿子，宛君家學授瓊章。璇閨自有淵源在，不獨心香奉小倉。

憑廡臯橋又幾年，歌離弔夢亦辛酸。女蘿古屋青鐙澹，脩竹閒庭翠袖寒。鸞鳳無心憐瘦鶴，菉葹何事妒芳蘭。才人自昔悲遭際，莫恨蛾眉稱意難。

十載芳徽繫夢思，相逢喜值試鐙時。看君甲帳書唐韻，共我辰樓讀楚詞。古瑟清和湘女賞，疎梅淡泊素娥知。同心敢説忘年友，合向紗帷禮導師。君以蘭譜贈余，約爲姊妹，愧不克當。

——以上《自然好學齋詩鈔》卷二，清同治十三年（一八七四）刻本

新秋書寄佩珊

葉墮疏桐暮靄收，西風又到古長洲。愁中遠笛吹涼月，花裏明河近畫樓。幾日同心成小別，四時多感是新秋。知君繡幕題詩夜，怕見清光上玉鉤。

佩珊書來以詩稿囑爲點定題一律歸之同小雲作

一紙瑤華氣勝蘭，論詩愧說兩詞壇。吟殘畫閣秋風冷，坐到羅幃夜月寒。白璧微瑕容我指，紅閨知己似君難。從今絕代生花筆，莫付紛紛俗眼看。

秋夜寄佩珊

秋雨疎篁夜濕螢，蘭釭星焰照羅屏。西風落葉尋常事，一憶知音不耐聽。前身合是黃皆令，垂老窮愁託詠歌。一語寄君須自愛，掃眉才子已無多。近聞晨蘭夫人之訃。

送佩珊歸申江

臨歧珍重勸加餐，風絮雲蘋會易闌。故里得歸貧亦好，盛名兼福古原難。暮潮黃浦帆初挂，明月朱樓夜正寒。怕見落霞琴在壁，幽蘭淥水向誰彈。

題佩珊蘭皋覓句圖

弔夢歌離一種才，美人花向筆端開。西風作意涼如水，莫更蘭皋覓句來。

——以上《自然好學齋詩鈔》卷三

席佩蘭

歸佩珊蘭皋覓句圖

展卷如聞沅芷芳，詩人生小過瀟湘。細思不是幽蘭氣，原是伊家舌本香。

眼前詩境日安排，覓得全憑妙剪裁。亦有不勞尋覓處，半空天籟自飛來。

筆花朵朵豔吟毫，幽怨天生近楚騷。尋得詩魂香一縷，閉門隨處是湘皋。

翠袖亭亭倚竹寒，手鋤明月種幽蘭。詩人自愛清貧好，欲覓黄金比句難。

題歸佩珊繡餘詩稿

碧桃花下寫烏絲，生就聰明筆一枝。脱口定兼仙佛氣，高情不比女郎詩。
量來玉尺才無敵，度盡金針世豈知。直把清吟作餘事，幾曾妨卻繡工時。
其人與筆兩如仙，不食人間一點烟。脩到梅花身見在，悟來明月事生前。
支持病骨詩俱瘦，洗盡鉛華玉自妍。同聽河汾親講授，輸君獨得小倉傳。

余既題佩珊蘭皋覓句圖亦以拈花卷索句極承雅愛並寄即事二章次韻以報

綠陰如水長匆匆，又見肥梅熟綻紅。荷脆乍聽微著雨，竹香偏愛逆來風。同心例得爲詩友，謀面緣還借畫工。欲訪伊人隔秋水，思量只在暮雲中。

一緘詩共片雲停，正好瀟湘午夢醒。捧出花從天上落，吟來鳥亦樹頭聽。松因同類尤憐柏，絮有他生定合蘋。想得綠牕添線罷，雙眸長對遠山青。

佩珊寄示詩集

秋風渺渺正思君，寄我瑤編海上雲。清響似聞仙佩下，丹誠先把佛香熏。全家世有詩文集，中饋人收翰墨勳。若準當時崇嘏例，能繩祖武讓紅裙。夫人爲惺崖殿撰女曾孫。覓句曾看畫裏妝，果然字字帶蘭香。掃眉自用生花管，得意親裁古錦囊。衣缽若論原共席，音塵未接枉同鄉。輸君得傍龍門住，謂李味莊先生。才思如潮嘆望洋。

佩珊惠寄繡裙阿膠詩以報謝

瑤筐捧出五雲鮮，更荷丹爐藥餌傳。因我無衣勞遠念，知君同病最相憐。報宜絲繡才能稱，情比膠黏更自堅。從此消寒兼卻疾，一春吟健萬花前。

疊前韻寄佩珊

朶雲飛下墨痕鮮，情向雙魚腹裏傳。兩地寂寥花對語，一春消瘦鏡相憐。未應路遠魂俱阻，轉爲緣慳想亦堅。百八數珠長在手，六時吟諷佛香前。

佩珊屬題弄花香滿衣圖

羣蝶繞身不肯飛，花香直透三重衣。我道真香在骨裏，此意不令蝴蝶知。園林雨過萬花落，換卻春衣置高閣。經時開看滿屋香，曾是散女天花著。明年和風春日長，花枝錦繡圍蘭房。美人閒卻弄花手，浴罷明珠還弄璋。時佩珊方有占熊之夢。

——以上《長真閣集》卷五

佩珊賀子瀟登第詩有卻笑秦嘉才絕世一生低首鏡臺前之句次韻奉答並送歸上洋三首錄二

一斛珍珠十斛愁，草堂雙管鬭風流。女媧若使開金榜，應點蛾眉作狀頭。

西風草草送還家，愧我金樽就未賒。歸采珊瑚滄海上，不知紅豆幾時花。

佩珊小寓吳門寄示近著次韻代簡

采芝吳苑暫勾留，鏡鑑書牀足小休。釣水月鉤偏釣恨，埋春香塚不埋愁。種蕉陰碧關心雨，秀麥寒深透骨秋。記得故鄉風物否，何如來挽鹿車遊。

楝子風流逼晚涼，懷人心事怕斜陽。一條帶水如千里，半幅襟書只兩行。安得彩雲移步輦，空餘明月滿雕梁。仙蹤只在金閶路，夢裏尋君便渺茫。

——《長真閣集》卷六

寒夜喜佩珊至

乾鵲爭鳴雪後枝，仙雲一朵降茅茨。定緣夙世盟心在，已恨今生識面遲。高論盡除閨閣氣，名家不作女郎詩。雙鬟煮茗供清話，忘卻更長瞌睡時。

送別佩珊和夫子韻

五兩風輕且莫開，手攀仙袂問重來。盟香尚暖金爐注，並影難留玉鏡臺。情重珠拋臨別淚，家貧茶當餞行杯。越羅帕上蒙題句，一日還看十二回。

——以上《長真閣集》卷六

寄佩珊

吹氣如蘭是麗娟，小樓三宿住神仙。思君只看樓頭月，遠在天涯近眼前。

——《長真閣集》卷七

壺中天歸佩珊雨牕填詞圖

水雲如墨。弄秋陰、釀出一天詩意。恰好個人新病起，愁又挾秋而至。草褪紅心，苔酣綠髮，繡徧淒涼地。簾兒風揭，牕兒卻被風閉。　一任小女題餻，雙鬟送酒，有甚閒情致。只看雨零蕉葉上，悟出美人前世。癡惜花魂，嬌憐蝶病，減盡眉邊翠。擲毫而起，干卿畢竟何事。

——《長真閣集》詩餘

吳　藻

百字令讀繡餘續草題寄歸佩珊夫人

似曾探到，者麗珠顆顆、光輝不滅。妙手都從天際得，果是裁雲縫月。半面緣慳，千回夢想，一瓣茗香爇。驚才絶豔，玉臺無此人物。　聞道近日宣文，絳紗幃裏，弟子紅妝列。别有傷心圓缺感，漸漸鬢華如雪。日暮天寒，賣珠補屋，此境和誰説。讀君詩罷，爲君宛轉愁絶。

——《花簾詞》，清道光二十四年（一八四四）刻本

曹貞秀

題虞山閨秀歸佩珊詩卷

老姥當家愧不才，虀鹽堆案硯封埃。羡卿紙閣清於水，猶自吟紅拾翠來。

——《寫韻軒小稿》卷一，清嘉慶九年（一八〇四）刻本

戴小瓊

贈歸佩珊夫人

之子閨中秀，翛然鸞鶴羣。幽懷淨冰雪，高詠絶塵氛。相隔渺烟水，所思空白雲。藕花香陣裏，理棹擬尋君。

——《華影吹笙閣遺稿》，清道光二十五年（一八四五）刻本

沈　轂

題歸佩珊夫人惜花小憩圖

飄然竚立柳陰東，掃盡鉛華絕代中。詩思妙如流水活，襟懷曠與古人同。庭餘夜色看殘月，衣襲花香怯曉風。寄語封姨勤護惜，莫教狼藉小桃紅。

——《白雲洞天詩稾》，清咸豐元年（一八五一）刻本

朱淑均

哭歸佩珊女史

小劫紅塵滿，瑶池控鶴遊。優曇原一現，閨閣亦千秋。此日增悲感，當年共唱酬。泉臺應舍筏，回首暮雲愁。

別來音問杳，聞訃倍心驚。人本如花弱，詩真似水清。傳名憑後世，成佛定前生。同調傷先逝，臨風涕淚並。

——《分繡聯吟閣稿》，清道光十七年（一八三七）刻本

朱淑儀

夜坐有憶寄歸佩珊女史上海

綠牕絮語可憐蟲，薜荔衣單怯晚風。滿地輕陰涼月白，一簾微雨落花紅。梁泥已掃還留燕，錦字初緘未寄鴻。把袂拍肩何日遂，佩珊前題余姊妹集有『把雙成袂，拍飛瓊肩』句。相思悵望海天東。

——《分繡聯吟閣稿》

徐　貞

題歸珮珊惜花小憩照

霓裳月佩寫留仙，不是桃源別有天。只向花前成小憩，蓬萊少謫已千年。

——《珠樓遺稿》，吳騫《拜經樓叢書》本

馮蘭因

酷相思　懷歸佩珊

爲問儂愁愁有幾，道江水、深猶未。就剪斷、蓮絲剖綠薏。心上也、難抛棄。眉上也、難回避。相思看得何輕易，受盡酸辛味。待驗取、癡情真與僞。衾枕也、千行淚。衣袖也、千行淚。

——徐乃昌《小檀欒室閨秀詞鈔》卷十二，清光緒刻本

周曰蕙

贈歸佩珊夫人

君是仙才謫，歐陽堅賦詩八絕，以『歸佩珊人說女仙才』分冠其首。文名冠一時。詩書誇富有，風雅賴扶支。獨得瓣香久，夫人之母李一銘、姑楊蘋香，俱能詩。偏嗟會晤遲。維摩常示病，鱸鱠漫勞思。夫人善病，常有薪水之勞。

——《樹香閣詩遺》

陸蕙

和佩珊夫人韻題朱藴卿女士曉閣卷簾圖

風鉤斜曳玉丁東，妝閣微開度遠鐘。想見眉痕飛翠影，一簾初日映芙蓉。

蘭夢惺忪綠霧輕，番番花事早關情。湘紋蕩漾垂楊裏，驀聽流鶯脆一聲。

——《玉燕巢雙聲合刻》卷五《琴娱室詩》

屈秉筠

卽事和歸佩珊夫人懋儀韻

病餘翠管手常停，小閣風輕掠夢醒。簾子半垂犀替押，庭花微坼蜨爭聽。幾多長日惟消茗，何限浮雲只似蘋。除卻看山雙眼冷，不知宜白與宜青。

年光如水太匆匆，留得秋顔尚自紅。起早未收鴛瓦露，居常且嗣鹿門風。每慚識字遭人問，終悔耽詩誤婦工。吹徹花香滿樓上，一編横放坐當中。

蘭皋覓句圖爲佩珊題

澹蕩人宜著楚湘，生教詩筆限蘭房。偶然落想烟波外，便有蘅蕪入夢香。
一片天機倍覺清，手搴香草賭聰明。水雲深處詩情在，莫忍湘皋拾翠行。
聞君敏捷出天資，好景當前盡是詩。笑我病中無覓處，玉屏深掩染毫遲。
翩然身共碧雲停，坐處衣衫葉葉馨。吟得幾多佳句在，誤人半晌畫中聽。

——《韞玉樓詩》卷三

雙荷葉折荷美人圖歸佩珊索題

霞光裏，淩波冉冉來何處。來何處。衣綃猶帶，藕花香氣。　無邊秋水花雙起，折來花與人同媚。人同媚。豔情分付，一灣紅翠。

壺中天聯句題佩珊雨牕填辭圖

簾櫳秋霽，坐黄花、添得幾分詩意。子粱。畫裏重陽，淒寂甚、風雨颯然而至。宛仙。夢繞山橫，愁含水渺，不盡沈吟地。子梁。烏絲閒寫，莫教螺匣長閉。宛仙。何用玉笛頻吹，銀箏款語，傳出玲瓏致。子梁。盼斷疎欞雲黯黯，一片蒼涼塵世。宛仙。絕妙才華，可憐境遇，付與湘筠翠。子梁。祇應自度，雙鬟還是多事。宛仙。

——《韞玉樓詞鈔》

段馴

偶述一首和歸佩珊夫人韻

鎮日塵勞節序更，蕭條愁意滿江城。簾前人比黃花瘦，客裏身同病葉輕。攬照自憐雙鬢色，感時怕聽遠鐘聲。羨君才藝空今古，可許閑鷗訂宿盟。

中秋次佩珊夫人並諸女弟韻

焚香拜禱畫樓中，只願良辰歲歲同。文陣光芒新絳帳，佩珊、女弟子問字劇多。月華盈缺舊吳宮。流年未免欺雙鬢，仙友初看綻一叢。忽聽誰家歌水調，數聲風笛海雲東。

佩珊夫人返里後過訪贈詩勉和二首

忽訝仙雲路，眉端喜氣生。論詩真愧我，多病劇憐卿。掃徑秋容淡，迎帆淺浦平。西牕涼雨後，剪燭話深更。

簾卷西風候，相逢恰愴神。江楓紅映水，籬菊淡迎人。悵别懷風雨，憂時問米薪。思君情最苦，指點鬢毛新。

佩珊約登紅雨樓不果

昨日素書來，桃華滿晴陌。今日素書來，桃葉可如昔。江東春樹多，海上暮雲碧。知己永難忘，歡情長自愜。緬彼紅雨樓，幽人未憩息。愧乏討春緣，韶光付空擲。胡能羽翼飛，臨風想顔色。

——《金壇段女史龔太夫人遺詩、仁和龔女史朱太夫人遺詩》，鈔本

龔自璋

佩珊師約登紅雨樓不果卽次原韻

人在深閨中，不知春到陌。瓶梅上牕紅，茶烟嫋庭碧。方喜柳風和，瞥見晴光匿。阻我故人期，低徊長嘆息。何日共登樓，花前承笑色。

再答佩珊師

幾日破陰霾，春光明紫陌。入畫遠山青，如眉纖柳碧。蝶隨人影飛，鶴向松陰匿。覽勝過名園，高樓偶憩息。臨眺豁吟懷，袖歸烟雲色。

——《金壇段女史龔太夫人遺詩、仁和龔女史朱太夫人遺詩》，鈔本

顧翎

題繡餘詩草後

落梅庭院閉重門，手浣薔薇袖未溫。蘭露吹烟欺病蝶，柳絲扶影葬詩魂。青牛帳掩前宵夢，朱鳥

牕寒夜月痕。惆悵人吟憔悴句，怕聞新雨近黄昏。

葉短幽蘭凍曉烟，謝公最小更相憐。烏絲尚寫詩人淚，彤史應傳列女箋。錦瑟牀空愁似海，翦刀館冷夜如年。傷心奉倩須看取，多少人間未了緣。

——《綠梅影樓詩存》，清光緒十四年（一八八八）刻本

陳　貞

題歸珮珊畫六朝遺事圖

珠圍翠幙合梁州，蕭管聲繁別殿秋。六代鶯花歌舞散，朱門風月屬西樓。

江烟鎖樹月沉潭，絳樹歌殘酒半酣。欲溯興亡舊時恨，關心春色在江南。

——《織雲樓詩集》卷三，清光緒六年（一八八〇）刻本

沈善寶

瑟君姊以折柳圖小照屬題圖係歸珮珊夫人懋儀別後所摹寄者繫詩其上情致纏綿讀之如見兩人交誼企慕之餘率題三絕

其三

十載吟壇仰素心，披圖何幸讀清吟。卷中妙旨詩中意，情較桃花潭水深。乙酉春，聞珮珊在杭，欲晤無由，至今悵悵。

——《鴻雪樓初集》卷四，清道光刻本

附録三　枕善居詩剩

李學璜

詠竹

亭亭孤生竹，乃在崑崙岡。淳和毖風日，凜冽飽雪霜。槖中孕太和，審律惟所當。短長辨銖黍，損益調陰陽。良材願自獻，聖主方垂裳。簫韶奏九成，磬管音洋洋。一奏百官序，再奏萬物康。

古詩

瀏覽往籍偶有所見輒以韻語攄之

灝穹開闢來，混混無端紀。羲皇坐深宮，神悟實誰啓。奮然一畫開，萬象相終始。天地奠成功，風雷供驅使。圓寓方之中，奇歸耦之裏。禽魚鳥獸文，一一就條理。大哉聖人智，利賴及萬祀。然而渾沌鑿，情僞日滋矣。

羲農日以遠，放勳起疇咨。咨羲乃曁和，天文一手持。次第及民物，庶績罔不熙。云何洪水災，湯湯浩無涯。九州困昏墊，九載功難施。兼以嗣子愚，嚚訟甘兒嬉。

在位七十載，到老逾艱危。四顧家國間，百難萃一時。賴有如天德，從容坐應之。禪讓得重華，大災旋消彌。府脩事亦和，執中心法貽。至今仰帝治，文煥功巍巍。

帝治詳於德，王治詳於政。政豈徒法歟，實以禮爲柄。言禮必始夏，紀綱挈夏令。九田及五服，法度犁然正。早爲子孫貽，啓賢承以敬。依然不與心，詎曰傳子病。會稽大盟會，萬國奉朝請。防風後至誅，號令嚴且勁。庶令綏要荒，無或敢專横。況乃疎鑿功，利賴永無竟。

阪泉涿鹿師，皇古事已見。成湯特踵行，爰有升陑戰。南巢僅云放，措置亦云善。乃其口實憂，慙德終未免。圖治尤憂勤，誠哉昧爽顯。盤銘祇九字，字字精神現。宜乎六百年，聲靈震遐甸。

阿衡隱莘野，三聘然後起。伊古君臣遭，未有此段美。非熊定後輩，傅巖庶肩比。猥以異姓臣，參謀帷幄裏。後來營桐宮，特舉非常事。賴其始進端，在廷無潝訿。姬公德詎荒，狼跋疐其尾。人心日險薄，忠誠亮難恃。如何負鼎千，猶或滋遺議。千秋諸葛公，遥遥企高軌。

受德竟不悛，殷社其將隳。宗臣心慘怛，相對涕漣洏。同堂相咨度，鬱紆腸九回。列祖有英靈，庶其默鑒之。兩人相往復，少師獨無辭。早已斷諸內，矢死志不移。丈夫重一死，惟期家國裨。批鱗既有人，相將籌所宜。佯狂詎云辱，抱器良足悲。其後陳九疇，一爲王者師。周京再錫命，一建上公旗。持此報先王，志合涂則歧。倘令守一轍，仁道轉有虧。義精心乃安，氣矜徒爾爲。

元公製禮樂，鬱鬱文治隆。諱名始議謚，實操彰癉功。夏商文漸啓，風慫儆百工。如何甲丙丁，猶存渾樸風。人生好名心，即是秉彝衷。賞罰不到處，權衡示大公。由來太常議，足維史筆窮。寧殖懼藏名，庶以懾姦雄。

如以國勢論，周不如商強。如以國祚論，商不如周長。絕長而補短，夫亦差相當。岐豐根本地，棄之資秦狂。此計良大錯，坐茲弛乾綱。桓文霸迭興，中原如沸螗。沿至戰國時，七雄益披猖。封建日就壞，如河之潰防。秦卽欲復古，誰膺帶礪盟。黃炎古帝裔，久已儕農甿。變而趨郡縣，是亦利導方。如何奕世下，樹議喜更張。

創事詎有此，亭長作天子。吾聞卯金姓，系出陶唐氏。放勳困嚚訟，禪位同脫履。乾坤覆載心，光明照前史。其後五臣裔，大半膺統祀。天仍畀陶唐，沛上大風起。禪之一朝輕，復之五年耳。皇天豈無心，微微示厥旨。要其豁達度，六合包含裏。入關約三章，萬事漸就理。傳祚四百年，德澤深漸靡。西京多醇儒，東京饒義士。洎乎孫曹興，依然鼎分峙。鍾鄧爾何人，坐令漢社毀。宜乎不旋踵，卽在軍中死。

洙泗明禮法，老莊尚無爲。坐慨江河下，悠然慕軒羲。其心良亦厚，其見則已歧。不聞少壯後，可以返孩提。沿至魏晉時，清言弊大滋。劉石鋒不到，王何論先之。神州遂陸沈，披猖不可治。西竺說繼熾，益復無端涯。本爲恍惚境，佐以神奇辭。高明溺所聞，嗜之甘如飴。雄談極天表，乃昧咫尺施。律以聖賢訓，均爲出位思。

隋季羣雄擾，文皇把旌麾。擒充復戮竇，以次撲滅之。踐祚未數載，揆奮功兼施。長城亙萬里，突厥就羈縻。乃其文雅性，亦復出天姿。向兒乞一物，用情□近癡。萬乘可以棄，而不忘一碑。要其嗜古癖，千載使人思。

唐社得恢復，巨功首汾陽。吾謂鄴侯遇，艱難實倍常。處人骨肉間，原委安得詳。危疑連宮掖，事變難周防。其中費調停，什倍於疆場。乃其丹悃攄，言隨涕沾裳。解紛理脈絡，渙若湯沃霜。嫌疑一朝釋，暗主生其明。神仙本忠義，高躅誰能望。

有宋尚文治，武略稍就衰。然而韓岳材，卓卓熊虎姿。其奈姦相掣，功成輒就隳。由汴而入杭，依然半壁支。由杭而入粵，事遂不可爲。厓山悲濤湧，衆星散如簁。天地爲變色，鬼神亦淒其。惟有士氣厲，板蕩志不移。百年心史留，讀者爲涕洟。

明祖起草澤，混一撫黎元。江東龍虎地，肇開一統尊。踐祚三十年，法度森具存。晚年胡藍獄，株逮百千繁。毋乃國脈傷，令人譏寡恩。賴其崇儒術，猶足固本根。裂土分支庶，大建諸宗藩。庶幾磐石宗，捍衛資墉垣。異時燕子來，早啓金川門。洎乎丁未造，狼狽東西奔。曾無夏少康，一旅興中原。脩短有定數，禁防安足論。至誠格天心，庶以培化源。

雜詩

端居閱元化，不覺妄想生。日星無錯紀，川嶽常奠形。山無生虎豹，水勿產鱷鯨。有草皆蘭蕙，有樹皆華平。四時飽秔稻，萬世無甲兵。豈非極治世，天人一氣亨。其如勢不能，平陂運迭更。豈惟運迭更，陂更多於平。傾水注平地，百道流縱橫。終無恰居中，所由乖迕成。

渾沌一以鬬，人事何紛綸。樸者日以巧，厚者日以刓。羲軒至今日，江河日下奔。惟爲砥柱手，一障狂瀾翻。然而至變中，有不變者存。今人非昔人，百變窮神姦。今天仍古天，於穆無終言。

前望窮千里，後顧不見咫。於東固極明，問西不知矣。人心一有偏，蒙蔀當前起。乘舟遂忘車，御葛遂忘臬。豈知造物妙，以兩爲之紀。寒暑成天行，高卑盡地理。

平生喜觀山，山容終古駐。青蒼千萬年，曾不改其度。此特約略觀，實未窮其趣。一日具四時，烟景殊朝暮。憑欄片刻間，風雲遞回互。前奇轉眼失，後勝倏來赴。始知造物妙，任人自領悟。日日機趨新，時時境辭故。

斗室

斗室頻爲長短吟，白駒逝影太駸駸。君苗未必甘焚硯，長吉何曾苦嘔心。須向詩中求换骨，莫從賦裏覓鏗金。關心風月閒消遣，領取人間山水音。

即事

春風倏爾至，藹然生意融。因之拂書几，藉以答郵筒。文要千人看，詩爭半字功。徘徊不成詠，花影又將中。

讀杜詩

三唐詩卷盛流傳，領袖詞壇公獨先。驅策曹劉無曩哲，許身稷契有新篇。平生遭際依嚴武，終古才名抗謫仙。一自白鷗同浩蕩，曲江消息竟茫然。

晚年羈跡滯巴中，筆與青山共逞雄。丞相祠堂攀古柏，蘭成詞賦感飄蓬。幾回畫省懷仙侶，從此江湖老釣篷。盡把詩人窠臼脱，孤墳長傍首陽東。

黄鶴樓

樓閣杳冥冥，長江帶遠汀。楚山横地碧，仙笛破雲青。我到閒憑欄，臨風似振翎。英雄與詞客，遺跡總凋零。

虞姬

亞父疽發彭城後，尚有虞姬殉主知。獨惜五年征戰日，竟無片語係安危。

王明君

漢宮窈窕千明妝，羊車到處憂遺良。因令畫工貌顏色，甲乙惟憑畫主張。但向畫工問膚髮，何異按圖求駿骨。神光離合畫難成，多少深宮泣明月。不道和親議果成，卻將粉黛作長城。可憐金陛辭君日，門外驪歌已促行。

行行直指陰山道，古跡連雲風浩浩。馬上琵琶幾曲彈，邊關萬里傷懷抱。迤邐程途抵毳廬，兩行紅淚濕珠襦。燕臺雪片大於掌，誤認昭陽柳絮鋪。至今青塚依然在，夜夜悲笳傳瀚海。千年猶作漢宮春，妾身雖行心不改。

披卷

架上紛緗帙，吾生會有涯。文原無盡境，古已各成家。徑僻憑辭客，庭虛忽見花。午風披一卷，吟到夕陽斜。月上疎枝表，清輝照我書。舊編耽百讀，幽味惜三餘。漏鼓徐徐轉，鐙花黯黯舒。宵深人不寐，焠掌意何如。

塞上曲

萬里龍沙月似霜，漢家飛將出咸陽。歸來笑把征衣卸，滿酌金尊琥珀光。

擣衣

幾見鴻南度，西風木葉飛。寄衣防未準，猶是舊腰圍。

山行

昨宵寒雨滴，松子落紛紛。苔徑添黃葉，鐘聲送白雲。

鑒湖

祖餞青門車馬臨，鑒湖一曲釣竿深。臣家自愛烟波窟，主眷能全高尚心。回首未應忘魏闕，至今誰復訪空林。到來鄉語渾如昨，初服知無塵土侵。

飲酒

塵網紛紛百不知，閉門惟與醉相宜。壺中别有乾坤貯，身外都成糟粕遺。羣豕就來誠駭俗，老兵並坐亦何辭。不須更説詩千首，已是天真爛漫時。

賦詩

駒影流光付逝波，山人無事且吟哦。撫琴自愛諧清韻，擊筑何妨發浩歌。風雨幽懷向誰訴，乾坤清氣此中多。後來或有相思者，會把遺編一再摩。

焚香

天香恍似静中聞，拂拭金猊手自焚。早下湘簾防漏洩，静看斗室妙氤氳。凝將瑞靄微微結，巧比文心縷縷分。省識功夫須用緩，不勞紅袖代殷勤。

試茗

淨几明牕一卷横，個中幽趣自然生。松風奏處精神爽，冰雪澆來肺腑清。徑欲流連傾七碗，未妨咀味到三更。蕭然坐對忘晨夕，又見天邊璧月盈。

歲暮

千載重華逝，簫韶何處尋。中聲長不絕，山水自清音。有客居蓬户，悠然整素襟。援琴一再鼓，瑶鶴下空林。

乾坤留本色，歲晚雪霜仍。及此回元化，因之生意乘。梅舒芳信早，山覺睡容增。夜半清吟輟，中庭望玉繩。

懷葛無由返，紛然智巧萌。人言比龍戰，我道是蝸爭。競逐錐刀利，紛馳泡影名。歧途趨愈遠，望古一含情。

題畫

秋意逗林塘，遥連一水長。花如矜豔態，人亦競華妝。樓閣開仙境，菰蒲戰夕陽。臨風歌楚調，如汎若耶航。

書所見

疆圉拓不盡，所仗武人刀。文章浩無涯，所恃文人毫。廓清摧陷功，文武同一勞。人心祇徑寸，六合罔不包。靈源汩汩來，如江復如潮。遇事則發見，宛如風水遭。三年成一楮，刻畫嗤兒曹。

讀元道州詩

三唐盛詩歌，月露風雲各。能以政爲詩，惟有道州作。惻怛出中腸，苦念窮檐弱。撫恤匪虚辭，真氣流磅礴。讀之感人心，庶足止焚掠。安得百十輩，在位起民瘼。

詩篇出性情，道州品良卓。讀其閒適詠，風規一何邈。退谷春常留，杯湖纓可濯。季友與雲卿，往來不厭數。瀼溪諸父老，一一懷貞慤。稱心以爲言，浩然完吾璞。亦夷亦惠間，永用謝齷齪。

讀文心雕龍書後

一洩苞符祕，羣言總就詮。禪能通慧地，書足闢文天。服鄭專家學，王楊繼起賢。成篇符大衍，心法妙難傳。

婚娶能抛卻，終年只著書。衆材憑尺度，百味釀花餘。龍采徵諸實，文心構以虛。如何兩郊議，采擷到園蔬。

歲交枕上作

北斗何離離，璿機運密移。三元欣統匯，孕和遂含滋。無往不有復，振古常如斯。試登春臺望，倘有新舒荑。

風景蕭然，生機盎然。裂地而出，駛於淵泉。花將藻野，草亦縟田。龍蛇之蟄，喜全其天。

題初桄集

入門辨向最宜端，歧路紛紛著手難。今日初桄重認取，回頭烟墨半雕殘。

言清莫竟作枯槎，敷藻徒矜罄帨華。題外無文要牢記，靈源濬後浩無涯。

始皇

始皇事業足掀天，自信金甌萬代傳。底事驪山董徒役，尚虞發掘到重泉。

冬日讀祝止堂侍御悅親樓詩集

才敵張華儁，姿兼衛玠清。文能傾館閣，官不到公卿。桃李半天下，芳華丐後生。卌年心力瘁，協律識中聲。

旗鼓江東建，同時孰敢當。縱橫差遜趙，蘊藉足兼王。謂甌北、夢樓。每值星軺出，惟耽索句忙。秦關兼蜀道，奇秀盡收藏。

晚歲僑峯泖，臯比講席尊。寒閨吟一卷，彩筆錫千言。曾爲山荊題稿五古一首，極其宏獎。久失高山仰，猶珍縹帙存。寒冬資雒誦，字字盡璵璠。

巵言

莊生昔有言，置足地無幾。然自所履外，千里復萬里。所以周行遵，但覺坦坦爾。因之悟物情，擴遠始安邇。嘆彼拘墟流，徒自艮其趾。

大鵬遊南溟，培風貴其厚。文章亦有然，儲材類淵藪。常於無用處，一一加研剖。洎乎應用時，指揮效奔走。牛溲馬勃微，功足參苓偶。萬戶與千門，旁通隨左右。詎容渺小夫，測腹計升斗。世人矜速化，窺觀等培塿。未破萬卷書，妄思垂不朽。

才調

不端心術遂貽羞，才調庸非終賈儔。子愧克家臣誤國，前惟元澤後東樓。

讀長恨歌

攜手深宵倚畫樓，殷勤密誓締綢繆。西宮秋到飄梧葉，牛女天邊也淚流。

回鑾空賞曲江春，垂柳夭桃憶笑顰。一樣姍姍仙步現，全恩爭及李夫人。

孔雀

慧夜三生易，婆心一片難。未能銷毒害，孔雀枉文翰。

信筆

古今曠難接，通之以詩書。南北各一方，通之以舟車。
耳聞猶涉虛，目見方爲確。不觀太史公，登臨徧河嶽。
目之所及隘，豈若所聞多。試觀顏子淵，陋巷自嘯歌。
詩書亦有缺，舟車亦有窮。靈臺涵萬象，舒卷隨太空。

讀書

春秋盡褒貶，風雅賅美刺。詩史義相通，匪徒筆墨戲。賞月而吟風，毋乃詞人事。

喜晴

連日正愁騎月雨，明朝待送試鐙風。清輝頓覺雙眸豁，宿霧從教萬里空。花醒寒巖舒馥馥，鳥傳生意樂融融。牀頭蠹卷依然在，添得紗牕半日功。

月

溶溶庭院幾分春，挂出中天月半輪。共道江城珠桂累，六街仍簇賣鐙人。

金山

天塹分南北，中流峙一拳。魚龍參水月，樓閣裹雲烟。六代興亡杳，千秋形勝偏。往來貪利涉，輸與白鷗眠。

焦山

天水空濛裏，遙看古屋存。焦先千載士，名共此山尊。一氣淩江甸，羣流赴海門。何年躡雲磴，鶴碣手親捫。

春風

春風倏而至，來款我柴門。經歲不相見，乍逢意已溫。冰將泮池畔，草欲茁牆根。會待故人至，重將詩律論。

春臺子歌爲胡眉亭山人令嗣士標作

春臺子，年十五。眸子窈而清，下筆超儕伍。偶然寫真神逼肖，坐覺鬚眉盡軒舉。古來藝道同一源，一藝亦足垂千古。阿翁丹青三十年，人間絹素爭流傳。畫鳥欲飛花欲活，高齋隨手揮雲烟。平生愛客囊無錢，畫成還向酒家眠。平生一事力不到，待郎替補嘉話全。莫言寫真技尚小，頰上三毫虎頭少。畫骨傳神意態殊，經營那肯輕心掉。一泓宿海昆侖丘，預卜黃河萬里流〔一〕。淩烟將相開生面，更待題詩到上頭。

【校記】

〔一〕『里』底本缺，據王慶勳《可作集》卷一補。

早起

檐禽呼我起，初日上前楹。黍谷寒將轉，庭花豔未呈。艱難同骨肉，聚散念平生。況乃哀鴻集，時聞中澤鳴。

歧路

到處皆歧路，吾生亦可憐。隍空誰再覓，牢補亦徒然。只此毫釐謬，已分道里千。淵懷師往哲，百行慎諸先。

古人

古人崇建樹，一節已千秋。自有平生在，豈徒枝葉求。掇毛堪辨鵠，墮地早吞牛。標榜名場客，空悲貉一丘。

讀三松堂詩

不須句漏覓丹砂，自息心機養道芽。一室獨參《易》、《老》旨，半生祇傍水雲家。空齋自譜三終曲，返照平添萬丈霞。亦介亦通微詣力，世間全福盡人誇。

讀雲伯陳大令秣陵集

秣陵自古擅繁華，彩筆清詩別一家。整暇襟期覘吏治，蒼茫憑眺吐詞葩。一江形勝雲連嶺，六代興亡浪走沙。攬取三長歸腕底，故宮殘壘不勝嗟。

西泠才子早知名，綺麗文章富百城。中歲更研詩律細，臨江倍見旅懷清。千秋考古傳愁誤，寸管論人鑒必平。多少賢姦待彰癉，豈徒金粉絢幽情。

上元

月色白如此，天將釀好春。依然鐙作市，可有曲飛塵。吾老慵拖屐，庭虛廣貯銀。歲交連次雪，藉祝裕倉囷。

題丁仁甫攜琴訪友圖照

琴德妙愔愔，高人寄托深。千秋追曠抱，四海佇知音。相見不嫌晚，伊人何處尋。便思攜蠟屐，山水徧登臨。

題松雲松牕讀易圖

傳家詩學自來崇，又見瑤階蘭蕙叢。已向壁書探雅頌，還從天籟證雷風。應求聲氣同人應，言行樞機千里通。珍重研朱頻點筆，虬枝百尺矗高穹。

山泉養正古嘗云，及此分陰勖共勤。巢鶴幽牕閒點露，盤龍壯志矢淩雲。拔茅今日卜征吉，隆棟他年待策勳。一卷攜來頻玩索，濤聲書韻靜中聞。

藝經堂上記周旋，弱冠論文倏廿年。余與花洲大兄往來文酒將三十年矣。健筆公真能脫穎，散財我尚守殘編。好看頭角崢嶸露，靜把精微象數研。庭院更無人跡到，蒼髯風格自翛然。

三年我忝授經人，飽看琳琅插架新。萬卷紛綸開一畫，十言奥窔炳千春。履祥不厭勤觀省，敦復端由尚樸真。記取喬林嘉蔭密，九家宿解要重申。

題張春水徵君水屋圖

擊壤歌成安樂窩，陽侯夜半起驚波。卻從危苦開奇險，賺得先生警句多。跋扈天吳浪滾花，又從紙上走龍蛇。秋來米價頻頻問，奈此東南十萬家。丙舍相依未忍拋，荷鉏不憚手誅茅。水災息後田功起，依舊琴書號樂郊。

挽倪畬香師

自別談經帳，星霜倏幾周。玄珠長在眼，明月儼當頭。忽報山頹信，難禁綆淚流。平生樗散質，曾荷匠門收。

濂洛淵源渺，微言不可尋。傳家崇正學，翊道見深心。臨沒神猶炯，遺詩誦足箴。陸湯如可繼，俎豆在儒林。

題春水必報德齋圖冊

受人之德報以德，聖人之言不我欺。此理固甚正，此事良難期。要以此心不容泯，炯炯可告神明知。張子磊落負奇氣，半生際遇多艱危。浩歌商頌出金石，逢人未肯低雙眉。然而古來英豪未遇日，一飯或救窮途飢。又有詞壇師友期望厚，片言褒賞銘心脾。即今浪跡走湖海，報恩一念無日能忘之。嗚呼！龍伸蠖屈無定態，男兒百年報德豈無時。

秋杪日春水招飲

我爲地主慙無饋，卻忝嘉招轉作賓。乍啓海中三島會，恰成座上八仙人。黃花爛漫如酬酒，紫蟹輪困不羨蓴。便欲忘歸歸已晚，酡顏今日詫東鄰。

溫仲升北闈告捷喜而有作兼呈露皋明府

三載隨壇坫，深勞拂拭加。摛文成黼錦，吐氣作青霞。今日空羣選，傳觀墨義誇。雲霄方得路，待詠上林花。

才氣原無匹，淵源得所師。君所師事皆海內名流。江南方幟拔，薊北又鑣馳。曾到嫏嬛地，如逢宛委披。依依杯酒話，回首繫人思。

考績東南最，黃花晚節香。捷音馳遠驛，高會展重陽。代衍詩書緒，家傳孝友詳。令公今有子，頷首徧琴堂。

雙劍光同炯，龍泉與太阿。鴻軒如有次，雁序定無訛。唐室傳華閥，清門繼玉珂。會看簪筆日，何僅重鑾坡。

讀姚春木通菽閣詩有題

蜀棧秦關歷險危，拔奇李杜外成奇。倘教聲價歸金榜，風月湖山孰主持。
攬轡曾期大有爲，中年閒放類天隨。風神格律同超邁，信有人間未見詩。
文能壽世非榮世，天付詩才蓄史才。每到古來豪傑地，登臨憑弔不勝哀。
一瓣心香推子美，千秋事業托斯文。唐臨晉帖非容易，歐褚分門學右軍。

贈九峯和尚

骨格清於鶴，詩篇矯若龍。吳江通越水，來往不攜筇。
梅花三萬幅，散落在人間。蒼潤分雙管，高寒照九寰。

讀倪畬香師行略敬題二絶

蒲輪佇待聘申公，讀《易》樓中颯晚風。月朗天心雲淨掃，欲將奥義叩鴻濛。
泣血濡毫仰大文，闡揚隱德誦清芬。九州早有同聲應，鹿洞鵝湖席許分。

贈曹仰山文學

海上論門閥，應推譙國先。君資極純厚，品與學超然。午夜爐飄篆，清晨案列編。笑談多古意，何處染塵緣。十載傳經塾，元皇鑒早通。同仁堂薦者多人，因禱於文帝前得君名。及時培棫樸，滿座鼓春風。此日移朱履，相期敘素衷。廣川經學邃，還藉啓愚蒙。

贈金侍香

鞭弭相隨三十年，卽今壯志爍雲烟。崔嵬霄漢開雙闕，浩蕩長江注百川。羊角摶風欣在望，雞牕勤學尚依然。誰知畫品詩禪外，高築文壇字字堅。

題曹子春茂才詩賦鈔後

詩才秀拔賦才妍，如此人何不永年。應有靈芝生壟上，輪囷雲映日華鮮。

鴒原誼切黯神傷，令兄仰山見贈。芳草東風又滿塘。到底文章埋不得，遺編字字夜生光。

中宵不寐口占

老態侵尋只自憐，魯陽戈豈返虞淵。未知來世觀今世，將欲長眠翻不眠。攲枕正當羣籟息，捫心難向五更前。大鵬斥鷃休分別，且讀蒙莊内外篇。

有憶

鴻爪匆匆過，回頭事事哀。典琴償米負，掃葉當薪煨。共我百年苦，成君一代才。餘光猶炳燭，片言慰泉臺。

山長瀛門先生北上

校藝寬將玉尺量，石田寂寞嘆荒莊。蘭膏轉累師門錫，吹到青藜倍有光。
宦成猶自一經横，僞體裁來鑒别精。愛與鄉人説文字，榆山以後又先生。
闤扉深處滿甘棠，共識中朝題柱郎。祇恐蒼生待霖雨，一鞭回首五雲長。

讀毛西河集

翰林遺宅長青蘿，經學文章兩不磨。便把西河比西子，越中靈秀古來多。公與西子同蕭山人。
飄零淮海涕頻揮，信有人間大布衣。到底璠璵薦清廟，入秦張祿姓名非。
異義何妨各引伸，重重援據豈無因。紫陽料亦虚衷受，諍子功臣屬一人。

謝文節公琴

碧血耿難滅，崖山局已殘。關河攜緑綺，天地失黄冠。新詔玄纁迫，空山薇蕨寒。猶餘七絃在，重剔蘚花看。

懷拙任

當代陳夫子，翛然野鶴姿。十年三徑友，四海一囊詩。回首關河迴，論心賈孟知。天寒多雨雪，誰勸濁醪巵。

聞蘭如訃

肯道儒冠竟誤身，半生蹤跡類勞薪。自參泮水鸞旗隊，懶踏槐花紫陌塵。舊德一經珍世守，浮家十載幾移鄰。春光返後君歸去，賴有佳兒頭角新。

夕照

夕照西山景易矬，窮途誰挽魯陽戈。殘編尚欲重鑽仰，精力無如暗折磨。世上誰云知己少，平生只覺負人多。竟無萬一酬高厚，君父恩深愧若何。

豫園探春

暗裏春光一線回，微陽早已拆陳荄。東風不思北地酒，晨曦催放南枝梅。禽弄歡聲妍景轉，池吹新皺凍痕開。豫園鐙火今年盛，無數遊人橋外來。

連日晴光照水濱，海天佳氣接城闉。九衢花市兼鐙市，夾道新人即舊人。南國裙釵爭媚景，東皋耒耜競芳辰。傳聞丹詔雲端下，竹箭瑤琨起隱淪。

登北城樓眺申浦

滄波浩蕩舞魚龍，雉堞回環翠靄重。當日三江歸禹甸，至今絕島盡堯封。千年尚認赤烏塔，百里猶留黃歇蹤。忽憶東山盛文宴，一時裙屐許追從。謂味莊先生。

贈香浦弟

一夜東風起，萬花生意新。閒居聊學圃，著手便成春。車馬蠶叢道，笙歌鄂渚辰。回頭都往事，老作葛天民。

閉戶百無好，關心尚有詩。倉山留一脈，妙悟耐人思。江上春歸日，高樓燕至時。偶然吟五字，擊鉢未妨遲。

贈菊香弟

老我衰顏借酒紅，羨君吐氣每如虹。高談大有英雄略，愛客還兼名士風。三載麻衣時忽忽，十年鴻爪影匆匆。傳經此日功宜亟，好護階前蘭蕙叢。

贈宣齋姪時失子

小阮才何俊，垂髫忝授經。案頭千卷綠，中歲一衿青。白璧躬無玷，西河涕忽零。豫園風日好，幾徧繞回汀。

贈紫篔姪

愛爾亭亭格，偷閒便學詩。移居遠塵市，閉戶作經師。兩次鸞膠續，三年熊夢期。春風江上至，會見茁瓊枝。

口號

瞬息風雲百變更，朝來疑雨又疑晴。世人那識天心巧，不放文章一筆平。
便思日日縛芒鞋，其奈陰晴信屢乖。一樣湖山好泉石，塵霾那及快晴佳。

元夕

一編掩後苦無聊，便是幽居春意饒。疎懶客惟吟下里，晴明天許作元宵。酒非大戶何妨濕，月自當頭不待邀。蹇步吾慵拖蠟屐，看鐙人已簇溪橋。

論詩二絶

盛唐風格要躋攀，瀏覽誰知開寶還。一自騷壇輕七子，家家詩集貯眉山。
談道鵝湖鹿洞分，論詩袁沈各成軍。雄奇西北東南秀，總是乾坤一筆文。

讀陸耳山副憲篁邨詩集書後

盡教掣電又驅風，健腕能開十石弓。雲錦天機鋪紙上，仙山樓閣現空中。平原奕世鍾其秀，石埭還思貽厥功。想見雞壇初樹幟，光搖彩筆已如虹。

翰林銜改領羣仙，文簡聲名孰後先。清飲西湖一杯淥，豪搜南海萬珠園。心勞四庫千車日，名漏三吳七子編。竹素園荒喬木在，琅函早已九州傳。

篁村集中有兩川平定大功告成恭頌詩七古一百六十韻初疑篇幅太長尚可從節既而思文章境界無窮有日開之區宇卽有日拓之文章未可以小儒拘墟之見參之也爰書後一首以訂前見之謬

兩川底定歌鐃曲，枚馬班張同奏錄。平原椽筆尤淋漓，揮灑龍螭眩人目。洋洋二千四百言，才氣直欲吞蘇韓。倒瀉滄溟登火齊，窮搜玄圃取琅玕。我言篇幅太苦長，鈔胥未免十指忙。何不節去十之二，奇珍已足垂輝光。豈知文章境日拓，正如幅員逐漸廓。千秋禹跡空區區，萬里黃圖綺繡錯。裸民不識象服華，瞠目雲錦譏驕奢。建章千門萬戶啓，梓澤洛陽安足誇。淮西中原舊時地，柳雅韓碑製淵懿。況乃我武頌惟揚，鑿破洪荒隸郵置。珥筆承明萬軸羅，軍書旁午細分科。神功聖德摹難盡，知覺微臣挂漏多。

講學

道器融時總一詮，諸家講學各成偏。六經注我談何易，爲念韋編三絕年。

李二曲先生語要

負骨沙場慟此行，百年遭際出艱貞。肯將晚節酬三聘，直欲麻衣了一生。未免參稽遺象數，終教衾影湛靈明。傳薪賴有雲間叟，倪畬香師。獨向芸編契性情。

王仁孝先生俟後編

吳中盛才彥，醇德獨超羣。遥溯闗閩脈，不求鄉國聞。庭闈十載格，嚮學一生勤。理到詞彌質，煌煌仰大文。

晚歲作文猶暮年得子雖未必佳而珍惜彌甚口占一絕

一字沈吟貴較量，多生結習未能忘。幺豚暮鸚欣然對，莫認塗鴉紙數張。

送吳橘生觀察乞假還山

繡衣持節下吳天，直遣威聲到蛋船。夜半焚香坐鈴閣，一鐙還對古人編。
玉尺憑量長短材，三年講藝費栽培。自憐社櫟渾無用，也荷公輸垂盼來。
江南卑濕異中州，微疾常爲藥物謀。帆正飽時風正順，何人此際肯回舟。
捧匜自潔南陔養，看斗仍懸北闕心。指日東山起安石，一時父老盼佳音。

張春水徵君雨中枉顧賦贈

最難風雨故人來，成句。仲蔚蓬蒿戶乍開。伯虎中年惟賣畫，韓康女子亦知才。如君盡合謀生裕，問世誰爲介士媒。楓冷吳江裝似葉，蘭閨幾夜剪刀催。

八月二十五日春水初度疊韻祝之

一舸淩江去又來，螘尊還向客中開。全真只合味無味，齊物休言才不才。作畫仍憑醫國手，耽書豈是引愁媒。他鄉盡有蓬萊宴，一任城頭鬌篥催。

如潮逸思湧將來，萬嶂千峯平地開。量有淳于一石醉，人誇唐代八叉才。幾多雲路聯行起，獨立空山恥自媒。且喜詩筒往來數，匆匆烏兔莫須催。

春水將選刻海上同聲集徵及鄙詩茫然無以應也仍疊來字韻詩四律賦贈

東抹西塗俯首來，終然見地未曾開。已看文陣頻抛甲，敢向詩壇再說才。百里君方迎上客，十年我早謝良媒。只慙宏獎殷勤意，一紙西風著力催。

敢向王郎斫地來，杜門且把一編開。史中文苑應無我，海上風騷大有才。望遠只憑詩抵面，不眠聊借醉爲媒。眼前風雨重陽近，又恐敲門租吏催。

誰似風流張翰來，小蓬萊啓酒尊開。一時裙屐聊高會，滿座雲烟識雋才。萬首盡償花月債，百年難謝病愁媒。果然七步神通大，小吏傳鈔乞緩催。

知己同時踏屐來，杜韓王孟境齊開。不妨裘典還賒酒，但覺詩忙苦費才。秋水釣鱸頻舉網，春郊放雉更求媒。牢愁滌盡胷懷闊，莫放微霜鬢上催。

王叔彝文學偕其叔秋濤山人枉過荒齋仍疊來字韻賦贈二律

聯翩瑤鶴作行來，寂寞荒齋扃乍開。佳士風神同玉立，名家桀範□詩才。米鹽盡有經綸寓，花月原爲文字媒。曾把一編鐙下讀，渾忘譙鼓響頻催。

曾到琅嬛福地來，酒軍詞壘一時開。文心妙得中和品，詩格休分唐宋才。老子揮毫傳虎臥，郎君作賦又龍媒。坐來松石皆圖畫，花管無須銅鉢催。

次韻贈陳拙任山人

與子廿年舊，常爲風月遊。氣蒸冬日愛，心朗玉壺秋。晤對有青史，推遷餘白頭。歲寒敦風契，照影作雙鷗。

中秋日偕春水過訪紫珊出其所摹明趙忠毅公手書長卷見示並示祝止堂侍御評閱繡餘吟草乃李味莊先生觀察海上時轉致者也此卷失之廿年把卷欣然繼以惘然再疊來字韻四律贈紫珊

偶攜平子款門來，蔣徑應緣二仲開。壁上絲桐延古意，座間罍洗見清才。狂搜金石書成癖，長嘯林泉士寡媒。手采陔蘭娛色養，兕觥底藉管絃催。

信有觀音千手來，五花八陣一時開。君臨摹數十人手跡，一一足以亂真。偶然遊戲皆天趣，隨意臨摹識妙才。派合淄澠難辨味，機投針石不須媒。摩娑百過渾忘倦，午漏花間莫漫催。

舊卷沈浮廿載來，今朝頃使倦眸開。海昌衡鑒都崇雅，北海琴尊苦愛才。稿係味莊觀察轉致。珠去珠還泥上爪，楚弓楚得暗中媒。年來正抱莊生戚，又惹星星鬢上催。

著簪亡後枉求來，失喜今朝卷乍開。文字原非一家物，流傳幸遇不羈才。自嗟散木甘溝斷，無睡鰥魚借酒媒。對此茫茫增百感，不堪鼓報又鐘催。

餘意未盡又得二絶

劍去重來事大難，汍瀾老淚墮無端。如何數紙叢殘稿，已作人間古物看。
南園文讌盛當年，北海賓朋散若烟。剩有烏臺數行墨，驪珠顆顆照人圓。

贈紫珊

海上論文友，吾欽徐紫珊。平生懶場屋，事業裕名山。千卷帖猶少，一杯心與閒。不須頻促膝，朗月照容顏。

讀夏内史詩鄭板橋詞各題一律

十七成仁節，三千著述言。斯人真絶少，家世况名門。生識麒麟種，死銜精衛冤。秋堂清夜讀，滄海怒濤翻。
曠代風流士，誰如鄭板橋。清才原卓卓，餘藝亦超超。作吏雄心退，懷賢逸興遥。流傳縑素遠，但賞竹飄蕭。

上觀察楊鑒堂先生

冉冉雙旌天上來，今朝江介慶雲開。嘉謨久倚宣勞績，結習難忘愛毓才。渤澥威名覘遠略，文章作合有真媒。駑駘久息騰驤志，尚荷孫陽舉策催。

光霽如逢茂叔來，談經幾度絳帷開。奎堂此日三千卷，棘院當年第一才。先正薪傳文有脈，羣工輻輳意爲媒。秋宵燒燭親掄藝，聽到譙樓三鼓催。

翊雲和詩疊韻作答

江郎彩管夢中來，豔豔花明四照開。人以詩篇攄壯志，天將冰雪煉奇才。太阿終拭華陰土，靜女何勞紅葉媒。領取蒼茫長嘯意，遙天幾陣暮鴉催。

靜洲和詩疊韻作答

岑寂蕭齋客少來，一緘又向雨中開。乍傳申浦愁霖唱，省識江東小謝才。體弱從他文有祟，名高豈患女無媒。知君逸思如潮湧，不用當筵擊鉢催。

九月三日春水徵君開局南園仍疊來字韻奉贈四律

南園久已待君來，新掃庭階落葉開。不泥古方覘妙手，能通造化是仙才。交梨火棗都歸掌，姹女嬰兒不藉媒。正是刀圭疲應接，詩逋畫債一時催。

醫意原從詩意來，沈蘇以後論新開。久聞良相能回命，自古名家不炫才。籌畫縱擒歸大將，調和金石賴良媒。只愁鵲起聲名遠，千里遙傳幣聘催。

此間真合丈人來，廊宇新添勝地開。但對松杉皆道意，還憑泉石拓詩才。竹林自結神仙侶，花徑從他蜂蝶媒。清夜沈沈動秋酌，街頭紞鼓莫相催。

斯園記我亦頻來，幸遇詞壇筆陣開。得遇龍華皆夙契，但經玉尺總稱才。新知又幸叨蘭譜，高尚何心謝鴆媒。可曉亭林索詩意，傳箋莫厭客頻催。

秋日閒訪省園有作仍疊來字韻二律〔一〕

清秋步屧過橋來，迤邐城東一徑開。喬木永懷三世澤，敦槃還集四方才。巧排怪石延松叟，廣覓名花待蝶媒。讀罷貞瑎欽懿行，當年雪鬢幾番催。〔二〕

榜額龍蛇照眼來，回廊曲沼境新開。知君自有輞川筆，顧我殊非裴迪才。廿四星旛春有主，三千風月酒爲媒。重陽佇待新詩就，天外鴻聲作意催。

【校記】

〔一〕詩題，《可作集》作『遊省園仍疊來字韻卽柬主人二如別駕』。

〔二〕此首詩後，《可作集》有小注『四壁嵌張太宜人節孝事實圖』。

歲云秋矣紙牕白屋景況蕭條慨然成詠仍疊來字韻二律

登山臨水懶尋來，蠹卷還從靜裏開。領略烟霞原待福，料量珠桂正須才。便思種橘先無地，除是妻梅不假媒。節近重陽吟思澀，黃花索笑若爲催。

垂垂鐙蕊照人來，似向清宵伴我開。四海論交憶傾蓋，千秋放眼幾奇才。人間不少長生庫，天上虛傳月老媒。豈有壯心還起舞，荒雞夜半莫頻催。

繡餘舊草雖已付刊而零落頗多常於他處見之然亦未遑收拾也仍疊來字韻詩以誌安仁餘痛

當年溫鏡枉傳來，薹篋塵封未忍開。剩我一生終落魄，成君到處著吟才。身逢順境才知命，嫁値黔婁不怨媒。盡有眼前難了事，奈他二豎暗中催。

一度思量一痛來，不堪舊卷又重開。同居竈養曾無忌，余家聚族之居，同堂百口，室人數十年無詬誶聲也。異地輿丁解說才。僑寓葑溪十年，望信橋輿夫皆曰此女才子也。一時女才子之名遂徧吳下。千首直將愁作骨，一生常與病爲媒。并無力可迎齋奠，苦覺雙丸頭上催。

外孫張桐三上春官矣近久無消息詩以寄勉仍疊來字韻

時已二十九疊矣

少小曾隨阿母來，崢嶸頭角老懷開。文繞英爽先邀擢，路入風雲尚滯才。幾度囊螢幾度雪，不求關節不求媒。扶搖此日休嫌緩，萬里天風浩蕩催。

香蒲弟性愛藝花東籬花事近矣詩以訊之三十疊來字韻

老我親朋倦往來，與君時復一尊開。關山久息勞人轍，泉石仍娛經濟才。洋種傳時成別譜，紅綃繫處卽良媒。晚霞更比朝霞麗，喜鵲聲聲檐外催。

以素紙二幅乞瞿子治畫仍疊來字韻

當年文陣一鞭來，高下亭臺畫景開。訪舊幾人掩黃土，多君衆口譽清才。偶談往事遊如夢，同老空山女不媒。喜見諸郎嗣風雅，謝庭生意蕙蘭催。

自覺衰慵息往來，琅玕照眼輒心開。鼎彝以外饒清賞，真妙之間見別才。晚歲我娱冰雪景，高風君是鳳鸞媒。定知斗墨淋漓處，揮灑雲烟不用催。

呈溫明府仍疊來字韻

夾道仍看竹馬來，使君莞爾笑顏開。三年虎節頻書最，百尺龍門愛育才。劍已賣時惟養犢，雉當馴處不隨媒。江城借冠人人願，只恐丹屏特擢催。

棘闈襄事又重來，星斗中天氣象開。辛苦未忘當日地，扶搖深盼後生才。帝知卓茂能宣化，公取澹臺不自媒。同叔文章繼和仲，泥金一騎速星催。

紫珊以讀繡餘詩來字韻一律見示有答

幾度長須送句來，管花與菊竝時開。自成海上琅嬛館，共說南州孺子才。從古文章賴知己，無端作合定神媒。多君珍重流傳意，惹我霜華兩鬢催。

悼小春劉子之沒仍疊來字韻一律

大息劉生奄忽來，當年曾共一編開。廿年辛苦虀鹽味，兩代聲名枚馬才。傳誦高文方是壽，娉婷絕代竟無媒。西風慟哭釃杯酒，逝水滔滔日夜催。

題竹亭把卷圖照田大古香

篔簹千個，翩來彩鸞。涼宇天淨，清風晝寒。謝家玉樹，姿擬琅玕。虛亭把卷，其神閒閒。春暉日永，潔膳承歡。《南陔》三章，諷詠流連。瀹茗待試，斜陽轉欄。幽韻遙答，邈然人寰。

題田郎遺照

是誰玉雪比嬌姿，不數樊南有衮師。從古曇華原易散，空留鏡影繫人思。忘情情究未能空，恰有微忱籲昊穹。慧業重來仍不減，人間傳説顧非熊。

疊來字韻酬淞漁

照眼俄驚明月來，倦眸今日喜新開。廿年久貴三都紙，吾黨同推八斗才。塵世問誰求爨木，天閑終待選龍媒。達夫富貴猶非晚，休悵霜毛暗裏催。

樂事如君豈易來，斗春堂名春酒斗頻開。看花二老真仙侣，問字諸郎盡雋才。僑肹文章欣有耦，謂郁子泰峯。風雲作合自成媒。三年詩債償時易，一任當途倚馬催。

題莧園雜説

莧義取諸顯，聊爲農圃談。人情何叵測，世味得深諳。高趾功常誤，平心理静參。驪珠穿一一，老嫗解猶堪。芝塘耽逸尚，詞筆湧如泉。晚歲研禪悦，中年瘁馬韉。鴻妻偕就隱，驥子亦能賢。奄忽驂鸞去，清風留一編。

癸巳歲除松雲囑綏歸幾日口占

今朝司命駕雲車，有客天涯望眼賒。我到橋南纔咫尺，流連幾欲館爲家。

代次韻江鏡人

書劍飄然蓋乍傾，兼句杯酒勝班荊。青箱久已傳家學，蓉鏡行看快此生。君似子安才最捷，我慚謝朓學無成。相期共把屠蘇飲，自有春光慰客情。

甲午元日贈香蒲弟

曾從劍外踏千峯，古柏猶留蜀相蹤。今日閉門無個事，頭銜應自署花農。
白白紅紅淺復深，也同畎畝課晴陰。就中疎密天然態，寫出詩人絕妙心。
小郎才辯出天機，不用青綾替解圍。身後頻將遺句賞，當年殘墨記依稀。

讀竹堂師近集謹題

講席暌違已十年，新詩雒誦趣油然。一窩深處同康節，千首吟成賽樂天。此福定緣前世果，人間真有地行仙。從容中矩談何易，珠唾無心顆顆圓。

歲寒冰雪苦連番，一卷清吟再四翻。學到近情方入道，詩因觸物本無言。劍關未展韜鈐略，梅社聊尋雪爪痕。遥想履祥元吉處，全家色笑佐開尊。

書見

萬言衝口蘇和仲，百煉成功杜少陵。一樣流傳誇絕妙，環肥燕瘦定誰憎。

佩珊小影

《孝經》小學湧如泉，望古長懷鍾郝賢。今日流傳風絮句，掩君淑德是詩篇。

扶輀我赴大梁城，夜雨空階滴到明。痛定平生尚思痛，鵑啼猿嘯一聲聲。

兩家門第舊豐腴，轉眼瓶無兩日儲。總爲腐儒生計拙，牽蘿賣盡篋中珠。

梁鴻忘卻青氈苦，轉把青氈累孟光。此二句乃吳門吳愈愚孝廉所贈句。佳話流傳愈增痛，思君那不淚沾裳。

休言青紫壯心違，偕隱情甘茹蕨薇。猶恐酒酣還斫地，更無淚點灑牛衣。

半生俯首伴書傭，衰病年來倦汲舂。留得詞壇題贈什，抵他一軸紫泥封。

外孫虀臼附羣英，應是吾家宅相成。誰料鑒衡堂上語，江南女士亦垂名。外孫張桐由河南戊子副車得雋辛卯第四十名，房考有『江南女士某自出』之評。

別有傷心人未知，漫言泡影古同悲。空教終夜長開眼，地下依然未展眉。

蘭亭

天若貽佳話，人都集勝流。莫論書品妙，此會自千秋。意興偶然到，神功難力謀。紛紛虞褚後，聚訟不能休。

明妃

永巷三千女，長門嘆寂寥。明妃能捍國，出塞路迢遙。漢月懷中照，邊風磧外飄。策勳如繪像，閨閣有票姚。

讀秦本紀

秦隋俱二世，吾尚取秦皇。郡縣歸天意，長城設巨防。積威承累葉，此日判興亡。一炬阿房燼，空悲蔓草荒。

志欲愚黔首，始皇實大愚。何須逢掖輩，自有揭竿徒。博浪沙中擊，咸陽殿上圖。嶧碑高百尺，苔跡久模糊。

讀顧晴沙先生響泉集題句

九龍山聳千尋碧，第二泉流一派清。弱冠登科無再試，書生從戰有威名。邊陲盡扼西南險，開寶猶留正始聲。誰識含香畫省客，讀書半日謝塵纓。「半日讀書」，公官戶曹時所居齋也。

一曲伊涼動遠愁，不堪道殣鬼啾啾。振興文教楊忠濬，撫恤災黎元道州。健筆勒銘人外境，功名濯足大江秋。細窺落墨精嚴處，始信高文絕輩流。

達摩

達摩遇梁武，應是喜投機。片語不合意，飄然遂拂衣。嵩高營石室，九載不開扉。從此謝塵世，還持隻履歸。

江韜庵明經爲僧

名教原多樂，先生竟作僧。其情豈有激，此事信難能。久已空諸諦，相期演大乘。紛紛皮相者，冠服漫相矜。

讀書謠

古書少，今書多。今書汗牛充棟，流傳千百不什一；古書落落數語，壽世同山河。質文繁簡不一科，中有元氣相蕩摩。乾精坤英互凝結，千人萬人同挹波。嗚呼！今書少，古書多。

杜郵

長平坑卒，萬死不足蔽辜，而昭王杜郵之賜，則殺之不以其罪也。詠二絕。

武安不愛死，實欲全其名。早識杜郵賜，臨風自絕纓。
趙今未可謀，琅琅決勝負。罪與得臣殊，秦昭計誠謬。

詠慕容垂事

舊業期能復，故恩安可忘。精兵三萬騎，脱手付秦王。

冬晴

今歲冬晴久，頻虚望雪心。縱無妨力役，只恐釀春霖。商舶殷繁地，清霄弦筦音。王孫裘馬影，堤上日駸駸。

贈花洲主人

多慙設醴啓賓筵，忽漫流光已二年。人到奇窮天必救，文無相賞子能憐。談諧盡有詩書味，澹泊還辭名利緣。愛日樓頭春日永，南陔又補入新編。

擬古四首

庖犧一畫開，森然垂萬眾。羣籍日以繁，笙鏞齊奏響。賴此文字傳，跡留神未往。儒生□稽古，往事勞想像。仰觀復俯察，收入靈臺朗。遊心萬物初，騰身九垓上。隨遇各有得，翛然寄遐賞。功名豈去懷，泉石固無恙。

丈夫有遠志，不受時人憐。汲古得真源，時將百丈牽。俯仰一室內，即此已登仙。左圖而右史，道契羲皇先。鳶魚機潑潑，物各遊其天。豈必訪海外，壺方復嶠圓。眼前觴詠趣，何往不悠然。閒暇彈瑤琴，古懷晤成連。書齋靜無事，華胥且小眠。

手操三寸管，遽欲窮天地。天地安可窮，且把塵囂避。大化無停機，冉冉歲寒至。壯士多慨慷，到此容亦悴。彭殤雖異稟，何者生非寄。古佛歎觀河，我今感無二。何如托弦歌，自適平生意。澄澹以明心，調達以養氣。古來賢達人，持此謝物累。未爲五嶽遊，且謀十日醉。

卓犖觀前史，曠代多賢豪。事同風雹過，名偕山嶽高。樹立豈偶然，良視其所操。風會賴主持，江河日滔滔。大圭留微瑕，指摘安可逃。伊古經綸會，轉旋資俊髦。神完守自固，理足氣不撓。藏器以待時，聲名起蓬蒿。

冬日重讀趙光祿娵隅集

舊是吳淞一釣徒，忽騎塞馬引琱弧。高歌半夜酬邊角，環立千軍下檄符。棧閣連峯雲黯淡，錦囊遺草血模糊。男兒不到沙場地，負此輪囷七尺軀。

讀靈岩畢尚書詩集爲題二律

三策天人論獨精，半生旌節著功名。誰從治水籌邊日，猶有揚風扢雅情。繡閣羣花司筆硯，龍門四海走豪英。汾陽未免豪華累，難得虛懷下士誠。

靈岩山館足盤桓，滿擬功成早挂冠。一自鳴騶辭谷口，空留別墅閉江干。驥逢峻坂加鞭亟，鳥入青雲斂翮難。到底負他猿鶴約，萬株梅影不勝寒。

又一絶

懶復吹簫上碧虛，河光嶽色卷還舒。愛他到手憑揮灑，十萬金錢萬卷書。

南園吏隱詩存淮陰蒲快亭進士作也一時有蒲髯之目詩專近體爽健遒警希蹤唐賢蒲無子其詩老友徐澹安居士付梓

生來從未識彎弓，骨相昂藏氣吐虹。濁酒千杯詩萬首，文場旗鼓此英雄。
山人醫術擅當時，暇日南園共賦詩。勝似生芻陳一束，九原報與故人知。

冬夜不寐枕上得詠古二首

賈太傅

令辟西京世所推，一朝痛哭遽陳詞。縱然厝火憂誠切，未免操刀語太危。一代雄文驚絳灌，千秋幽恨續湘累。典謨敷奏從容讀，應惜才鋒盡露時。

蘇文忠

泉流三峽筆端回，垂老孤忠不受摧。自愛仙遊臨赤壁，何妨詩案到烏臺。仙經釋典恢文界，瘴雨蠻烟老相才。一事知公尚遺憾，未教洛蜀息爭來。

題張問秋明經把酒問月圖照

明月本無主，流光滿大千。明月如有情，伴我酒杯前。我生與明月，如有宿世緣。亦不問廣寒宮中，瓊樓玉宇幾千戶；亦不問鴻蒙闢後，今夕宮闕是何年。但求塵土士，騰身昇紫烟，驂鸞跨鶴長蹁躚。斟沆瀣，歷斗躔，下視黃河細於線，五嶽小於拳。高吟平生得意句，天風吹袂雲衣鮮。否則廣招古來屈賈班馬李杜諸英賢，重來下界山林周旋。朝成千賦，暮吟百篇。杯亦長在手，月亦長在天。將此乞嫦娥，嫦娥然不然？

贈竹舫

唐子世儒業，其人清且敦。練絲端始習，敧器誡常存。一卷三餘課，千秋斗室論。相逢休恨晚，學海溯淵源。

風雨頻移屐，清言意灑然。不須連夕話，已覺俗塵蠲。喬木園林古，芝蘭臭味聯。鸞旗香颺路，拔隊看登先。

丁酉正月十六日徐竹坡翁於仁粟堂作耆年會人贈一杖余不及赴飲而乞其杖竹翁首唱次韻答之

先生本是駒王裔，天上石麟手抱之。海嶠舊多蓬島客，歌衢正值太平時。一千八百同綿算，二十二人各賦詩。繞膝孫曾爭執炬，道旁觀者亦軒眉。

葛陂龍鱗態夭矯，龍孫千百環生之。憑君耐雪經霜質，濟我登山臨水時。不可以風還卻飲，動無不吉許尋詩。昨宵鐙燊垂垂結，黃氣朝來又上眉。

河西蔣太宜人七十壽

猗歟碩人，挺秀姬姜。蕭山毓德，葑水流芳。惟時河西，懋德浸昌。爰求淑彰，嘉名孔彰。軿車至止，鸞聲其鏘。雞鳴有警，鴻案彌莊。家日以起，煒煒煌煌。職脩五饋，勞聽三商。不飾華珥，猶縫衣裳。天佑德門，聯翩兩璋。石麟英特，左右在旁。春風一笑，階前蕙香。乍悲賦鵠，冰紘獨張。百口之家，提其紀綱。嚴父明師，一身是當。經塾載啓，書聲琅琅。長君秀拔，九苞喬皇。早冠其耦，早饒於庠。皋比一席，待以生光。次君溫恭，式克用臧。釐家之範，行善於家。北堂春永，南陔味長。承歡無怠，斯壽斯康。嶷嶷文孫，舉止端詳。能明大體，雅嗜縑緗。嚮往古賢，常思頡頏。繼繩罔替，瓊蕤又颺。早露頭角，定能文章。暇時顧之，每進一觴。矧聞令德，愷澤滂洋。或貽絲纊，或餉壺漿。前年洊饑，觸目皆尫。呱呱載路，惻人肝腸。慨舉千金，黍谷回暘。千百嬰稚，登之匡牀。是大善事，迴出尋常。宜乎純嘏，方來未央。戊戌春仲，月吉辰良。筵開七袠，惠風四翔。閭里偕來，同昇華堂。矧叨戚末，栽培多方。感深盛德，蠡測難量。蔚彼青松，蔭於高岡。敬告惇史，傳之巾箱。

漢建昭雁足鐙歌和紫珊韻

海上有奇士，萬卷蟠在腹。性耽金石藏，大巧寓諸樸。廣搜文字略，篆隸從其朔。一字窮鉤稽，終朝恆鹿鹿。此鐙從何來，出自西京鑿。由王遞及孫，今乃南州屬。寶鏡歸佳人，重編集古錄。藉訂千秋文，尤精兩漢學。炎劉火德王，中替元成續。太后擁冕旒，外家盛羅縠。此鐙由特賜，輝耀蘭膏馥。一炷明千鐙，五侯傳蠟燭。沈埋千百載，暈帶土花綠。神物煩護持，興亡嗟轉轂。古光炯留今，鴻寶聞自夙。商彝周鼎間，並坐喜同族。珍齊龜十朋，重比玉雙珏。傳鐙仗俊流，几席浮斑駁。因之愜古歡，豈但驚凡目。一時競題詠，山重水又復。賞心證諸同，精鑒攬之獨。六書辨源流，古文庶可復。

憶亡友徐鴻寶孝廉

君辛巳孝廉，以貲筮粵西縣尹，未半年而歿。君平生最賞余制義。丁亥春赴繁昌，謀於君，脱青羊裘典錢三千以贈。

萬里仙凫影滅空，平生枉負氣如虹。背城借一原非計，切莫輕誇孤注功。
當年一舸走繁昌，親脱羊裘潤容裝。今日窮途淚休灑，故人宿草已荒涼。

苦熱

閉門無一客，千里火雲凝。思踏峨嵋雪，攜筇訪老僧。

見起山遺墨悼之

弱冠論文契最敦，千人隊裏見瑤琨。雲間碑版董玄宰，幾社文章陳大樽。二語即五十年前贈句。一第青袍仍落魄，卅年宿草已陳根。不堪驥子同埋玉，檢點遺篇滿淚痕。哲嗣小山遊庠，旋殞。

沈夢塘孝廉以詩集見示賦答

隱侯聲病闢詩天，風雅還看奕葉綿。史筆千秋開眼界，書聲半夜撼鄰眠。題名蟾窟先標幟，行遠雞林預有編。一種光華騰欲上，豐城寶劍紫生烟。

賦棋早歲著英聲，咄咄驚奇動老成。盡有肝腸論世事，肯將帖括盡書生。頻年漫歎青袍滯，轉瞬欣看玉琯更。遥想上林傳彩筆，羣資黼黻潤升平。

敬題晉陽宗譜

掌文桐瑞迭徵奇，百世依然茂本支。永濟渡留三字額，至今往來有餘思。

藏書已踰二萬卷，種樹又將三百年。前輩典型長在眼，余生不及舊林泉。

歸愚叟與倉山叟，談藝禪門頓漸分。今日清芬傳采筆，編珠綴玉萃高文。

題晉陽畫冊冊爲先世八旬祝嘏而作失而復得又百餘年矣

失喜今朝獲異珍，八公四皓現前身。楚人弓得初何擇，合浦珠還信有因。几席竟成傳器永，雲山猶認舊時春。晉陽流澤徵方遠，芝正敷榮鹿正馴。

唐石汀明經秋林小影應令子竹方屬

故人玉貌儼如生，月幹雲柯得地清。顔柳家風垂汗簡，百年喬木又崢嶸。

每向清言塵尾親，芝蘭氣味沁芳醇。黄壚舊跡何堪問，令我風前憶彦倫。向因周子湘塘得交先生。

六詩三筆總兼長，蕙帶荷衣騷客裝。奕葉清芬能繼武，鳳毛五色有文章。竹方文筆極雋，同社推服。

贈金佩香文學

與子十年舊，相於久益親。誠懸心早正，公瑾酒何醇。肅肅生徒范，循循俎豆陳。願言敦晚節，懷抱抗松筠。

郇雨歸示試作喜而有賦

三條燭下筆花然，精理還憑灝氣宣。縱轡早知千里駿，掄材應有九方歅。蘭舟共濟思前事，雲路飛騰尚壯年。好待小春榮晚鞠，爲余多備酒如泉。

瞿春甫府試第三調之兼誌謝

經冬滕六未飛霙，閉戶惟聞落葉聲。忽地鄒生吹暖律，頓教春色照深觥。

辨方五嶽各嶙峋，太華金天上界鄰。記得隨園詩句在，雲松常負第三人。

郇雨歲杪過我

落葉堆苔徑，跫然足跡聞。盟能堅白首，誼早重青雲。階畔瓊枝燦，鐙前鴻婦勤。紀羣三世好，感極愧逾殷。

柬泰峯〔一〕

良晤經時隔，多勞寄好音。焦桐塵外賞，翠柏歲寒心。霧隱猶藏豹，朝陽佇翽禽。明堂聞籲俊，儻許附朋簪。

【校記】

〔一〕 詩題，《可作集》作『柬郁泰峯松年』。

賀春甫入學

早識珪璋器，亭亭迥出羣。十年看鶴立，一日炳龍文。弱不親紈綺，閒惟蓄典墳。尊師能重道，郁雨館君家已十餘年。懋學乃多聞。四庫儲思徧，三商業尚勤。鑒應驚許劭，氣欲轢終軍。鹿洞方題品，琳宫又策勳。昨驚珠掩采，上年試卷佹得復失。今喜劍騰雲。始信文章價，無憂畦畛分。昆湖家法在，繩武盼彌殷。

入學日悼子堅

鸞旗分影漾，雲錦鬬花鮮。竟齎青雲志，吾悲王子堅。

別查大雲亭

葭莩情重一尊同，風月清宵酒莫空。失意文章多涕淚，書生磊落卽英雄。但教行槖存文錦，休悵遊蹤類轉蓬。記取雪泥鴻爪在，祇愁握別太匆匆。

郇雨來盛述泰峯傾倒之意感愧交並再用前韻

竟許附朋簪，真成空谷音。丹鉛千載事，縞紵百年心。君正青雲奮，我愁白髮侵。蕭齋好風月，舊學共研尋。

附　和作

郁松年

年少得朋簪，連番感德音。謙和老輩意，勉勵後生心。幸有箴規奉，應無俗慮侵。還期指迷路，杖履許追尋。

溫露皋師報最引見恭賦送行

地當赤緊雄且繁，委輸東南重財賦。況兼連歲值偏荒，未免饑寒時載路。拊循賴有神君來，昔日無襦今五袴。優優敷政不競絿，一一紀綱惟順布。正於盤錯見經濟，十萬蒼黔賴調護。繕完更爲百年謀，仡仡高墉堅且固。公餘論政兼談文，正變源流僂可數。鯫生卅載困青袍，英盼加時意頻注。釜庾時周原憲貧，頑金特比顏回鑄。一生盡瘁不言勞，大府聞名嘉建樹。即今彩鷁鼓江頭，鬱鬱棠陰入烟霧。九重天子書丹屏，三江父老懷膏露。

良庖遊刃施牛刀，天錫循吏多鳳毛。鳳毛聯翩起千仞，陸離絢采五雲高。長君前年賦鳴鹿，曲筵親聽雲中璈。次君軒軒又霞舉，太阿龍泉手所操。小郎讀書有慧解，清晨入塾垂兩髦。公一顧之莞爾笑，人間樂事世罕遭。緣公平生最愛士，四方書幣徠儁豪。公幕下士，皆海内第一流人物。琢成璠璵耀光采，卓犖才氣超其曹。清秋吉日戒行李，時見野老攜簞醪。況親光霽非一日，能無歌驪心郁陶。黄河接天九派壯，泰山日觀松生濤。知公一路吟興發，千里秋色延平皋。

昌黎

佛骨竟思投水火，鱷魚親見徙沮洳。文章如此通天地，猶有人譏光範書。

懷梅岑浙中

早歲已鴻軒，才名是魯璠。酒能傾一石，詩可掃千言。偶愛西湖秀，巍然講席尊。登臨緬蘇白，古碣手頻捫。

豫園雜詠用少陵遊何將軍山林韻

共說斯園勝，中環九曲橋。尚書留第宅，古木自雲霄。雅俗同能賞，風花慣見招。館居真咫尺，造訪豈云遙？點春堂最敞，萃秀景逾清。洗碗茶烹雀，攜籠曲奏鶯。洋商陳遠賧，吳女競調羹。白袷烏巾子，翩翩逐隊行。亭館東西列，斜通走一支。最宜荷蓋葉，恰值水準池。香遠塵能辟，風生暑不知。清談憑七碗，有客共襟披。遊客不知數，四時來賞花。小山危踞虎，脩徑曲盤蛇。有興朋堪挈，無錢酒盡賒。芒鞋千徧踏，直欲算吾家。結構年年換，雲烟面面開。最憐風漾柳，不礙雨沾梅。閩粵人偕集，蘇杭客亦來。駢肩又聯臂，蹙損舊青苔。累石堪名嶂，開池亦引泉。文廊深窈窕，芳草鬱芊綿。小倚庭前竹，休慳杖底錢。夕陽人影散，明月逗前川。柳外樓臺密，花間蛺蝶香。雲生知雨近，酒醒愛風涼。假館高軒駐，謀生曲藝藏。髻齡隨杖履，此日鬢毛蒼。畫景開全幅，中央擁一池。有錢同命酒，無事且巾羅。柿葉兼桐葉，鶯兒又燕兒。清輝到處領，迂緩許相隨。迢遞九峯翠，徘徊三泖雲。勝遊偕衆樂，作記待能文。佳日人高會，名花種各分。傾城來士女，歸去話紛紛。爲歡宜秉燭，興盡意如何？遠賈雲帆集，升平愷樂多。兒童能拾橡，里曲亦成歌。余本下帷者，長年記屢過。

喜胡少坡光岱得雋

飄然萍跡旣瓊吟，雒誦知君惠好深。一第豈增賢者重，三年恰慰故人心。青雲已啓平平路，黄卷仍耽細細尋。料得涇溪老贊善，展眉檐鵲送佳音。君，朱蘭坡宫贊壻。

讀順恪吴都督傳題後

際會風雲展將才，功名特向海山開。六經而外饒英俊，繩尺如何拘得來？
聖世韓彭善始終，貂蟬奕葉荷恩隆。回思風雪飢寒日，一飯誰憐阮籍窮？
青眼尤於未遇深，酬知何止贈千金。一篇鐵丐分明在，激動人間報德心。

壽泰峯四十

扶桑日出，有鳥歸昌。載和其音，九苞文章。豈徒文章？維德之行。豫無不順，謙乃有光。
抑抑君子，以德爲隅。既方且直，亦安以舒。飫人醇醪，忘賢與愚。光風四拂，溢於庭除。
有煥其祠，申江之側。萬頃波平，一峯筆直。他務未遑，祀典斯亟。烝嘗薦馨，孫曾合食。

宮牆崔嵬，環以列鄽。除其不潔，人心庶安。法始山陽，協力仔肩。其事誠微，能識所先。

珠宮峻極，上與斗齊。分司典籍，文教日躋。溝中片紙，寶若介珪。還以餘力，惠於[女曷]嫠。

伯也肅肅，仲也雍雍。塤篪之音，比於笙鏞。吉祥善事，和氣斯鍾。有芝百本，有蘭千叢。

生無他好，惟嗜蓄書。球琳琅玕，列部以居。春風晝永，夏館陰徐。有時高詠，聲撼庭梧。

君更何好，樂多賢友。元度思曼，常時聚首。賞奇析疑，一字無苟。何期博采，亦及下走。

謀生固拙，學文豈工。吾友諒之，謂遇之窮。鄒生之律，煦若春融。中郎之識，拔此爨桐。

四十曰強，乃可以仕。佇看驊騮，騰踏千里。蒲綠榴紅，及此酌兕。君子有穀，施於孫子。

尤春樊舍人以芝軒相國懷人詩十六章見示雒誦之餘輒成四絕不必寄呈滎陽也

新布春官桃李陰，斗杓文望重儒林。回頭四十年知遇，無限高山流水心。

斯文氣誼最難忘，次第吟成十六章。兜率海山何處問？牙琴鼓罷意蒼涼。

山林廊廟自分途，同是知音賞不孤。仍以文章酬簡拔，千金言報亦區區。

高齋簾卷晝清虛，幾度冰甌滌筆餘。從此傳薪正無盡，誰將嘉話紀新書？

舍人又以新梓集四書文諸體詩見示賦答

月斧雲斤妙絕倫，千秋理窟又翻新。移將濂洛關閩手，別現王楊盧駱身。
幾人愛集翠雲裘，金粉叢殘著意搜。誰識微言鄒魯在，眼前平地現丹丘。
曾讀西堂集一編，七言唱歎寓評詮。新詩諸體能兼善，始覺前賢畏後賢。
春雨連綿不斷絲，懷人正是索居時。瑤華照眼千珠走，絕勝梅花贈一枝。

院課試帖中有人意冷於花句觀察固始吳公特爲標出許以自寫身分感愧之餘輒題一絕

覓金重爲細披沙，特地標將五字誇。不是公心清若水，誰憐人意冷於花。

讀顧秋碧明經然松閣詩鈔

龍盤虎踞帝王家，驅入仙毫氣象華。把示前賢也低首，後來搜剔恐無加。
霜帷課讀母兼師，一領青衫拜墓時。原是家常瑣屑語，拈來字字沁心脾。

張緒生來原似柳，征南醉後或疑蛇。君《春柳》詩極工，有顧楊柳之目，又言前身曾墮蛇身。文人涉筆都成趣，采入《齊諧》盡足誇。

旗鼓堂堂大將壇，獨將蕪語冠篇端。一時價貴三都紙，只我無才繼士安。承委鄙人作序。

久不得曌舟消息

宦海波瀾闊，升沈信幾回。眼穿嵩洛道，音斷雁鴻來。患難存交誼，艱虞困吏才。君被案後，書來猶念及鄙人館事。如聞公論在，雪後晛終開。

挽練公子伯穎上舍

粵海遥鍾秀，亭亭玉一枝。如何楩梓質，不見長成時？輔嗣空詞藻，公明遽早衰。古來賢達士，《薤露》有餘悲。

隨宦來江左，人誇小鳳皇。玉樓俄赴召，琴案切悲涼。寶氣耿難滅，遺文森有光。非熊如再世，仍侍謝階旁。

題山陰潘虚白女史不櫛吟

才品俱卓，慧福兼脩。清吟一卷，邈然寡儔。

至秋水亭

此間恨少千人石，我輩宜爲十日遊。地到清涼能辟暑，雲垂黯默得先秋。滿堤芳草宜休馬，穩臥烟波最羨鷗。多少明妝臨水立，問誰花見亦低頭。

舉國一時齊攬勝，此時始服紫珊才。無多泉石饒幽意，別有烟雲引客來。不密不疎文格好，半村半郭畫圖開。憑欄漸見斜陽下，爲語輿丁且緩催。

補遺

范愛吾攜欽吉堂詩文存問喜而有作

經旬不理髮，匝月少人來。良友翩然至，春風座上回。艱難生事拙，遲暮景光催。袖有珠璣詠，河汾拔萃才。

愛吾過我喜而有贈

春風偕客至，爲念我沉疴。偶共一杯酒，聊爲五字歌。情因真轉淡，德以介而和。未減嚴冬色，天留松柏柯。

口占呈范愛吾

昨夜跫音訪，偏逢偃臥時。家人誤爲報，此豈識心期。便化莊生蝶，來尋董子帷。琴書怳在眼，花外漏聲遲。

叔彝以詩稿屬校爲題於後

曙海樓高風景新，斯人彩筆足扶輪。偶然脫口驚耆宿，實誌當年嘆石麟。
漫將裘馬托清狂，獨立沉吟倚夕陽。辛苦常憑青玉案，風華不愛紫羅囊。
考卜滄江雲水寬，風胡拭目劍光寒。阿翁已樹文壇幟，五七言中别築壇。
揮麈虚堂汗不收，一編珠玉荷相投。冰甌雪椀涼肝肺，恍到峨眉頂上頭。
妙悟閑從天籟參，十年結習此中耽。三千風月無窮界，唐有香山宋劍南。
袁隨園沈歸愚論詩見各矜，百家流派判淄澠。讀書萬卷終須破，吾愛千秋杜少陵。

題春水催字韻詩後

小現曇花事惘然，慈闈恩重費餐眠。先生自由回春手，難補重泉骨肉緣。
一卷新詩氣吐虹，風雲絕處徑仍通。四愁詠罷添惆悵，又向吴江挂短篷。

題叔彝春晴望杏圖用供奉集中韻

江干幾日生芳草，二月江南春更好，客眸與柳兩俱青。暇日攤書面百城，莫教春色虚前楹。紅杏含苞鈴索鳴，將開未開殊有情。花情攙入吟情豔，春風傳出和平聲。妙詞昔誦宋子京，如花麗句天然清。高才合與踵武起，攜手同向騷壇行。簾外雙飛斜紫燕，林間百囀度金鶯。他年題筆慈恩日，會向花前譜玉笙。

——王慶勳《可作集》卷一，清道光二十九年（一八四九）刻本